人活一世，究竟是为了什么

独角兽文丛

04

｜ 巢 ｜

｜蒋 林－著

上海三联书店

目录

—

巢

—

易安用呆滞、木讷的眼神看着在防护栏里与自己对抗的灰鸟，恍惚中他觉得自己和灰鸟对调了身份。这使得他感觉整个世界都在做一种没有尽头的自由落体运动，而他自己在此过程中逐渐变得轻盈起来，最终成了一张皮，一片羽毛，然后在呼呼的风中化为乌有。

在漫长的夜里，刘杰的脑海里始终浮现出被马蜂蜇后的恐怖场景，一张张痛苦的脸不停地闪现、叠加、纠缠。最开始，刘杰看不清这些扭曲的脸是谁的。在一股莫名其妙的力量的牵引下，他把这些脸纳入记忆里，开始寻找它们的归属。

027 / 燕 巢

几乎是在一夜之间，春天就到了。阳光明媚，春风拂柳，生长的新芽让冬季的凋敝消失得无影无踪。那个无所事事的下午，周小舟隐约听见村子里响起了孩子们的歌唱。"小燕子，穿花衣，年年春天来这里，我问燕子为啥来，燕子说，这里的春天真美丽……"

043 / 蚁 巢

马多从随身携带的一本小说上撕了一页，把纸折成一个方盒子，轻轻地把黑蚂蚁装了进去。它仿佛受到了惊吓，只得茫然无措地蹲在角落里，静静地等待接下来不确定的命运。马多若有所思地看着黑蚂蚁，在它的前面，是一串黑色的字：漂泊是一场苦役。

060 / 鸽 巢

它去哪里了？是找到了归巢的方向，还是再次迷失在这个灯火辉煌的都市，连这个临时的巢也回来不了？他望着茫茫的夜空，闪烁的星星和跳跃的灯火混在一起，使整个世界混沌不堪。

154 / 麻醉师

他隐约听到了母亲沙哑的哭泣……他立即扑倒在母亲的怀里。母亲的怀里很冰冷，很僵硬，像一片冰雪地。悲痛迅速从马超越的心里蹿了上来，他号啕大哭了起来。马超越的哭声混合着母亲的哽咽，在这个空气浑浊的冬日里格外悲凉。

199 / 催眠师

痛苦的童年记忆在这时候就像一个小丑，跳出来幸灾乐祸地嘲笑罗马的生活。他想起那年冬天以及每一年的冬天，刺骨的冷和伤痛生生地在他的身上划开一条伤口，灌进了他的血管，永远与流动的血液混合在一起，构成了罗马生命的一部分。

1

在一个寂寞的黄昏，一只鸟闯进了易安的世界。当时，思绪散乱的易安在阳台上等待杨梅。杨梅是易安的未婚妻，她到一个亲戚家借钱去了。他们准备在冬季结束前把房子买了，争取明年秋天结婚。事实上，易安和杨梅早就准备结婚了，由于房子没有买妥当，所以婚期一推再推。杨梅说她想要一套房子，不管新旧和大小，只是想回去后有家的感觉。这让易安很为难，尽管他的收入一直在攀升，但比起房价的涨速却是望尘莫及。但是，易安和杨梅都觉得婚期不能再推了，所以他们正着手借钱，争取早日把房子定下来。当易安发现那只鸟时，他正在想，杨梅借到钱了吗？

鸟的出现让易安的神经抖了抖。他已经很长时间没有看见鸟了，他甚至一度怀疑城市里是否还有这种野生的鸟。这只鸟全身灰色，头小身短，但尾巴很长。它的嘴里叼着纸屑和烂布条。易安不知道这是只什么鸟，似乎只有在故乡才能看见。易安擅自做主，给它起了个名字：灰鸟。难道它是只漂泊异乡的鸟吗？易安这样想。他的思维瞬间回了一趟故乡。从记忆回到现实后，易安发现灰鸟正警惕地盯着自己，锐利的目光里似乎透出丝丝不安和乞求。易安也毫不示弱地看着它，他想知道它到底要干什么。这种带着试探性和攻击性的对峙，最终是易安败下阵来。他仿佛看出了它的坚定与决绝。于是，易安退缩到客厅的一个角落里，等待这位不速之客接下来的举动。

易安倚在粗糙的沙发上，目不转睛地盯着灰鸟。灰鸟依然保持着高度警惕，看来它是一只城府很深的鸟。不知道过了多久，在易安的眼睛有种酸涩的痛的时候，灰鸟以一个漂亮的俯冲，落到阳台上杂乱的防护栏里。片刻后，它又以闪电般的速度飞了出去，只是嘴里的纸屑和布条不见了。

灰鸟消失在褐色的天空后，易安蹑手蹑脚地来到阳台上。他想看看灰鸟在防护栏里的所作所为。易安像个顽皮的孩子一样，爬上阳台钻进防护栏里。在并不宽敞的长方形防护栏里，弓着背的易安仿佛是一只硕大的鸵鸟，姿势笨拙、滑稽得令人啼笑皆非。在掀开一盆叫不出名字、濒临死亡的植物后，易安的眼睛突然亮了，他差点就手舞足蹈起来。易安难以相信自己发现了一个没有成型的鸟巢，它就倾斜地蹲在杨梅那只粉红色箱子上面。这套廉价租来的房子太小了，杨梅只得把这只伴随她辗转各地的箱子放在阳台上的防护栏里。尽管它还只是一些由纸屑、烂布条、树叶、塑料碎片，以及其他杂乱物质组成的圆形垃圾堆，但易安知道那就是一个没有完全建成的鸟巢。

在家乡的时候，易安常常可以看到鸟巢。在他的记忆中，家乡简直就是鸟类的天堂，那里成天飞翔着各种各样的鸟儿。在很长一段时间里，易安喜欢和那些淘气的捣蛋鬼一起去扒鸟巢。他们总是想在鸟巢里捉几只还没有飞翔能力的幼鸟，把它们关在笼子里喂养。尽管易安破坏了无数只鸟巢打碎了无数只鸟蛋，他却从未逮住一只鸟儿，那只空敞的笼子一直寂寞地放在柴房里。这是他童年里乐此不疲而又充满无限失落的事。

在城市里发现一只鸟巢，这着实让人兴奋。这天易安的激动一直持续到夜幕降临华灯初上，当杨梅回来后他的脸上依然荡漾着莫名的微笑。但是，杨梅带回的消息却让易安的情绪一下枯萎了。杨梅什么也没说，她只是无力地摇了摇头。易安心中所有高挂着的期盼无情地跌落在冰冷的水泥地上，内心升腾起的愁绪如烟雾一般蔓延开来。易安看了看杨梅，她脸上呈现出失望与茫然。易安有些恼怒地吁了一口气，摸了根烟神情呆滞地抽了起来。

杨梅和这个比较富裕的亲戚关系还不错，可不知道为什么没有借到钱。这事让这对年轻人感到莫名其妙和不可思议，他们本来抱着百分之百的希望。希望的破灭使易安心里很不是滋味，各种各样的情绪开始在他的脑海里相互纠缠，彼此搏斗。他怨恨人情淡漠，感叹世态炎凉，接着开始没完没了的自我咒骂。易安抱住脑袋，暗中使劲狠狠地压了压。他心里默默地将自己骂成一个全世界最无能的家伙，把能够想像到的弱点全部加在自己身上。这让易安有种报复性快感。慢慢地，他仿佛经历了一场马拉松，身心俱疲，恍惚中颤巍巍地进了卧室，和着衣服睡了。

半夜里，易安醒了。他很吃惊，杨梅为什么没有提醒自己脱衣服呢？他警觉地朝她看了看，冰凉的夜里只有她生硬的呼吸声。易安没有打扰杨梅，他知道马不停蹄地借钱是件苦差事，之前自己有无数次亲身经历。他小心翼翼地翻了一下身，平躺在床上，思绪翻飞。杨梅没有借到钱让易安的心情极度沮丧，以至于他忘记了把发现鸟巢的事说给她听。此刻，下午的场景又在涌动的夜色中浮现在脑海里。易安想，杨梅会为这个鸟巢而感到兴奋吗？接着他立即否定地摇了摇头。记忆随着易安摇摆的脑袋飘了起来，似乎已经发霉的往事又一桩桩地在脑海里掠过。整个夜晚，易安似乎闻到空气中隐约有一股烂红薯味在飘荡。

2

起床后易安和杨梅呆呆地坐在逼仄的客厅里，相当长一段时间里他们一言不发。杨梅垂头丧气地盯着伤痕累累的地板，而易安则把目光放在锈迹斑斑的防护栏上，冷漠的钢筋把混沌的世界分割成很多块。二十分钟后，或许是三十分钟后，杨梅洗了把脸就出门了。她神情麻木地对易安说，我走了。没等易安说话，门就阴沉沉地合上了。杨梅到另外一个亲戚那里借钱去了，这是最后一个希望。易安瞅了瞅那扇冰冷的铁门，又把目光投向了窗外。他只有在家里等待，因为他能想的办法都想了。等待的日子总是难过，尤其是在他们的计划中，能否买到房子并顺利结婚，今天比任何一天都重要。为了分散自己的注意力，易安的目光始终飘忽不定，在灰蒙蒙的天空里游弋。

灰鸟的出现又使易安的神经抖了抖，与昨天如出一辙。它嘴里叼着一小片破碎的报纸，在防护栏那根横着的钢筋上战战兢兢地观察了一阵后，毫不犹豫地飞向了那个还未完成的鸟巢。看来神情呆滞的易安，今天没有给这只忙于建造鸟巢的鸟儿造成威胁。当易安发现灰鸟之后，他立即紧张起来。这是充斥着兴奋和激动的紧张。易安开始期待它尽快飞走，并不由自主地站了起来。他想去阳台，但又害怕惊动了它。

正在易安胆战心惊地移动脚步时，灰鸟扑扇着翅膀飞了出去。易安长长地出了一口气，并夸张地拍了拍胸膛。他机警地向天空探了探脑袋，用慌乱的眼神扫了一圈，然后双手一撑，跃上阳台钻进防护栏里了。易安觉得自己从未如此身手敏捷。他依然像一只硕大的鸵鸟，但明显比昨天更紧张。易安的动作有些鬼鬼祟祟，颤抖的手还弄断了一根布满灰尘的芦荟。在他急不可耐地撇开植物之后，一个即将竣工的鸟巢出现在易安的视野里。易安觉得有点不可思议，只隔了一夜，鸟巢就快要建好了。它整个夜晚都没有休息吗？易安这样想时脑袋轻轻地摇了摇，他觉得做一只鸟也并不容易。易安有很多年没有这样近距离观察一只鸟巢了，所以他的眼神和动作都有些贪婪和夸张。但是，他又害怕惊扰了勤劳勇敢的灰鸟，只得急匆匆地跑了出来。

跳出防护栏之后，易安心潮澎湃，激动不已。

易安安静地坐在那张沙发上，灰鸟旁若无人地来回飞了很多趟。易安陷入了漫长的回忆。那些与鸟和鸟巢有关的日子，把易安带回了遥远的故乡。

第一次扒鸟巢是什么时候？易安想了半天也没有答案。很小时，他和那些光着脚丫的伙伴们就开始对飞翔的鸟儿有浓厚的兴趣了。他们曾挖空心思地想捕捉一只在天空自由自在飞舞的鸟，但终究一无所获。也不知是谁先提议，总之，这群无忧无虑的小孩子瞄上了鸟巢。那些还没有飞翔能力的鸟儿，成了易安和伙伴们梦寐以求的东西。

易安有着瘦长的胳膊和单薄的身板，以及猴子般的灵敏，于是他被伙伴们推举为带头人，专门爬树扒鸟巢。他能在十秒钟之内爬上一株葱茏、粗壮的柏树，或者一棵看上去柔弱但非常高的柳树。更多的时候，易安和伙伴们出现在茂密的竹林里，因为这里鸟巢最多。在弱不禁风的细长的竹子上扒鸟巢的情形，跟后来那部风靡世界的《卧虎藏龙》里那个在竹林中穿梭的镜头有着惊人的相似。但是，易安和伙伴们始终都没有捉到一只鸟。那些鸟似乎对人类永远保持着高度警惕，一旦有了飞翔的能力，便逃离鸟巢，飞向天空，哪怕是颤颤巍巍。

为了捕捉到鸟，易安和伙伴们做足了功课。在他们智慧局限之内，他们总是想方设法，直到黔驴技穷。易安充分发挥了带头人的作用，把伙伴们分成几组，轮流监视某一只鸟巢，观察鸟儿孵蛋和喂养幼鸟的情况，以此判断捕捉的最佳时机。于是，在漫长的假日里，这群天真的孩子带着神圣的任务，小心翼翼地穿梭于树林、竹林之间。他们眼睛放亮，神情紧张，像一群匍匐在草丛中的眼镜蛇。

易安和伙伴们最接近成功的一次是在一个酷热的夏天，经过冗长的观察和等待之后，易安在众人的怂恿下爬上了一棵高大的柏树。尽管他的身手令所有人都折服，可是在那几只幼鸟面前依然相形见绌。当易安的手刚刚接触到鸟巢时，几只小鸟就警觉地飞了出去。虽然它们的飞翔能力还很弱，但却让易安和他的伙伴们无可奈何。气愤的易安一把粉碎了这只鸟巢。从那以后，易安对扒鸟巢失去了兴趣。

这天上午的大部分时间易安都坐在沙发上，他尽量不改变坐姿，以免惊动了阳台上精心建造鸟巢的灰鸟。灰鸟急速和稳健的飞翔伴随着易安的回忆，让这个冰冷的周末渗透着丝丝温暖。但是，温暖最终却被无情的现实冻结。中午时分，杨梅带着一身疲惫回来了。一声长长的叹息已经宣告了事情的结局，杨梅和易安只得眼神空洞地待在屋子里以沉默来做一种无谓的交流。买房这件事已经折磨易安和杨梅很长时间了，所以当结局最终出现时，他们似乎都已经筋疲力尽。只是易安和杨梅都在想，婚还结吗？

3

接下来的好几天，易安都试图和杨梅就买房和结婚这两件事进行有效的交流，但每次自己都先打了退堂鼓。他不是害怕面对杨梅，而是现实让易安无所适从。

大概在三年前，易安和杨梅就着手准备买房，然后结婚。但是，当时他们的收入在高昂的房价面前总是显得那样微薄。易安和杨梅曾三番五次地算账，用一种近乎刻薄的数字对未来的生活进行了估算。但是，他们似乎都无法忍受那种惨不忍睹的生活。于是，在那个阴雨连绵的秋天，易安取消了买房的计划，他信誓旦旦地对杨梅说，不着急，将来房价会下降。接着，他对半信半疑的杨梅补充说，等着瞧吧。

可是，那年冬天一过完，房价就在和煦的春风中以一种不可阻挡的速度疯长。易安先前的自信在温暖的阳光中显得格外萎靡和具有讽刺意味，他像一只被猎犬追赶的兔子，开始在各个楼盘间乱蹿。但事实往往总是让人不知所措，摆在易安面前的情形是不但房价猛烈地飙升，而且房源还非常紧张。易安想亡羊补牢，但却事与愿违。这让易安感到莫名其妙和无可奈何，他只有再次希望房价下降。

在今年以前，易安还对房子降价抱着一丝希望。但春节过后，当他和杨梅结婚的愿望都十分强烈时，他不得不面临新的选择。那天晚上，他对杨梅说，还是先借钱把房子买了再说吧。易安的口气混合着商量、决定，以及面对现实的无奈。然后，他们开始制定借钱的计划，毕竟要借到钱也不是个容易的事。最终的计划是，易安先行动，如果他失败了，杨梅再上阵。

很快，易安就如一只夹着尾巴的狗，灰溜溜地跑回来缩在这间空气黯淡的房子里发呆。他用诚恳的语气把心中的肺腑之言对每一个亲戚和朋友都说了，但当说到钱字时，大家都不约而同地选择了推托。他们的理由千奇百怪，但易安得到的结果都是失望。后来杨梅以一种悲壮的心态踏上了艰难的借钱征程。在灰鸟闯进易安的世界后的第二天，杨梅的疲惫、叹息，以及随后长久的沉默，给他们的愿望画上了一个冷漠与残酷的句号。也就是从那一刻起，易安觉得他和杨梅之间产生了隔阂。

隔阂在两个年轻人的惆怅和迷惘面前起到了明显的发酵作用，易安和杨梅的情绪都发生了扭曲的变化，他们的缺点在对方眼里放大了无数倍。这种情况下，争吵、谩骂、打斗，甚至诅咒都似乎是水到渠成。

　　最激烈的战争，终于在一个沉闷的午后爆发了。

　　易安已经记不清战争的导火线是什么，只知道杨梅像突然变了个人似的，她那近乎是标签的温柔消失得无影无踪。曾经的小绵羊突然变成了一头狮子，杨梅以粗犷、沙哑，以及咆哮的口气把所有诘问与愤怒泼向了易安。杨梅说，如果早点买房子的话，现在用得着这样尴尬和落魄吗？易安尽量压制着内心不满，他平静地回答说，当时不是没有钱吗？杨梅说，没钱去借啊。易安依然用平静的语气说，借钱不是件容易的事，我们现在不是在借吗？你看结果怎样？易安的轻描淡写把杨梅赶进了一个死胡同，这让她的情绪如壁球撞击墙壁一样强有力地反弹起来。她猛然站了起来，双手叉在腰间，白皙的脸竟然抖动起来。杨梅用风一样的速度说，这样也不行，那样也不行，那还要买房子吗？还要结婚吗？

　　很明显，杨梅把近段时间借钱遭受拒绝后产生的不良情绪，像丢垃圾一样抛给了易安。易安感到空气中渗透出让人窒息的恶臭，内心的郁闷与懊恼在杨梅的挑衅下演变成了愤怒。他双手在空中张狂地挥舞，厚实的嘴唇因为激烈的磨擦而产生出丰富的唾沫星子。易安用扭曲的声调对杨梅说，现实就是这样，我又有什么办法呢？你现在跟我说这样的话有什么意思呢？是在威胁我吗？房子不买就算了，婚不结也算了。易安从未用如此快的语速说过话，中途几乎没有任何停顿。说完，他有种缺氧的感觉。

语言的交锋使两个人的思维都混乱起来，他们都记不清后来说过些什么，是否伤害到对方。但是，局势却越来越糟糕了。杨梅充分地展现了隐藏在她身体内的倔强，她怒气冲冲地回到光线晦暗的卧室里，独自收拾起东西来。易安机械地看着她的一举一动，知道她要搬离这套简陋、寒酸的房子了。他没有上前阻止她，他似乎知道事情已经没有挽回的余地了。易安对杨梅的秉性了如指掌。没多久，她就收拾妥当了。怔了片刻后，杨梅冲到阳台上的防护栏里取出了那只铺满了灰尘的箱子。然后，她以最快的速度对灰尘进行了处理。整个过程干净利落，易安就像个幽灵一样无动于衷地看着。

当杨梅拖着箱子旁若无人地像头犀牛一样暴跳着甩门而出以后，易安才发现杨梅走了，才发现她取走了那个上面有只鸟巢的箱子。他恍惚间一个激灵，急匆匆地跳上阳台，钻进防护栏里。鸟巢不见了。他低头向楼下望了望，发现鸟巢正散落在楼下住户的雨棚上。易安的心里立即痉挛了一下，有一丝隐隐的痛。

4

杨梅的突然离去让易安感到一种前所未有的失落。他给她打电话，她说要单独生活一段时间，认真考虑他们之间的未来。这个说法使易安的思绪始终处于一种飘荡状态。后来，那只失去鸟巢的灰鸟出现在易安的视野中，它那无助的叫声刺激了易安。他从它的声音中听出了恐惧、慌张，以及对将来生活的迷茫。当易安与灰鸟四目相对时，它的眼光充满了敌意和愤怒。易安似乎明白了这只鸟的心思，他感到十分难过。

天色渐渐暗淡下来，失去鸟巢的灰鸟开始慌乱起来。它扑扇着翅膀在防护栏里飞来蹿去，声音也因为长时间叫唤而变得沙哑起来。但是，声音里却透出坚定与果敢。它似乎已经认定是易安破坏了那只鸟巢，使它无家可归。所以它所有行为都是在向易安示威，它要他还它一个完好的家。易安内心的愁绪随着夜色蔓延开来，他为灰鸟失去鸟巢而感到忧伤。

忧伤使易安想起了多年前那个夏天的黄昏，他蹲在那棵高大的柏树下，内心里也充满了无限忧伤。

在那个炎热的下午，易安和伙伴们盯上了柏树上的鸟巢。于是，他带着无限期望爬上了柏树，希望能够实现逮着鸟儿的梦想。但是，在他刚刚接触鸟巢时，随着鸟儿的飞走，希望也就破灭了。当时，一股巨大的失落袭击了十来岁的易安。他感到十分沮丧和恼怒，于是一把扯下了鸟巢，把它撕成了无数碎片。随着漫天飞舞的碎片，易安幼小的心灵感受到了一种无法言表的快感。但是，快感很快就消失了。当失去鸟巢的两只鸟和它们的孩子在树上伤感地扑扇着翅膀时，怅然、忧伤，以及如潮水一样汹涌的痛楚就在易安的心里产生了。这是一群失去家园的鸟，它们不知道为何突然就无家可归，不知道是谁破坏了它们宁静而幸福的生活；它们更加茫然的是未来生活的不确定性。这个闷热的夜晚如何度过？将来的日子如何度过？这一切，这些可怜而无助的鸟儿都不知所措。它们只能用鸣叫和翅膀的振动做无谓的挣扎。当夕阳逐渐淡去，夜色如水一样漫过天际，淹没那个沉默的世界时，易安带着羞耻和罪恶的心情逃离了鸟儿的视线。

多年以后，同样是一个黄昏，当灰鸟辛苦建造的鸟巢遭到破坏时，易安的羞耻与罪恶变本加厉地冲击着他的心灵。记忆与现实激烈地纠缠，易安的心里有种撕心裂肺的刺痛，他似乎听见了心脏在汩汩地流血。易安用呆滞、木讷的眼神看着在防护栏里与自己对抗的灰鸟，恍惚中他觉得自己和灰鸟对调了身份。这使得他感觉整个世界都在做一种没有尽头的自由落体运动，而他自己在此过程中逐渐变得轻盈起来，最终成了一张皮，一片羽毛，然后在呼呼的风中化为乌有。

夜幕已经笼罩了这个灰蒙蒙的城市，灰鸟依然在坚持不懈地与易安对抗。它的叫声能够穿透时空，抵达人们心里最柔软的地方。

1

蜂巢！蜂巢！

妻子芳芳细长、嘹亮的叫声把刘杰的睡意彻底赶走了。他一骨碌爬起来，冲到阳台上。此刻，芳芳正惊愕地指着那个硕大的蜂巢。见到刘杰，她夸张地扑进他的怀里，用颤抖的声音说，天，这怎么得了。刘杰有些不相信自己的眼睛，他认为在城市里看不到如此巨大的蜂巢。他使劲地揉了揉惺忪的睡眼，依然看见一群粗壮的马蜂正围着那个褐色的蜂窝飞舞着。刘杰打消了刚刚升起的疑虑。他拍了拍芳芳说，没事，没事。可刘杰在安慰芳芳的同时，自己心里却"咯噔"了一下。

蜂巢的出现让刘杰和芳芳的周末变了味。以往，他们会利用难得的时间好好放松自己，听音乐、打游戏、看电影，但今天他们却都有些心不在焉。他们总是时不时地跑到阳台上，看着那个令他们坐立不安的蜂巢发呆。各自往返了数次之后，刘杰和芳芳几乎是不约而同地表达了内心的想法——如何才能搞掉这个像个炸药包的蜂巢。

芳芳开始尽情地表达她对蜂巢的恐惧了，似乎这样可以增加剿灭蜂巢的能量。这个在城市中长大的女人调动了大脑中储存的所有关于马蜂的知识，向二十岁之前一直在农村生活的丈夫讲述马蜂的厉害，以及被马蜂蜇了之后的严重后果。她手舞足蹈地说，这是马蜂，而不是蜜蜂。马蜂的攻击性和毒性都很强，电视和报纸里常常报道那些遭到马蜂攻击之后丧命的新闻。说话的同时，芳芳用痛苦的表情增强了表达的效果。刘杰看着妻子真切的表演，恐惧如潮水一样淹没了他。

接下来，芳芳开始挖空心思地提出各种方案。这天，芳芳比任何时候都爱动脑筋。她说，在阳台上放一桶水，用一根长长的棍子穿过窗户去捅蜂巢。捅掉之后，蜂巢就掉进水里，马蜂也就淹死了。这个方案被刘杰否定了，他认为她不懂常识，马蜂淹得死吗？他说谁敢去捅啊，马蜂会通过窗户缝隙飞进来跟你拼命的。刘杰的话把芳芳吓得情不自禁地哆嗦了一下。芳芳想了想又说，到超市买瓶杀虫药，隔着纱窗对着蜂巢喷，一定能将马蜂全部杀死，然后再去彻底破坏它们的老巢。这个方案也被刘杰否定了。他说，你能保证所有马蜂都被杀死？那些藏在蜂巢最里面的马蜂如何杀？芳芳被问得哑口无言。但她并没有被困难吓倒，依然在开掘她的智力，解决这个天大的难题。半晌，她惊叫起来，说有办法了。她说你用衣服把全身围得严严实实的，戴上手套，给蜂巢浇上汽油，然后把它点燃，一下烧得灰飞烟灭。这个大胆的想法让刘杰目瞪口呆，他没想到芳芳能想出如何疯狂的方法。他一字一句地说，难道你就不怕把整幢房子一起点燃了吗?

　　接下来的时间，无论是芳芳还是刘杰，他们似乎都最大限度地开动了脑筋，但却依然没有找到解决问题的方法。在如何才能安全地捅掉蜂巢以确保人身安全这个问题上，他们始终一筹莫展。这个蓦然出现在这对年轻人视野里的蜂巢，在接下来的日子里彻底把他们的生活节奏打乱了。刘杰和芳芳总觉得马蜂随时会飞进来攻击他们，甚至夺去他们的生命。特别是芳芳，这个纤细的女人在家走路时像个小偷，屏住呼吸蹑手蹑脚，似乎空气的振动会惊扰蜂巢里休息的马蜂，引起它们的不满从而招致伤害。

　　尽管刘杰和芳芳都为这个蜂巢而感到焦虑和恐慌，但直到第五天时，他们依然没有找到方法弄掉它。那天傍晚，芳芳用胆怯的眼神远远地瞅着蜂巢，那些马蜂正肆无忌惮地在周围盘旋。芳芳的身体剧烈地颤抖起来，鸡皮疙瘩伴随着战栗布满全身。突然，一阵恶心袭击了她。芳芳严肃地对刘杰说，你必须得想个办法把蜂巢给弄掉，否则我们早晚会被马蜂蛰得面目全非。然后她重复了自己几天前提出的一个方案，让刘杰把自己裹严实，给蜂巢浇上汽油，采取火攻的策略毁灭那个潜藏着无限危险的蜂巢。芳芳的话让刘杰一怔，但他没同意也没反对。沉闷片刻后，他点了根烟，边抽边朝卧室走去。

　　第二天，刘杰不但没有将芳芳的提议付诸行动，反而做出了让她无法理解的决定。他冷静地对芳芳说，我要回家一趟。芳芳一愣，她问为什么。刘杰说，回家，我想回老家一趟。刘杰的老家离这个城市有三百公里，芳芳从未去过。芳芳脸上的疑问更加明显了，她问，回老家干什么？刘杰的目光顿时失去了色彩，皱着眉头想了半天，但他却没有给妻子一个满意的回答。他只是简单地摇了摇头，用充满哀叹的口吻说，突然想回去看看。芳芳的情绪立即激动起来，她红着脸梗着脖子说，干吗这时候回去？又没有重要事情。刘杰没有正面回应芳芳，他镇定地思索了片刻后，开始收拾回家的行囊。

刘杰完全置芳芳的责问与疑虑不顾，默然地收拾着自己的东西。很简单，就是些日常用品。从刘杰对行李的要求，足以看到他回家的急切心情。这一切芳芳都看在眼里，但除了在言语上进行干预之外，她不知所措。芳芳对来自农村的丈夫非常了解，他倔强的脾气一旦爆发，用九头牛也难以拉回来。大概半个小时后，刘杰背着行囊，离开了家门。临走时，他用淡淡的口气说，我几天后就回来。

2

刘杰之所以这么急着要回老家，与芳芳昨天的话有关。她的话使他陷入了漫无边际的回忆，而通过回忆牵出的思考如一个强大的磁场，刘杰就像一粒微不足道的铁屑，没有丝毫力气可以挣脱磁力的束缚。于是，经过一个夜晚的考虑，他做出了回家的决定。

汽车在高速路上如风一样的速度把刘杰带离了喧嚣的城市，当他目光散漫地盯着窗外飞快地移动的景物时，昨天夜里的思绪又翻飞起来。在漫长的夜里，刘杰的脑海里始终浮现出被马蜂蛰后的恐怖场景，一张张痛苦的脸不停地闪现、叠加、纠缠。最开始，刘杰看不清这些扭曲的脸是谁的。在一股莫名其妙的力量的牵引下，他把这些脸纳入记忆里，开始寻找它们的归属。

尽管如此，在前半夜刘杰依然一无所获。大概两点以后，外面起风了。刘杰感到寒冷袭击了全身，他悄然地打了几个寒战。寒冷似乎穿透了他的身体，一个人的名字迅速占据了他的脑海。张小波，刘杰轻轻地读着这三个字。声音中的怯懦在浓浓的夜色中荡漾开去，弥漫了整个房间。这使刘杰有种窒息的感觉。他小心翼翼地翻了一下身，又重复了一次"张小波"这三个字。记忆如潮水一样涌了进来，包围了刘杰。

张小波的脸最终在这个深夜清晰地出现在刘杰的脑海里了。张小波是刘杰的好朋友，儿时最好的玩伴。不过，自从刘杰离开老家后，就再也没有见过他了。甚至，远在大城市的刘杰没有再听说过张小波的任何消息。多年以后，出现在刘杰脑海里的张小波的脸，是一张被马蜂蛰得面目全非的脸。由于马蜂的毒性很强，张小波的脸肿得严重变形，眼睛、鼻子和嘴巴差不多都凹在厚实的肉里。晃眼一看，张小波的脑袋就是一个肉球。而造成这一切，竟然与刘杰的无知与自私有关。

多年前的一个冬日，刘杰和他的好朋友张小波在一片茂密的树林里欢快地玩乐。金灿灿的阳光，穿过树叶渗透到有些潮湿的土地上，泥土的芬芳让这对少年沉醉。突然，刘杰看到一棵柳树上悬挂着一个巨大的蜂巢。这个发现让刘杰兴奋不已，因为他一直对蜂巢感兴趣。不知为什么，他始终想研究蜂巢神秘的结构。于是，刘杰开始想办法把这个蜂巢弄下来。他想到用竹竿捅，用火烧，但这些方法都会破坏蜂巢。刘杰最后认为只有爬上树去把它摘下来才行。但是，面对这个住满了凶猛马蜂的蜂巢，刘杰胆怯了，恐惧在心里强烈地升腾起来。可他又不愿意放弃这个他见过的最大的蜂巢，这时他想到了张小波。他知道这个玩伴最听自己的话。

刘杰面对纯朴、善良、对自己言听计从的张小波，如美丽泡沫一样的谎言一个接一个地从他的嘴里飞了出来。刘杰对张小波说，这个蜂巢可以卖很多钱，如果能弄下来卖掉，我们就可以买好高一堆连环画了。刘杰知道张小波喜欢看连环画，所以才抛出了这个诱饵。果然，这一下就把张小波的兴趣提起来了，他摩拳擦掌跃跃欲试，想把蜂巢弄下来。刘杰说，这是棵柳树，我比你重，如果我上去的话树会断的，要不你爬上去？刘杰的口气带着商量的味道，他认为这种虚伪的尊重可以麻痹对方。张小波有些紧张了，他迟疑了一下说，我害怕马蜂，听说蛰了会很痛的，而且还有可能被蛰死。刘杰开始循循善诱，他说你傻呀，这是蜜蜂，又不是马蜂。接着补充说，蜜蜂是不蛰人的。张小波警觉地问了一句，是蜜蜂吗？蜜蜂不蛰人吗？刘杰肯定地回答说，真的是蜜蜂。蜜蜂只在花丛里采蜜而不蛰人。刘杰的语气让张小波相信了蜂巢里住的是蜜蜂，而不是马蜂，也让他相信了蜜蜂只采蜜而不蛰人。张小波开始行动了。这让刘杰心花怒放，他甚至在树下高兴地跳了起来。但是，张小波爬了一段树后又反悔了，一骨碌滑了下来。刘杰有些不耐烦地问，又怎么啦？张小波满脸委屈与怯懦地说，我害怕。刘杰立即把脸拉了下来，他说你怕什么呀？你还想看连环画吗？想看连环画就去把蜂巢弄下来。张小波看了看刘杰，开始飞快地往树上爬。不知是他害怕刘杰呢，还是对连环画充满了强烈的渴望。

张小波一溜烟就爬了上去，双手只是在空中停顿了一下，就坚决地伸向了蜂巢。可是，他紧接着就发出了一声惨叫。叫声把浑浊的空气震得如汹涌的波涛一样翻滚，也把刘杰震得接连后退了几大步。他眯着眼睛望着张小波，粗声大气地问，你在瞎叫啥？张小波嘟哝着说，我被蜜蜂蜇了。说着，他抱着树干滑了下来，"咚"的一声砸在地上。刘杰立即冲上去，想知道张小波到底怎样了。可张小波却用两只手死死地捂着脸。刘杰看了看像死猪一样蜷缩在地上的张小波，又抬头望了望柳树上的蜂巢，一大群马蜂在蜂巢周围飞舞。刘杰在张小波周围转了好几圈，然后使劲地把他的双手拉开了。刘杰看到的是一张几乎完全变形的脸，他就快要认不出眼前这个人就是自己最熟悉的伙伴了。他当时做了一个粗略的估计，张小波的脸起码被二十只马蜂侵略过。这个想法令懵懂的刘杰感到极度害怕，他甚至担心这会威胁到张小波的生命安全。

刘杰用颤抖的声音问，怎么办呢？你知道被马蜂蜇了之后如何解毒吗？张小波说不知道。但他的嘴巴已经严重变形，舌头似乎都麻木了。所以，刘杰没有听清楚他的话，慌乱的他又接连问了好几遍。最后，张小波只能抱着麻木的脑袋猛烈地摇了起来。

恐惧袭击了刘杰，他仿佛觉得张小波就要这样死去了。突然，一个念头迅即闪进了刘杰的脑海，他记得有人说过人尿可以解去马蜂的毒。沉思了片刻，他把这个想法说了出来。张小波含糊地说了一个"不"。刘杰知道他嫌尿脏以及不好意思，但他知道现在也只有这个方法了。于是，他开始与张小波讲道理。他说，书上说人尿是最干净的，比我们喝的井水都干净。他又说你别不好意思，这样可以解毒，可以救你的命，你知道吗？为了增强说服力，刘杰又强调了一次是救命。他想，张小波是怕死的。就像相信蜂巢里是蜜蜂而不是马蜂一样，张小波又一次相信了刘杰。于是，刘杰扶着张小波向树林深处走去。

在树林里转了好久，刘杰依然没有找到树叶盛他的尿。刘杰不想直接对着张小波撒尿，他知道这会伤害对方的自尊。但是，张小波的脸越来越红，越来越厚实，这明显是马蜂的毒在作祟。如果再不进行解毒，后果真是有些严重了。情急之下，刘杰结结巴巴地说，要不我就对着你的脸冲。看样子张小波已经痛得难受极了，所以他想都没想就使劲地点了点头。他说，那好吧。于是，在那个寒冷的冬天，这片阴森森的树林里发生了奇怪的一幕：刘杰掏出他的小鸡鸡，对着张小波那已经肿成一个大胖子的脸，把热气腾腾的尿撒了上去。而张小波蹲在地上的情景，仿佛是在害羞地洗着淋浴。他的双手笨拙而贪婪地在脸上搓洗，仿佛害怕刘杰的尿不能洗遍脸的每一寸肌肤。

大概半个小时后，张小波脸上的情况有所好转，红肿也慢慢消失了。夕阳的余辉给冬季的傍晚增添了丝丝温暖，但张小波独自蹲在树林里的身影显得很苍凉。刘杰过去拉了张小波一下，可他依然委屈而尴尬地坐在地上。这对关系很好的少年在树林里保持着一种可怕的沉默，直到夜幕降临，倦鸟归巢。回家的路上，他们一前一后，相隔数十米。途中，刘杰开始觉得自己犯下了错误，并几次想为自己的无知与自私向张小波道歉。但是，刚刚萌芽的悔意，被他的倔强抹杀了。后来，刘杰因为张小波和自己的关系依然如初，便刻意将这件事情隐藏和淡忘了。

这都是好多年前的事情了，但它们现在却清晰地出现在刘杰的脑海里。这使得刘杰返回故乡的心情更加急切，他恨不得汽车能像飞机一样，展开双翼，用最快的速度把自己带回去。

3

经过几个小时的奔波，刘杰终于回到了承载童年创伤的地方。自从父母双双离开人世之后，他就再也没有回来过。现在，一切都恍如隔世。刘杰站在狭窄的村口，看见的是一座凋敝的村庄。他感觉不到这里有任何生活的气息。这时，那些炊烟袅袅，燕子翻飞的场景又不失时机地出现在脑海里，更加增添了刘杰的怅然与失落。

刘杰没有回到自己的家里，那两间长久没有人住的房子早已垮塌了。他直接到了张小波的家里，这才是他此次回来的主要目的。刘杰顺着记忆找到了张小波的家，低矮的土坯房不见了，换成了几间小洋楼。但他知道，这就是张小波的家。四周很安静，没有鸡飞，也没有狗吠。刘杰小心翼翼地喊了一声，张小波。没人应答，他又重复了一声，张小波。这次声音大了些。

几分钟后，屋内出来了一个瘦弱的女人。女人看了看刘杰问，你找谁？刘杰说找张小波。女人怔了怔问，你找张小波？接着她又说，你是谁？刘杰做了自我介绍。女人的眼睛立即亮了起来，但瞬间又恢复了黯淡。半晌，她才说了那句让刘杰心里产生痉挛的话。她说，张小波死了。刘杰顿时有种眩晕的感觉，但他立即稳定了情绪。

在女人夹杂着伤感与惊喜的热情中，刘杰进了童年玩伴的家里。女人一边带着刘杰参观房子一边问，你有多少年没有回来了？刘杰说十三年了。女人又问，你和小波的关系很好吧？刘杰想了想说，当然好。女人的脸露出了微弱的笑容。她说，我就知道你们关系好，要不然他不会常常念叨你。刘杰有些吃惊和担心，他对张小波把自己放心上感到惊讶，而他更担心的是，张小波是不是一直记恨着自己呢？好半天，他才从嘴巴里挤出一句，是吗？女人微微点了一下头说，是啊。

十三年后，当刘杰带着疲惫与悔恨重新回到故乡时，他要找的童年玩伴已经离开了这个世界。他只能在玩伴的妻子的讲述中，感受一些张小波的生活碎片。

女人说，张小波特别喜欢给她讲他的童年往事，比如捕蜻蜓、抓螃蟹、捉知了、扒鸟巢、逮麻雀。说话时，女人脸上露出了两个浅浅的酒窝。她说，小波生前说这些时，都会开怀大笑，前俯后仰。女人接着说，小波说他是个笨蛋，而你的手脚确实敏捷得很。他说他只能抓住笨拙的螃蟹，拿几个安静地躺在鸟巢里的鸟蛋，而蜻蜓、知了和麻雀他从未得手过。

沉默着听了好半天，刘杰突兀地打断了女人的话。他问，小波没有说有关蜂巢的事吗？女人反问了一句，蜂巢？然后陷入了沉思。过了一会儿，她重复地问，蜂巢？接着摇晃着脑袋。刘杰似乎不相信，迟疑了一下又问道，真的没有提到有一年冬天我让他爬到树上弄蜂巢的事？女人却把问题丢回刘杰，她问，你曾让他爬到树上去弄蜂巢吗？刘杰没有回答，他长长地叹了口气，心里明白张小波没有向自己的妻子说起那段十三年后令他充满悔恨的往事。

从张小波家里出来，刘杰在村庄里四处转悠。村头茂密的柏树林已经不见了，一条泥泞不堪的公路把曾经葱郁的美好记忆完全抹杀了。刘杰记得这里曾是他和张小波，以及另外一群小伙伴们扒鸟巢和捉迷藏的地方，那些在树林里穿梭的身影和欢快的笑声此刻又翻腾起来。刘杰依然记得有一次他去扒一个鸟巢的情景，他们都以为里面是一窝鸟蛋，不料当他的手伸进去时，却爬出几只老鼠来。惊恐的刘杰从树上摔下来差点折断了腿。那时候，他才知道老鼠也会学着鸟在树上建安乐窝。

刘杰去了村子背后的那个小山头。山头上杂草丛生。一位老人告诉刘杰，现在除了老人，几乎没有人留在村子里了。小孩子们都被父母带到打工的地方上学去了，再也没有人在小山头上飞奔与呼喊了。可是，刘杰忘不了这里。这个小山头曾是他和伙伴们玩过家家的地方。在童年记忆里，刘杰总是和张小波一起争一个女孩。当然，每次都是张小波让刘杰当新郎，和那个美丽的女孩成了小孩子根本还无法理解的夫妻。日复一日，年复一年，快乐催促着时间的脚步很快就把这一段过完了。至于曾经那位美丽的小新娘，她和张小波一样，已经在刘杰的视野里消失很多年了。刚才听张小波的妻子说，她在上海打工时认识了一个安徽小伙子，远嫁外地了。

在山头坐了几个小时后，刘杰带着沉重的心情走向了那个深藏在内心的地方。

那片树林还在，虽然它已经失去了往日的生机。萧条的景象暗合了刘杰此刻的心情。他在心里默默地告诉自己，他是来道歉与赎罪的。他知道现在已经迟了，但是，忏悔确实塞满了他的胸膛，觉得整个心房都涨得快要爆炸了。他踏着厚厚的树叶，就仿佛踩着漫长的岁月。树叶发出的声响让刘杰心乱如麻，细密的冷汗悄悄地爬满了额头。

经过一段艰难的行走后，刘杰来到了那棵苍老的柳树前。柳树居然还在，他有些难以置信。不过，这倒为他的忏悔提供了感官的存在。当年在这棵柳树上发生的事情如旋风一样刮进了刘杰的脑子里，他仿佛被抽走了脊髓一样软了下来。

刘杰扑通一声跪在这棵老树下，尽管树上的蜂巢和张小波都不在了。他望着老树上那块斑驳的树皮，瞬间觉得树皮变成了张小波的脸。它扭曲、红肿，充满了马蜂的毒性。甚至，刘杰看见了马蜂围着张小波的脸叫嚣的恐怖场景。看着树皮，刘杰的泪水肆无忌惮地涌了出来。眼泪中携带着对朋友的思念和对往事的悔恨。可当他定睛细看时，那依然是一块老得快要掉下的树皮。刘杰的心里感到极度空洞与失落。良久，刘杰把头重重地埋在地上。恍惚中，他感觉有人在对着自己的脑袋撒尿。

直到夜幕完全把大地覆盖之后，刘杰才拖着沉重的步子回去。

4

在张小波妻子的挽留下，刘杰住了下来。他原本想立即返回城市，这里的空气让他的心隐隐作痛。但是天色已晚，没有车了。进屋后，一个小孩子出现在刘杰面前。他的神经顿时被刺激了一下，张小波的影子又跃入眼帘。在他妈妈的敦促下，小孩子生涩地叫了一声"叔叔"。这是张小波的儿子，八岁了，在村小读小学三年级。刘杰惊异于这个孩子与他父亲的相似性，他的眼神里也透着张小波身上特有的淳朴和善良。从他那轮廓分明的五官和言行举止上看，这简直就是张小波的浓缩版。刘杰仿佛回到了童年时代，那时候张小波也总是矜持地出现在自己身边。

夜色如潮水一样淹没了这个沉默与孤僻的村庄，夜晚静得让人发慌。刘杰躺在床上，无论如何也睡不着，夏夜里蛐蛐的叫声让他心烦意乱。他始终在想一个问题，张小波给他妻子说了那么多童年往事，他真的没有说关于蜂巢的事吗？他为什么不说呢？刘杰希望张小波能将那段经历告诉妻子，他想那样自己也许会好过一些。

在床上躁动地躺了几个小时后，刘杰披起衣服，下了床，踱步来到房门前。他想去问问张小波的妻子，让她再想想丈夫生前是否提到过那次让刘杰多年以后忏悔万分的行为。他担心张小波曾经说过这事，只是她记性不好忘了而已。可他最终放弃了。在屋内徘徊数遍后，刘杰觉得那个与张小波一样淳朴的女人不会撒谎。刘杰重新回到了床上，直到天亮也没有合上眼睛。

第二天刘杰匆匆地告别了这个村庄，临走时他看着张小波的儿子，想去摸摸他的脸。但他没有这样做，手在空中顿了顿，迟疑地缩了回来。刘杰的思绪又回到那片树林，他认真地对张小波的儿子说，千万别去捅蜂巢，马蜂蛰人挺厉害的。张小波的儿子很茫然，他不解地问，蜂巢？刘杰说是的。接着他又拍了拍张小波的儿子的脑袋，让他记住自己的话。然后，他快快地离开了。

　　回到城里时已是傍晚了，刘杰在楼梯上遇到了几个消防官兵。他隐约听到其中一个消防官兵在议论马蜂，竟然莫名其妙地紧张起来。刘杰迫不及待地跑进家里，冲向阳台后他发现蜂巢不见了，空气中弥漫着浓烈的药味。刘杰知道芳芳已经打电话叫消防官兵把蜂巢给剿灭了。他立即把脑袋伸进防护栏里，看到破碎后的蜂巢散落一地，几天前还充满生机和攻击性的马蜂气息奄奄地躺了一大片。刘杰长久地盯着眼前的景象，他怅然若失，不知所措。

　　让人感到惶恐的蜂巢终于被剿灭了，但刘杰却高兴不起来。来回奔波已使刘杰疲惫不堪，蹲在地上的他仿佛是一只病入膏肓的猫，目光黯淡地盯着阳台，那个曾经给他和妻子带来无限恐惧的蜂巢已经彻底从生活中消失了。长叹一口气后，刘杰颤巍巍地走进卧室，倒头睡了。

1

这个冬季对于周小舟来说，实在太冷。南方没有凛冽的风，但他的生活却跌进了冰窖。十一月初，公司因为经营不善走入绝境，老板最终只能采取裁员的方式来自救。很不幸，周小舟失去了工作。他很懊丧，怎么也想不明白老板为何会裁掉自己。周小舟是中层干部，是公司的骨干，他曾为公司立下过汗马功劳。但是，既然木已成舟，他也没与老板做任何争辩，灰心丧气地离开了办公室。

失业不久，周小舟与妻子的感情又出现裂缝。也不知道为什么，原本看似和睦的两口子，总是因为一些鸡毛蒜皮的事吵闹个没完。每次，周小舟都挖空心思地想办法平息两人之间的战争。可是，明明是解决矛盾的法子，却成了下一个矛盾的导火索。结果，两人从一个旋涡滚进了下一个旋涡，然后又是一番激烈的争吵、谩骂。周小舟和妻子好像进入了某种无法停止的循环，他们都有些精疲力竭，但都不愿意停歇下来。事实上，只要他们任何一个人停下来给对方一个喘息的机会,那么,生活就会转向另一个美好的方向。

工作无端端地丢掉,感情无端端地破裂,这让周小舟极度沮丧。他仿佛丢失了魂魄,过上了昏昏沉沉的日子。这个冬天,南方这座繁华的城市比以往任何一年都冷,大街上的人们都缩着脖子,来去匆匆。周小舟每天蓬头垢面、面如菜色地穿梭在附近的几条巷子里,萎靡不振的样子让人觉得陌生。有时候,碰见熟人他也不打招呼,神情漠然地擦肩而去。认识他的人都感到纳闷,这还是原来那个周小舟吗?

其实,周小舟完全可以重新找份工作。这并不难,或者可以说是轻而易举之事。他也可以修复与妻子的感情,这些年来,他们一直相亲相爱,目前的情感困局不过是人生之中的小插曲。但是,周小舟却沉沦了。他没有重新振作的激情、冲动,他失去了对美好与幸福的向往。生活对于周小舟仿佛不再是丰富的矿场,而是一个垃圾堆。

一天早晨,周小舟接到了一个既陌生又熟悉的电话。接的时候,他并未看来电显示。周小舟问,谁呀?紧接着,他又笑着说,原来是大伯啊,有什么事吗?接下来,周小舟陷入了沉默。他全神贯注地倾听着大伯的电话,仿佛走进了久远的记忆。十几分钟后,周小舟对大伯说,那好吧,我知道了。然后,他若有所思地挂断了电话。

大伯告诉周小舟,老家的三间老房子已经摇摇欲坠,如果不及时修缮,估计一场大雨就会将之摧毁。陈述完这个事实之后,大伯就在电话里唠叨起来。他说小舟呀,不就是几间老瓦房嘛,多年来也没人住，干脆就让它倒了算啦，何必浪费人力财力呢？我告诉你，燕子不会再飞回来了，它又不是人，怎么还会惦记着自己的巢呢？周小舟没吱声，他知道无论怎样解释，大伯都不会明白自己的心思，何况自己也没有向他道出真实的原由。一直以来，大伯就对周小舟感到不解，这孩子，干吗把那个燕子窝看得如此珍贵？为了燕子窝，他居然还要永远保留三间没人住的老房子。

接到大伯的电话后，周小舟每天如坐针毡。他慌乱得如一只蚂蚱，神色焦虑，上蹿下跳。那个老朽、斑驳的燕巢始终萦绕在周小舟的脑海里。但是，燕巢已经没有了具体的形象，它有时候是一个完整、温暖的燕子窝，有时候则是一个残缺的巢穴，或者干脆就是一些碎片，散落在地上。周小舟很痛苦，他恍惚中已经不能确定那个燕巢如今是否还完好。周小舟时刻都想回到老家。尽管人们依然还能看到他形容枯槁、失魂落魄地游荡在巷子里，但是，他的心思早已飞到了另一片天空。

就在周小舟迫不及待地想要回到故乡时，他和妻子的感情仿佛快要走到尽头了。那天晚上，他对她说，我想回趟老家。她满脸狐疑，她问，怎么突然要回去？周小舟说，几天前接到大伯的电话，说老房子快要倒了，如果不翻修，随时都可能倒塌。我想回去看一看，找工人修缮一下。妻子差点笑出声来。她轻蔑地问，修缮？又不住人干吗要修缮？周小舟一时语塞，不知如何回答，只得尴尬地呆愣着。这么多年来，他并未给妻子说过那个燕巢的故事。沉默，气氛略显紧张。

也不知道过了多久，大概有二十多分钟吧。钟表的指针在冷夜里走得特别决绝。妻子终于说话了。她说，其实你回不回老家又与我有什么关系呢？我不想与你这样纠缠下去了，离了吧，这样对大家都好。周小舟就像背后被人敲了一闷棍，他迟疑地问，你要与我离婚？妻子点了点头，她说，把这事办了你再回老家吧。她的语气很急切、干脆，仿佛一刻也不愿意再与周小舟待下去。说完，她转身朝卧室走去。周小舟跟了上去，但妻子随手把门关上了。他看着那扇核桃木门向自己飞来，"砰"的一声，刚好在鼻子前停下来。周小舟还有很多话对妻子说，但这扇门却把语言全部关住了。

接下来的几天，周小舟想与妻子做些交流，他认为还没有走到离婚的地步。但是，妻子心意已决，没有给他任何机会。她总是皱着眉头说，再说都是枉然，有这份精力相互纠缠，还不如各自去追求属于自己的幸福人生。周小舟怎么也想不通，两人的感情会决裂得如此迅猛，似乎不给人任何喘息的机会。但是，他也暗自下了决心，不会轻易妥协。对于不明就里的事，周小舟向来不认输。

周小舟做了两个决定：第一，坚决不离婚；第二，马上收拾行囊回老家。

2

第二天早上，周小舟踏上了回家之路。尽管妻子在背后歇斯底里地咒骂，但是，他还是义无反顾地走出了家门。七年来，这是周小舟第一次返回老家。时光倒回去七年，周小舟的妈妈去世了；时光再往回走三年，周小舟的爸爸因为癌症撒手人寰。当父母相继离开之后，周小舟就再也没有回去过。七年来，他一直在南方这座城市为自己的理想而拼搏，即便是那个让他无比牵挂的燕巢，也没有把这个漂泊的游子拉回去。

坐在摇晃的火车上，周小舟的思绪也摇晃起来。在摇晃之中，很多埋藏在心底的往事慢慢浮上心头。周小舟想起了第一次坐火车的情形，想起了贫瘠的山村里关于火车的想象。在周小舟的脑海里，村子里的人总在不断地奔波与迁徙。火车把山村里的人带到城市，又从城市中把他们带回故乡。小时候，他与伙伴们总喜欢听外出打工回来的人讲坐火车的故事。在别人的讲述中，坐火车就是追寻梦想，坐火车就是流浪和奔波。尽管周小舟知道坐火车是件辛苦事，但他还是期盼有朝一日能够坐上火车，走出贫困、封闭的山村。后来，周小舟的理想实现了，火车带着他从家乡到城市，从一个城市到另一个城市，永无休止地奔跑着。

从城市到故乡，周小舟得坐三十多个小时的火车。这是段漫长的路途。不过，周小舟的心早就飞了回去，停落在那三间老房子的梁上。从房梁上，可以俯视挂在墙壁上的那个燕巢。仔细算起来，这个燕巢已经有十多年了。周小舟的记忆变得绵长起来，他想起了故乡燕子在天空飞舞的壮观场面，想起了燕子第一次到自己家来时的欣喜。总之，那些美好而伤感的记忆，缓缓地从心间淌过。

在周小舟的故乡，燕子是吉祥的象征。燕子到谁家来，预示着那家人即将有好事或者走好运。周小舟喜欢燕子却不是因为这个，他羡慕那些精灵能够自由翱翔，能在广袤的世界里任意穿行。冷了，可以去南方；春天，又再回来享受大自然的美好。那年冬天，周小舟在墙壁上凿了两个洞孔，等待从南方归来的燕子到他家筑巢。

第二年三月的一个傍晚，周小舟放学回家后，终于在堂屋里看到有燕子筑巢的迹象。虽然还只有一点痕迹，但他已是高兴得手舞足蹈、奔走相告，一会儿，整个院子都知道周小舟家来了燕子。特别是那些小伙伴，都一窝蜂地涌到周小舟家，但是，他们都没有看到燕子和燕巢，叹息着出去了。周小舟没有叹息，他充满了期待。

时间一天天过去，燕巢也在一天天成形。依然是一个傍晚，放学回家的周小舟看到了一个完整的燕巢，里面住着一对可爱的燕子。这一次，他没有四处宣传，而是静静地望着那对精灵，心里充满了无限的喜悦。

这对燕子在周小舟家住了很多年，过着幸福、祥和的日子。每年冬季到遥远的南方过冬，第二年春季又准时飞回来。每年春节之后，周小舟就翘首期盼，等待着燕子归来。燕子在春季重新回来，对周小舟来说，比任何事情都兴奋。但是，十五年前的那个春天，那对燕子再也没有回到周小舟家。而这一切，与十六年前那个冬季发生的一件事有关。

下了火车，周小舟又马不停蹄地转乘汽车，盘旋在高低起伏的山路上。还要坐三个多小时的汽车，他才能看到那三间老房子和堂屋里的燕巢。其实，余下的路程并不太长，但因为急切的心情，周小舟觉得似乎比先前的三十几个小时还漫长。离家越近，周小舟越希望尽快看到燕巢。

整整七年了，周小舟都没有看到那个燕巢。父母在世时，每年春天，他都要回家一次，看父母也看燕巢。七年前妈妈走了之后，周小舟就没有回去了。但是，他心里依然惦记着燕巢，以及那两只没有归来的燕子。周小舟给大伯打了招呼，只要燕子回来，就立即通知他。而且，每年的三月到四月，周小舟都要不断地给大伯打电话，询问情况。这么多年来，他似乎都养成了习惯。在周小舟的记忆中，这几年他与大伯的通话，仿佛都是关于燕子和燕巢，而且对话总是那样机械与干脆。周小舟问，燕子回来了吗？大伯说，没有。周小舟问，燕巢还好吧？大伯说，还好。

傍晚时分，周小舟终于回到了故乡。在苍茫的暮色中，村庄和大伯都老了。周小舟站在村口，仿佛站在一道苍老的皱纹上。他在努力回想七年前离开时的样子，那时候还是青山绿水，欣欣向荣，与此时的景象恍如隔世。周小舟迈着迟疑的步伐，小心翼翼地朝家走去。在院子门口，他看见大伯佝偻着背在捣鼓一堆柴禾。

周小舟又走了几步，离大伯更近了。他压低嗓门喊道，大伯。老人顿了一下，脑袋在夜色中轻微地探了探。他大概不相信有人在叫自己。周小舟又喊了两声。老人下意识地让身子直了起来，他含混地说道，周小舟呀，这么晚才回来呀。周小舟说火车晚点，后来汽车又出了故障，所以一路耽搁下来，就走到天黑了。大伯嘿嘿地笑了笑，他说，不晚，还没煮晚饭呢。说完，老人丢掉柴禾，接过周小舟手中的挎包，朝院子里走去。

七年没见了，周小舟与大伯有太多话要说。从在暮色中见面的那一刻起，直到吃饭睡觉，他们都没完没了地聊着。没有主题，没有线索，想起哪里就说到哪里。就是这么随意地聊天，周小舟却把这些年的变化全部了解了，其中包括大伯在岁月中的苍老。无论声音、面容，还是心境，周小舟都发现大伯老了，老得让人心疼，老得让人猝不及防。但是，周小舟也发现大伯活得很温暖、充实，以及还有一种无法言表的幸福。老人躺在床上，用细软的语言诉说着过往的岁月和往事时，周小舟能感觉到大伯脸上安详、平静的表情。这一刻，周小舟特别羡慕大伯。

3

这个夜晚，周小舟几乎没睡。前半夜，他与大伯聊天；后半夜，他在琢磨着如何修缮老房子。睡觉之前，他与大伯去查看了老房子的情况。在昏幽的灯光下，房子就如一位老态龙钟的妇人，颤颤巍巍，摇摇欲坠。就像大伯在电话里说的那样，如果来一场大雨，估计这里就会成为一片废墟。那个悬挂在堂屋墙壁上的燕巢，虽然历经岁月，但却依然稳固地挂在那里。它似乎在等待自己的主人，如果主人没有回来，自己就不能掉下来。凌晨时分，周小舟决定了，天亮后就立即动手，尽早请人将房子翻修好。其实，工程并不大，把倾斜的墙壁重新做好，换上新的房梁和瓦片就可以了。

村里人听说周小舟回来了，而且是专门为了修缮几间破烂房子，几乎没人理解，且人人传为笑谈。大伯也一如既往地反对，他说，你这孩子就是犟，飞出去的燕子就像断了线的风筝，谁知道它到什么地方去了呢？接着，老人指着空荡荡的天空说，说不一定，它早就在其他地方安居乐业了。周小舟没吱声，心里在盘算着修缮房子的事。

执拗的周小舟没有听大伯的劝告，也视乡亲们的嘲笑、戏谑不顾，毅然地开始修缮老房子。他请了十来个工人，张罗着买水泥、树木以及砖瓦。年迈的大伯虽然摇头叹气，但也忙着为周小舟出谋划策，有时还亲自与工人们一样劳作。

那段时间，这套久无人烟的老房子又热闹起来，成了人们关注的焦点。以前，这个小山村里，估计没有多少人会关心这套老房子。多年无人居住，在风雨的吹打下，房子早已呈腐朽之势。而且，年轻人大都外出，老年人又逐渐老去，很少有人记得这套老房子和曾经的主人，就连同在一个院子的大伯，也很少有时间进去。如今，老人住在儿子修建的一幢白色小洋楼里，过着平静的生活。

大家都不清楚周小舟到底在搞什么，父母已经死了，而且他又在城市里安家结婚，翻修这几间土墙瓦房又有什么意义呢？但是，他们又无法亲自问周小舟，于是只好把问题留给了周小舟的大伯。事实上，大伯也不知道，他一边做事一边嘀咕，这孩子，谁也搞不懂他到底在想什么。一直以来，周小舟深得大伯的喜爱，两人亲若父子。当周小舟的父母都离开以后，大伯更是牵挂这个漂泊异乡的侄子。每年春节，大伯都要打电话让周小舟回家过年。他慢腾腾地说道，这里依然是你的家，是你的根。但是，周小舟却从未回来过。他只是在三月到四月，不断地打电话询问大伯，燕子回来了吗？燕巢还好不好？

房子的修缮很顺利，也很成功。整个过程中，周小舟的精力都集中在那个燕巢上。他想方设法保护它，害怕忙中出错毁坏了燕巢，这样就弄巧成拙，失去修缮房屋的意义了。周小舟在燕巢上面搭建了木板，这样，无论上面掉砖头、瓦块，或者其他什么物件，都不会对燕巢构成威胁。有人笑着对周小舟说，难道那个燕子窝比这套房子还重要？周小舟沉默不语，只是冷冷地笑着。

十天以后，房屋就翻修好了。看着破败的老房子恢复了生活的气息，周小舟有种说不出的高兴。不过，他还没来得及喘口气，添堵的事情就来了。

那天上午，周小舟正站在院子里看着翻新后的房子时，电话响了。他一看号码，立即就紧张起来，仿佛心房使劲地收缩了一下。周小舟没接，他知道这个电话会很麻烦。他把电话放进口袋里，但是，它依然响个不停。大伯从屋里走出来，他问，你没听到电话响吗？怎么不接呀？周小舟神色慌张地掏出手机，慌乱之中差点把手机掉在地上了。不过，他依然没接。挂断电话之后，周小舟把手机设置成了振动。他以为这样就可以解除烦恼了，但却事与愿违。那个不停地振动的手机，似乎释放出了一股强大的电流，不断地刺激着周小舟，他仿佛觉得挨着手机的那块肌肉都麻木了。看样子，这个电话非接不可。

电话是妻子打来的，她的语气生硬、冰冷，并且充满了戾气。她粗声大气地说，你干吗不接电话？周小舟嗫嚅道，刚才没听见。妻子"哼"了一声，她说，没听见？我看你是害怕了，根本不敢接我的电话。周小舟听着妻子的话，他很惊诧，不知道妻子又在玩什么把戏。自从莫名其妙地吵架，然后又莫名其妙地提出离婚之后，他开始重新审视自己的妻子，他觉得自己对她并不了解。或者说，妻子突然之间就变了，变成了另一个周小舟根本不了解的女人。

正在周小舟心里嘀咕的时候，妻子又责问起来，你怎么在那个破山村里待这么长时间？周小舟清了清嗓子，他说，我在翻修房子呢，每天都很忙。妻子在电话里惊叫起来，你修那几间破房子干什么？就那个破房子，又能修成什么样子呢？周小舟对妻子每句话不离"破"字感到厌恶极了，他说你别老是破来破去，破不破与你有什么关系？妻子笑了笑说道，你说得有道理，确实与我没关系。好吧，快回来把婚离了，然后我们就彻底没关系了。

说到离婚，周小舟就一肚子闷气。他想与妻子理论一番，但又害怕大伯听见，于是，他朝堂屋走去。刚翻修后，屋子里还透着泥土的芬芳和树木的味道，在这样一个环境里为即将破裂的婚姻而抗争，确实具有讽刺意味。周小舟咬牙切齿地说，你能给我一个离婚的理由吗？婚姻不是儿戏，不是说想离就离。妻子在遥远的城市里张狂地笑着，你这个乡巴佬太他妈可爱了，离婚还需要理由吗？如果你真的需要理由，就自己编一个吧，什么理由都行，只要能把婚离了。妻子的嘲笑、讥讽让周小舟越发气愤，他对着手机怒吼道，无论怎样，我都不会离婚。周小舟认为妻子离婚的背后有阴谋，他不想让她得逞。妻子在电话里也奋起反击，她说，那咱们法庭上见吧。周小舟的愤怒终于达到顶点，他说，你以为我怕你吗？然后，他用力地挂断了电话。

周小舟长长地出了一口气，然后看着刚翻修好的房子发呆。在离燕巢不远的地方，一个蜘蛛网在寒风中摇晃。是以前的蜘蛛网没清扫干净呢，还是最近两天才结的网？这个问题让周小舟感到迷茫和忧伤。他摇晃着脑袋，转身朝屋外走去。周小舟看见大伯在院子的角落里，像是在收拾什么东西，又像是鬼鬼祟祟地窃听他的电话。

4

接下来的一段时间，周小舟过得十分快乐。他搬进了重新修缮后的老房子，过上了平静的生活。时间过得很快，离春节也只有十来天了。儿时的伙伴们从五湖四海回来准备过年了。无所事事的周小舟开始挨家挨户地串门，找那些伙伴们谈天说地，或者通宵达旦地打牌。这让他忘记了烦恼和忧伤，即便是妻子不停地打电话催他回城。几天之后，大伯的儿女也都回来了。周小舟与堂兄堂妹已经十年没见了，与他们有说不完的话。

多年以后，周小舟又在老家过年了。这是个难忘的春节，如果大伯全家能不总是提到周小舟的妻子的话，他会更加高兴。大伯说，让你老婆也回来吧，这次之后，不知道又要等到哪一年才能团聚了。周小舟搪塞道，她忙，单位不放假。这让大伯发出声声叹息，他说农村人一年到头也能休息几天，可城里人却是如骡子一样永远打着转儿。周小舟就笑笑，不接话茬。

春节之后，村里的人又陆陆续续出去了，又开始奔向四面八方。如今，村子里的人就像燕子迁徙一样，年初到外面打工挣钱，年末匆匆回家过年，过完年后，又重复着上一年的生活。堂兄堂妹在遥远的南方打工，为了躲过春运高峰，他们正月初三就走了。周小舟说，这样急匆匆地回来又急匆匆地离开，你们觉得有意义吗？他们笑着说，每年都这样，所有人都是这样，已经习惯了。

正月初八，大伯问周小舟，你什么时候上班？周小舟如梦初醒。他说，我请了三个月假，还早呢。大伯纳闷，他说，三个月？周小舟努力地挤出干瘪的笑，他说，我工作十几年了，累积假期已长达几个月，这次要一次性休完。朴实的大伯相信了周小舟的话，他说那好吧，你也好多年没有回过家了，这次就多住些日子。周小舟就心安理得地住了下来，他想永远就生活在这里，不再回到城市中。城市的家豪华，但已破裂；乡下的家简陋，但却完整。

周小舟的妻子从未停止过电话纠缠，有时候，她一天要打十几遍。这个生活在南方繁华都市的女人，十分牵挂这个偏僻的村庄。在电话里，她的情绪近乎疯癫了，每次都是声嘶力竭地咒骂周小舟。在妻子的眼里，如今的周小舟成了懦夫，成了癫皮狗。她说，你这是什么意思？你以为回去躲在穷乡僻壤就能了事吗？不可能的。我们的婚，迟早还得离。周小舟早已对这样的威胁习以为常，他冷笑着说，随你怎么说，我觉得无所谓。不过，我短时间内不会回来，离婚的事以后再说吧。见周小舟不买账，妻子的口气就软了下来，她先是用商量的口吻问道，那你什么时候才回来呀？周小舟说，我自己也不知道，等这里的事情忙完了再说吧。然后，妻子的口气就变成了乞求，她说你早点回来吧，离婚这事，早离早轻松，这么拖下去谁都耗不起。周小舟没理会，他含糊地"哦"了一声，就挂断了电话。

应付妻子的纠缠，成了周小舟在宁静的乡下必须面对的一桩烦恼。虽然他答应妻子，说自己尽早回去，但他心里明白，自己根本就不想再回去了。周小舟愿意将余下的生命，全部交给这里。这里是生命开始的地方，也应该是结束的地方。

几乎是在一夜之间，春天就到了。阳光明媚，春风拂柳，生长的新芽让冬季的凋敝消失得无影无踪。那个无所事事的下午，周小舟隐约听见村子里响起了孩子们的歌唱。"小燕子，穿花衣，年年春天来这里，我问燕子为啥来，燕子说，这里的春天真美丽……"歌声让周小舟的身体慢慢温热起来，血液也加快了流动。是的，每年春天，在南方过冬的燕子就会翻山越岭，千里迢迢地往家赶。周小舟暗自想道，那两只燕子今年会回来吗？

周小舟踱步来到堂屋，深情地望着那个燕巢。瞬间，那件往事使劲从记忆的最深处翻了上来。十多年前的那个秋天，周小舟在悲凉的秋风中，看着心爱的女孩离开了村子，去了遥远的南方。当时他还年轻，只得眼睁睁地看着她远去，连追赶的勇气都没有。周小舟与女孩自由相爱，但是，女孩的父母却横加阻拦，原因是周小舟家太穷了。周小舟家确实穷，方圆几里的人都知道，除了那三间土墙瓦房，就没有别的了。那时候，村里人对外面的世界并无太多了解，周小舟也不知道女孩到底去了哪里，只知道是南方。一年以后，女孩回来了，可她的身边却多了一个男人，那是她丈夫。在女孩姑姑的撮合下，她在南方嫁人了。回来没多久，女孩将父母接到了南方，从此以后，再也没有回过村子。

失去了女朋友，周小舟失魂落魄，萎靡不振。他向外出闯过世界的人打听，南方到底在哪里。别人都告诉他，南方那么大，谁知道你说的是哪个具体的城市呢。这让周小舟更加茫然、伤感，女朋友在心里的影子更加缥缈了。周小舟的情绪越来越低落，短暂的人生似乎快要走到终点。

在绝境中苦苦挣扎的周小舟，猛然记得燕子每年冬天都会到南方过冬，他想那些小精灵应该知道南方在哪里。于是，周小舟把那两只燕子当成了倾诉的对象。在那些秋风萧瑟的日子，一个失恋的男孩，把所有的苦闷，毫无保留地向两只燕子说了。倾诉缓解了周小舟悲伤的情绪，可以说，是这两只燕子陪他度过了一段艰难的时光。

后来的一天，周小舟突发奇想，他想把对女朋友的思念写在纸条上，然后把纸条绑在燕子的腿上，让它带着纸条飞向遥远的南方。于是，周小舟开始想方设法抓住燕子。那个九月的深夜，周小舟像个小偷一样，蹑手蹑脚地来到燕巢下边，想爬上事先准备好的梯子上去逮住燕子。可是，他不但没有逮住燕子，还弄坏了燕巢。燕巢"啪"的一声掉在地上了，燕子惊慌地展开翅膀，飞向了漆黑的夜空。

燕巢躺在地上，但它却没有碎掉，还保留着巢的形状。周小舟忙不迭地从梯子上滑下来，看着燕巢悔恨极了。他出门朝夜空望了望，没有发现那两只燕子。返回堂屋的时候，周小舟想到了补救。他拿出水泥、钉子，尽可能地将燕巢放回原来的位置。周小舟调好水泥，抹在燕巢的断裂处，然后轻轻地将燕巢重新放上去。接着，他在燕巢的下方钉了一长排钉子，这样，就可以保证燕巢绝对不会掉下来了。周小舟站在屋中央，他看不出燕巢有毁坏的痕迹。

周小舟希望燕子能够重新回到巢内，过回原来的生活，就当什么都没发生。但是，他失望了。当天夜里，燕子没有再回来。而且，那对燕子从那以后再也没有回到周小舟家。当时，因为冬季快要到了，燕子们都在向南方迁徙。周小舟以为它们到南方过冬去了，于是，他把希望寄托在第二年春天。可是，第二年过去了，第三年也过去了，周小舟等了一年又一年，却再也没有见到那对燕子。后来，它们的巢上盖着一层厚厚的蜘蛛网。

多少年以后的这个春天，四面楚歌的周小舟从南方回到了村子，他又陷入了新一轮等待，他希望南方能给自己带来新的希望。

1

马多发现那只瘦小、焦虑的黑蚂蚁时，刚刚下过一场暴雨，空气中散发着泥土的气息。当时，他正神情散漫地徘徊在那条堆满垃圾的路上。马多住在城市的边缘，这里是外来民工以及社会闲散人员聚集的地方。除了令人烦躁喧闹之外，就是遍地的垃圾。在那场长达两个小时的暴雨过程中，马多正激情澎湃地写一个小说。他是个四处流浪的作家，以一个极其另类的笔名发表了不少作品。当天，内心喷涌的感情与外面的狂风暴雨似乎拥有契约，一阵疯狂之后，马多的灵感也随着暴雨的消停而蒸发了，原本顺畅的写作猛然中断。他试着努力地写下去，可思路就像是被泥沙堵塞了一样，难以憋出一个字来。于是，他决定出去胡乱走一圈，试图靠散步来打通灵感的通道。出门后没走多远，在那堆凌乱的垃圾桶前，马多发现了这只黑蚂蚁。

黑蚂蚁彷徨地在一个破损的牛奶盒子前爬行，它仿佛闻到牛奶的香气。马多觉得奇怪，蚂蚁喜欢喝牛奶吗？在他的记忆里，故乡的蚂蚁从未喝过牛奶。马多转而又想，或许是故乡没有牛奶，又或者是城市里的蚂蚁太缺少物质了，只有喝牛奶。

在马多思绪飘飞时，黑蚂蚁开始尝试着往牛奶盒子上爬。但是，它始终没有获得成功，每次都是刚爬一小段就掉了下来。无数次失败之后，黑蚂蚁仿佛泄气了，在那个对它来说无比高大的盒子面前犹豫了片刻，然后朝另一个方向爬去。

马多的视线也跟着移动起来，他想知道它到底要去哪里。可是，大半个小时过去了，黑蚂蚁并没有爬行多远。它的足迹始终局限在方圆几米之内。在艰难的爬行中，它碰到了一片白菜叶子、一块水果皮、一张糖果纸，以及一摊浓痰。马多知道，那些都是蚂蚁比较青睐的东西。但令他感到惊奇的是，黑蚂蚁仿佛并未注意到那些生活中的垃圾。它沿着自己的足迹周而复始地爬行着。马多更加好奇了，他开始猜测它到底要干什么。它迷路了吗？他这样想到。同时，一个新的问题又跳出脑海。它从哪里来？马多认为，在由钢筋水泥建成的城市里，即便是城市的边缘也没有蚂蚁的生存空间。他目不转睛地盯着依然不知疲倦地爬行的黑蚂蚁，它来自哪里又到哪里去这个问题始终缠绕在脑海里。

渐渐地，马多发现黑蚂蚁有些累了，脚步慢了下来，仿佛还在喘着粗气。眼看着夜幕就要降临了，马多开始为黑蚂蚁担心起来，今晚它将在何处安身？他在苦苦地思索。后来，他做出了一个在很多人看来都觉得不可思议的举动。

马多从随身携带的一本小说上撕了一页，把纸折成一个方盒子，轻轻地把黑蚂蚁装了进去。它仿佛受到了惊吓，只得茫然无措地蹲在角落里，静静地等待接下来不确定的命运。马多若有所思地看着黑蚂蚁，在它的前面，是一串黑色的字：漂泊是一场苦役。

回去后，马多找了一个透明的玻璃瓶子，把黑蚂蚁放了进去。夜晚猝然来临，浓浓的黑色把这个浑浊的城市严实地包裹起来。黑夜让马多的屋子更加溽热。昏黄的灯光下，他一直躲在旁边观察着黑蚂蚁的一举一动。很显然，无论是纸盒子还是玻璃瓶子，对它来说都陌生而不合适。黑蚂蚁蹲在那里纹丝不动，看上去它已经死了。马多几乎把眼睛贴在玻璃瓶子上了，他确信它神色慌张、表情痛苦与焦灼，顿时忧伤袭来。他开始为这个陌生的生命惆怅起来。马多想，这只居无定所的蚂蚁将来有着怎样的命运呢？

正在马多伤感的时候，他女朋友叶莉叶回来了。这个跟随马多一起颠沛流离的女人是名美术老师，在一家私人培训班上课，每天早出晚归。她认识马多这些年里，他几乎没有认真上过班，全是她挣钱来保证他们俩的生活。马多曾对叶莉叶说，我习惯了漂泊与写作，收入寒碜但内心很充实。停下脚步和笔对我来说，是一种说不出的伤感与失落。说这话时，他们刚刚认识一个月。

多年以前的某段时间，马多对蒙古草原充满了无限渴望，生命中有一股神秘而强大的力量在牵引着他朝那个方向前进。于是，提着手提电脑的马多与背着画架的叶莉叶在辽阔的草原一见倾心。叶莉叶是马多的第三个女朋友，之前那两个因为无法忍受他那永无止境的跋涉与流浪而远走高飞。在快要踏遍大江南北时，叶莉叶出现在马多的生命里。她告诉他，漂泊是一场苦役，但我愿意与你并肩作战。这话让马多感动。后来，他们辗转来到了这个潮湿、感伤的城市。

叶莉叶看着聚精会神的马多，她问，你在干什么？她突如其来的话让马多的神经颤抖了一下，他忙不迭地招手。他说，快过来，你看这是什么东西。叶莉叶知道马多常常有惊人之举，她不知道他又在搞什么鬼。她一边放画架一边问，到底是什么呀？马多说，蚂蚁，一只黑蚂蚁。叶莉叶的眼睛放着亮光，她近乎尖叫起来。她说，蚂蚁？

在这个闷热、濡湿的夜晚，这对年轻人似乎忘记了疲倦与饥饿，他们伫立在玻璃瓶子前，专注地盯着那只黑蚂蚁。马多和叶莉叶都不说话，也没有猜测对方想什么。这种安静一直持续着。大概半个小时后，叶莉叶说了一句让马多感到惊诧的话。

叶莉叶说，这是一只濒临死亡的老年工蚁。

马多转头用刚才盯黑蚂蚁的眼神瞅着叶莉叶，他差点笑了起来。他拍了拍她的脑袋说，那它知道你是一个年轻美女吗？马多本想与叶莉叶开个玩笑，并说明她刚才的话纯属胡说八道。但是，叶莉叶却一本正经地说，知道。它肯定知道我是个女人。

它真是一只濒临死亡的老年工蚁？马多的神情严肃起来。

叶莉叶说，独自跑到陌生的大城市寻找食物的蚂蚁，基本上都是岁数比较大的工蚁。一个名叫戴维德·莫伦的科学家通过实验得知，蚂蚁具备估算自己所剩寿命的能力，那些知道生命即将终结的工蚁就会拼着老命去冒险。

马多的表情越来越严肃，他问，这只黑蚂蚁是冒险到大城市来寻找食物的吗？

叶莉叶说，我想是的，城市里没有它生存的空间，它不过是迷失了方向不知如何回家而已。

马多张着嘴巴，眼神呆滞。半晌，他才恍惚地说，原来它迷路了。

叶莉叶默默地点了点头。

马多看着叶莉叶，他说，那怎么才能让它回家呢？叶莉叶微微地摇着脑袋，她不知道如何回答马多的问题。马多说，我们去找一找，或许能找到它的家。叶莉叶看着马多，她知道他是认真的。从他眼神里流露的忧伤可以发现，他真正在为这只蚂蚁的命运而感到焦急。她捧着他憔悴的脸说，好吧。

2

盛夏的夜色里夹杂着令人厌恶的尘埃，马多躺在床上难以入眠。他知道叶莉叶也没有睡，而且仿佛能从天花板上感知她目光的折射。但是，马多没有跟她说话，就那样安静地躺着。马多的思绪在夜里恣意飘荡，他想起了正在写的那个小说，主人公的脸在眼前飘来飘去，但他却看不清楚。那是一张极其模糊的脸。后来马多又想起了以前的作品，那些支离破碎的情节一页一页地翻了过去。他依然看不清主人公的脸。马多感到疲惫不堪，仿佛这些年流浪带来的疲倦全部集中起来，在此刻向他发起了围攻。他想起身找杂志重温曾经编织的文字，但是却没有挪动一下身体。马多才记起，因为四处漂泊没有固定地址，发表作品的杂志大多没有收到，而电脑里的存档也因为数次重装系统而遭到毁坏。悲伤就在此时以势不可挡的力量刺进他的心里。

第二天早上，马多在模糊中醒来。他看了看时间，十点过了。叶莉叶半躺在床上，看一本关于梵高的书。马多突然意识到什么，他跳下床，朝另外一间屋子跑去。他边跑边问，不知道黑蚂蚁还好吗？叶莉叶的声音从背后传来。她说，我早看过了，它依然纹丝不动，不知道它始终保持这样的姿势累不累。马多揉了揉眼睛，他发现里面有一丝瘦肉。正在他纳闷时，叶莉叶说，我给它喂了点肉，但它却不吃。马多觉得好笑，他知道从小在城市里长大的叶莉叶对蚂蚁不熟悉，它们最喜欢吃的是虫子。不过，叶莉叶这个举动让马多感觉很温暖，他想起了那些与蚂蚁为伴的美好日子。

马多折身回来，跳上床，开始在回忆里寻找过往的岁月。他出生在一个偏僻的小山村，那片散发着芬芳的土地是蚂蚁生存的天堂。不知道从哪一天开始，马多和他的伙伴们开始对蚂蚁产生了浓厚的兴趣。在充满幻想的年代，马多每天都在想，那些忙碌的蚂蚁到底在干什么？它们眼里的世界到底有多宽广？它们有理想吗？这些看似令人啼笑皆非的问题，伴随着马多度过了很多难以忘怀的时光。为了更方便地看到蚂蚁，马多与伙伴们常常灭掉一只虫子，然后把尸体摆在忙碌奔波的蚂蚁面前，设下埋伏勾引它。那只发现虫子的蚂蚁会急匆匆地回到蚁巢，过不了多久，就会有成群结队的蚂蚁跟着爬出来。它们来到虫子面前，齐心协力地把那具尸体抬回去。从勾引一只蚂蚁，到看见一群蚂蚁轰轰烈烈地把虫子运回蚁巢，这个过程是马多和伙伴们童年时代里最美好的记忆。在封闭、贫瘠的小山村，他们似乎也只能从这里获得快乐。但是，随着时光的流逝，渐渐懂事的马多感到有些伤感了。他为那些成天在黄土地上默默爬行的蚂蚁感到悲哀。它们的世界，难道就这么狭窄与贫瘠？

闷热的天气使屋子像一个蒸笼，马多有点神情恍惚。他不知道是自己在回忆里走了一遭，还是昨天晚上做了一个关于蚂蚁的梦。他也学叶莉叶那样，半躺在床上。不同的是，叶莉叶在专心地看书，马多则是抽起烟来。他身体不好，平时很少抽烟，但这个特别的上午，马多接连抽了两根。

两根烟抽完后，屋子有点朦胧了。马多用手在空中搅动了几下，想把烟雾驱散，却没有效果。他一边穿衣服一边说，我们去给黑蚂蚁找个家吧。叶莉叶回答说，好。接着她又问道，去哪里找啊？这时马多已经到了另一个房间，他看着呆呆地蹲在玻璃瓶子底部的黑蚂蚁。马多说，往郊外走，人烟稀疏的空地里，肯定能找到蚂蚁和蚁巢。半天，叶莉叶才说，你以为空地就那么好找？况且，空地里就一定有蚂蚁和蚁巢吗？叶莉叶的这个说法把马多难住了，他觉得她说得有道理。可是，如果不这样做，还有其他办法吗？马多焦虑地看着玻璃瓶子，陷入了沉思。

叶莉叶原本不想陪马多去寻找蚁巢，但她拗不过他。他倒没有用特别的手段来获得她的帮助，只是他那忧伤的眼神让她于心不忍。马多眼神里的忧伤总是一次次让叶莉叶揪心，包括第一次在草原上的四目相对。

　　这天上午，叶莉叶跟在马多身后，在他摇曳的背影里朝郊外慢慢走去。马多摘了一片白菜叶子，把装黑蚂蚁的玻璃瓶子罩住。他害怕它遭到酷暑的威胁。太阳非常毒辣，他们在高温中寻找了好几个小时，但却一无所获。在这个日新月异的城市要寻找到蚁巢谈何容易，即便是郊区，仿佛也没有适合蚂蚁生存的空间。一幢幢或高或矮，或新或旧的大楼从他们身边缓缓滑过，宽大而冰冷的水泥地面隔断了大地与生灵的交流。马多和叶莉叶都有点失望。平时，他们根本没注意，这个城市真的没有一块绿地。就算在楼群之间有一抹空间，也被废弃物和各种垃圾填满了。

　　傍晚时分，马多和叶莉叶来到了一个企业的家属院，这里是城市和乡村的交界处。天真的马多想，这里或许能为黑蚂蚁找到家园。可是，当他们捧着黑蚂蚁走在这块并不宽阔土地上时，悲伤蜂拥而来。酒瓶子、煤渣、烂袜子、干瘪的安全套、损坏的扫帚，以及各种各样的生活垃圾全部侵入和占据了这片宝贵的土地，恶臭淹没了泥土的芬芳。他们一圈又一圈地走着，试图寻找到一只蚂蚁。但这里除了苍蝇，好像没有别的生物。走着走着，叶莉叶的高跟鞋根被崴断了，地面的玻璃渣划破了她的脚。她蹲在地上，一声不响地看着血汩汩直流。马多也跟着蹲了下来，把她搂在怀里。他绝望极了，破碎的心就像划破叶莉叶脚的玻璃渣。

　　尽管夜幕笼罩城市，街头亮起了让人头晕的灯光，但马多和叶莉叶没有乘车，他们依旧按照来时的路走了回去。那些散发着铁锈味的建筑向这对年轻人露出了狰狞的面孔，似乎要用强大的气势将他们压倒。一路上，马多和叶莉叶都沉默不语，只是用沉重的脚步来相互传达内心的感受。

3

接下来的很多天，马多都在寻找蚁巢，他要为黑蚂蚁寻找一个安身之处。从四处漂泊中来到这个城市后，马多几乎所有时间都藏在那套灰色平房里。现在，他为了给一只蚂蚁寻找蚁巢而踏遍了这个熟悉而陌生的城市。从东到西，从南到北，神色忧虑的马多总是不愿意停下脚步。除了给学生上课，叶莉叶一直跟在马多身后。事实上，她有点担心马多。叶莉叶非常清楚，他是个敏感、脆弱以及忧伤的男人。她害怕马多陷入某个情感的死角而无法自拔。在他们相处的这些年里，叶莉叶几乎充当了马多的监护人。她就像一个姐姐，或者一位母亲，时刻关爱着被孤独与绝望缠绕着的马多。最开始那几年，她想方设法去改变他，但没有效果。后来她就妥协了，她知道最好的方法莫过于在他身旁安静地守护着他。

寻找一直持续了相当长时间，两个月或者三个月。夏天在他们的寻找中就快要走到尽头了。那天早上，叶莉叶小心翼翼地对马多说，回家，回老家去，一定能找到蚁巢。

叶莉叶的声音很微弱，而且带着浓厚的商量的味道。她知道马多不愿意回老家。叶莉叶常常问及马多的故乡和童年，但他总是推托与躲闪，从未告诉过她。有一年春节，叶莉叶主张到马多老家过年。她说，我想走一遍你曾经走过的路。马多坚决不同意，他说，我走过的路很多，何必非要到我的故乡呢？此刻，叶莉叶实际上已经明白了，马多在情感上对故乡有抵触。只是，她一直在琢磨，他到底有着怎样隐秘的过去呢？现在，当马多再次陷入绝境时，叶莉叶又提起了故乡。她没有私心，真的是为他着想。马多表情复杂地看着叶莉叶，没有同意也没有反对她的意见。

回家，对马多来说是件遥不可及的事情。在马不停蹄的流浪中，他甚至忘记了家的概念。马多觉得自己就是一粒飘忽在空中的尘埃。十六岁那年，因为一段荒诞、离奇的闹剧，马多背负着世人的嘲笑离开了那个带给他无数欢愉的山村。从此以后，他再也没有见过童年的伙伴以及他们一起关注的蚂蚁。头几年，他偶尔还在梦中回到故乡。后来，梦境也消失了，所有的惆怅与忧伤也消失了。马多割断了与记忆的联系。

但是，多年以后的今天，当叶莉叶要他回老家时，他心中的抵触不见了。内心深处的暗礁消失了，平静的海面让他掩藏了那道伤痕。他默许了她的提议。马多之所以有这样大的转变，情感的支点还是玻璃瓶子里那只流离失所的黑蚂蚁。通过艰难的寻找，他明白了，也许只有自己的老家才能找到蚁巢，才能帮助黑蚂蚁结束流浪的命运。马多看着依然一动不动地躺在玻璃瓶子里的黑蚂蚁，他对它说，好吧，我们回家。

马多返回故乡的那个早晨，秋风在空气中惆怅地吹着。这与当年离开时那个早晨的天气如出一辙。坐在奔驰的汽车上，马多感觉仿佛是离开而不是返回。唯一不同的是，当年是孤单而愤然地离开，而今身边多了一个叶莉叶，心态也发生了微妙的变化。马多看着窗外飞离视线的景物，内心的思索也开始跳跃起来。他在心里默默地告诉自己，既然选择了重返故乡，那么，这些年的隐忍应该可以丢弃了。马多想敞开心扉，真诚面对叶莉叶了。他觉得她是个可爱的女人。从辽阔的草原一直到如今栖息的这个城市，他们共同走过了千万里路。可是，他却从未与她推心置腹过。每当叶莉叶谈到马多的故乡和童年时，他总选择躲闪。现在，马多不想再逃避了。

十六岁那年，马多在那片平静的土地掀起了惊涛骇浪。几乎所有人都难以相信，他会与一个英语老师纠缠在一起。那时候马多还是一个中学生，从小就失去母亲的他非常孤单、脆弱和自闭。父亲再婚之后，他就陷入了长久的孤独与失语。在乡村寂静的黄昏里，人们总能看见马多的身影，他始终默默地看着远方。渐渐地，人们都习惯了那个沉默的男孩。马多母亲刚去世时，人们还可怜与同情他，在无聊的闲谈中，也感叹命运对这个少年的捉弄。但随着光阴的流逝，马多不再是人们关注的对象，甚至都懒得跟他说上一句话。当马多再次成为人们谈论的焦点时，他陷入了一场前所未有的道德危机。

十六岁的少年与四十岁的单身女老师之间的暧昧关系掀起了巨大的风暴，马多与那位他尊敬的女教师一起在众人的目光中接受了审判，各种指责与唾骂排山倒海地涌来，淹没了这两个弱小的人。在人们的愤怒与咆哮中，他们无法相信学校这样纯洁、严肃的地方，竟然发生了如此荒唐的事。每一个家长都为自己的子女担忧，纷纷要求学校给出一个合理的解释。那段时间，学校门口总是纠结着拿着各种器械的家长，他们以愚蠢、鲁莽的方式向学校示威。

那个秃头校长曾对这位女老师有非分之想却没得逞，早已视她为眼中钉。此时，他仿佛找到了一个千载难逢的报复良机，立即将女老师和马多一起赶出了学校。那天在学校大会上，得意忘形的秃头校长用粗大的喉咙吼道，不开除不解心头之恨。接下来，他用沉重的口气对这个轰动社会的事件做了冗长的总结。最后他摇着那颗光亮的脑袋，道貌岸然地说，人性太复杂了，丑陋总是隐蔽在最深处。

马多带着灰暗的情绪离开了学校，步伐沉重而坚决。到了村口时，马多惊呆了，他的脚步软了下来。几乎所有人都堵在这里，用憎恶的目光看着他，以此来表达他们对这个无耻之徒的藐视与愤怒。更令马多无所适从的是，一大群小孩子蓦然从大人背后蹿出来，往他身上扔垃圾。他没想到自己会在一夜之间成为众矢之的，只得抱着脑袋从人群边逃跑了。从此以后，没有任何一个人与马多说过一句话。后来，越来越孤独的马多每天都神情木然地眺望着远方，他觉得只有遥不可及的远方能带给他慰藉。就是在这期间，他做了流浪与放逐的决定。

当马多重新踏上回到故乡的路途时，他告诉身旁的叶莉叶，他和那位女老师根本没有不可告人的秘密。他说，我跟她之间的确超出了师生关系，我们是朋友。如果不是那场疯狂的暴雨，我们永远都是朋友。但是，暴雨来得太突然与无情了，阻断了很多学生的回家之路，也摧毁了我们的情谊和心灵的美好。那天傍晚，我看着疯狂暴雨，飘荡的心找不到落脚之处。就在我彷徨之时，她撑着一把伞出现在我身后。她说，去我家吧。我跟着她去了，在她家里过了一夜。第二天，流言蜚语就开始在学校传播。最开始我还向大家解释，她睡床上，我睡沙发。可是，谣言的威力远比真诚的解释强大。慢慢地，我自己都听不清楚自己的解释了。

叶莉叶始终目光坚定地听着马多的诉说，她相信他。不然，她也不会跟他一起四处流浪与奔走。但是，面对此刻的心境，叶莉叶却不知道如何是好。她想说点什么，但又开不了口。无奈之下，叶莉叶只得淡淡地笑了笑，把手伸进马多的怀里，摸了摸装着黑蚂蚁的玻璃瓶子。

4

村庄已经破败，一切恍然如梦。

马多表情默然地站在村口，叶莉叶站在他身后。他深情地看着脚下的土地，泥土的芬芳扑鼻而来。马多仿佛嗅到了即将褪色的美好记忆。马多拿出怀里的玻璃瓶子，看着已经奄奄一息的黑蚂蚁。他蹲了下来，叶莉叶也跟着蹲了下来。马多和叶莉叶就仿佛是同一生命的两具肉身，有着惊人的心灵感应。或许，这是他们能够在物质与精神的流浪中始终如此相爱的原因。

马多把瓶子放在地上，他希望黑蚂蚁能闻到它应该拥有的气息。在早已失去葱茏的土地上，这对漂泊的年轻人像两个小孩子似的围着黑蚂蚁，观察着它的变化。马多说，你看它动了，在动了。叶莉叶说，这里的空气才适合蚂蚁生存。马多又说，开始爬了，它有力气围着瓶底活动了。黑蚂蚁仿佛经历了一场生死考验，在死亡的边缘徘徊几圈后，又回到了属于它的生命空间。叶莉叶说，把它放出来，随它去吧。马多想了想说，不行，我们应该帮它找到蚁群和蚁巢。叶莉叶没有说话，她站了起来，默默地望着村子的尽头。马多刚才对她说，他家就住在最里面。不过，叶莉叶却看不清马多的家到底在哪里。

马多重新把玻璃瓶子放在怀里，带着黑蚂蚁朝家走去。太凋敝与萧条了，马多感觉自己就像是走进了人迹罕至的沙漠，而不是曾经生活的家园。就在两个小时之前，马多坐在汽车上，还在思索着如何应对曾经熟悉的人。尽管事过境迁，但他依然害怕别人嘲讽与贬损的眼神。此刻，马多才明白自己多虑了。从村口到家门至少要经过十几户人家，可他竟然没有遇到一个眼熟的人。那些冷落的院子里，连一只狗或几只鸡都没有。马多带着矛盾和惊奇的心情走完了这段非常艰难的路。他站在家门口，感慨万千。父亲已在三年前去世，那个高傲而愚昧的男人最终没有见到儿子最后一面就离开了。他曾在电话里向马多乞求，我想看一看你。但马多没有给他机会。如今，物是人非，马多觉得自己很残忍与无知。

乡村的夜晚没有城市的喧嚣，寂静很容易让人感受到美好与幸福。但是，马多却躺在父亲三年前留下的破床上思绪万千，他带着怅然的心情开始梳理自己这半生的漂泊。他有点后悔了，眼泪在眼眶里越积越多。马多的脑子里一遍又一遍地闪烁着白天看到的萧条的村庄，曾经的唾骂与愤怒都已荡然无存。他觉得多年以前负气离家、十几年的风雨漂泊以及无情地拒绝父亲的请求，都是一场荒唐的自欺欺人。不然的话，自己又怎么始终揣着那枚开启家门的钥匙呢？流浪与放逐，马多认定这不过是命运与自己开的玩笑而已。只是，他不知道现在反省是否太迟了。

第二天一大早，马多就起床了。尽管他昨夜失眠，眼睛红肿酸涩，但他必须要为黑蚂蚁寻找到蚁群和蚁巢。马多完全依照十几年前的方法，想用虫子去引诱蚂蚁。他带着叶莉叶，在房屋背后的草丛里逮了一只青虫。然后，他们来到院子前面那块已经荒芜的土地。乡村的泥土带着温暖与芳香，这里是各种生灵的天堂。马多和叶莉叶几乎是在同一时间发现了那只后来被叶莉叶称作拯救者的蚂蚁，它精力充沛地在茂盛的杂草中爬来爬去。叶莉叶笑着说，你拯救了黑蚂蚁，就叫你拯救者吧。

按照叶莉叶的理论，马多认为拯救者也是一只老年工蚁。他立即将还残留着体温的青虫尸体放在拯救者附近，很快它就嗅到了青虫的味道。拯救者小心翼翼地向青虫靠近，试探对方是否是自己的俘虏。很短的时间后，它马上就离开了。马多知道，拯救者一定是回蚁巢寻找同伴了。他一阵窃喜，浓浓的童年的味道在心里情不自禁地荡漾起来。

马多跟在拯救者后面，叶莉叶跟在马多后面。他们跟着拯救者朝它的家走去。拯救者越过一个小土沟，爬过一段青石板路，然后径直朝马多的家走去。马多觉得奇怪，他悄然侧头看了看身边的叶莉叶，但没有说什么。他们跟在它身后，看着它艰难地爬上长满青苔的台阶，进了马多家墙脚处的一个洞穴。马多此时才恍然大悟——拯救者将蚁巢建在了他的家里。正在马多思索生活的巧合与奇妙时，一群蚂蚁就爬了出来。它们有条不紊地跟着拯救者，朝那条青虫爬去。叶莉叶看着马多，她有点激动。她用有些颤抖的声音说，这太不可思议了，太有趣了。

这群兴高采烈的蚂蚁很快就来到了青虫面前，经过短暂的商议之后，它们就开始把美妙的食物往家里搬。马多立即将怀里的玻璃瓶子拿出来，把黑蚂蚁放在蚁群旁边。他希望黑蚂蚁加入到它们中间，成为他们之中的一员。不知道是因为环境陌生，还是不认识那些忙碌的蚂蚁，黑蚂蚁匍匐在地上，没敢贸然走动。马多和叶莉叶都担心起来，为黑蚂蚁接下来无法预测的命运而提心吊胆。它们会不会撕咬打斗起来呢？他们害怕孤单的黑蚂蚁会丧失性命。不过，他们悬着的心马上就放了下来。黑蚂蚁战战兢兢地朝着那群蚂蚁爬去。它们大概是看到了这个陌生的同类，停止了搬运工作。世界安静了下来，马多看着黑蚂蚁和它们在做着神秘的交流。虽然听不见那群可爱的动物在说什么，但他知道，黑蚂蚁再也不会孤独流浪了，它即将拥有属于自己的蚁巢。果然，经过短暂的交流之后，黑蚂蚁加入到了那个团队，与它们一道朝隐蔽在马多家墙脚下的蚁巢爬去。

马多没有像儿时那样一直跟着这群蚂蚁，直到它们把食物抬进蚁巢才离开。他远远地看着它们，想起了一段久远的记忆。曾经，有一个女孩与马多一样迷恋蚂蚁，他们一起度过了许多美好的时光。慢慢地，他们暗生情愫，爱情开始在两人的心里有了萌芽的迹象。不过，当马多陷入困境遭遇围剿时，她却抛弃了他。她愤然地对他说，想不到你是这样的人。马多没有解释，她也没有给他解释的机会。一切都蓦然终止，他们失去了彼此。

马多离开的那个秋天，听说她与邻村一个伙子订了婚，准备年底结婚。多年以后，当马多与和叶莉叶一起看着那群欢快的蚂蚁时，他又想到了这段往事。

时间在马多回忆往事时悄然地流走了。他默默地盯着不远处低矮、腐朽的房子，那是他和那群蚂蚁的家。马多长长的吁了一口气，摸了根烟抽起来。

叶莉叶问，你在想什么？

马多吐了一个烟圈。他说，我想写一篇关于蚂蚁的小说。

鸽
巢

　　邓家乐双手揣在裤兜里，神情憔悴地在
几个房间里走来蹿去，蓬头垢面的他在努力
地寻找一个说服妻子允许自己独自回老家过
年的理由。最近几年，邓家乐总是希望能在
老家过年。在并不遥远的故乡，有一股神秘
的力量在召唤他。可是，妻子黄依菲一次次
毁灭了邓家乐的梦想。每次，这个从来都不
善解人意的女人总是一本正经地对他说，你
回老家干吗？父母都已经去世，又没有一个
亲戚，有回去的必要吗？邓家乐针锋相对，
他说，父母都已去世怎么啦？没有亲戚又怎
么啦？黄依菲也不甘示弱，她说，过年应该
是举家团圆的时候，你为什么要孤零零地跑
回老家？没有亲人，没有住房，你在哪里落
脚呢？难道要像只丧家犬那样夹着尾巴四处
乞讨？每当这时，邓家乐就哑口无言了。他
找不出任何语言去解释和还击黄依菲，便沉
默着放弃了努力。这种妥协幻化成了一种更
加浓烈的牵肠挂肚，慢慢堆积在邓家乐的

心里。

这样过了一年又一年，转眼又快到春节了。对故乡的思念又在邓家乐的心里膨胀起来，回老家过年的念头又定时死灰复燃。所以，邓家乐在努力寻找一个理由，征得黄依菲的同意。他不想赌气独自贸然回家，因为那样有悖于内心，失去了意义。

想了半天，邓家乐依然没有找到正当而合适的理由。他能想出来的理由，都是漏洞百出且充满了幽默元素，一想起来自己都觉得搞笑。但邓家乐笑不出来。他很懊恼，转而有点躁动了，想抽烟，但点燃抽了两口之后又掐灭了。内心彷徨、空虚的邓家乐像一个被设置了某程序的机器人一样，在房间里周而复始地走动。后来，失落的邓家乐来到阳台上，双手拱在一起形成一个支架，撑住自己那颗沉重的脑袋。他表情呆滞地看着楼下那个凌乱、热闹的菜市场，心里泛起了一股恶臭。菜市场里高亢的叫卖声此起彼伏，穿梭的人群忙碌地选着过年吃的各种蔬菜，这派气象说明人们都在为即将到来的新年感到欢欣。但是，这种狂欢的景象却使邓家乐的内心更加无奈和忧伤。他不知道自己今年能否实现愿望，回到魂牵梦萦的故乡，过一个温暖的春节。

正在邓家乐一筹莫展时，他看见黄依菲回来了。她摇摆着身体走在那条铺满了水果皮、菜叶子、纸屑，以及各种各样的垃圾的水泥路上。邓家乐立即紧张起来。他早就下定决心今天一定要与她商量回老家过年的事，他认为时间已经非常紧迫了，不想再拖延下去。可是，到现在他也还没找到一个理由。不过，邓家乐已经做好了与黄依菲一决雌雄的准备。他觉得自己每次和她商量这件事时，都是在战斗。

在黄依菲上楼这段空隙时间，邓家乐还在脑子里做最后的筛选。他想在拙劣的理由中选一个相对好的，这是无奈的选择。可是，那些刚才还被侥幸心理掩饰的理由此刻似乎都现出了原形，一个比一个拙劣、荒唐。它们就仿佛是一群瞬间从青春容颜的美女蜕变成年老色衰的老妇人一样，露出了令邓家乐十分厌恶的样貌来。连一个最拙劣的理由都找不到，邓家乐的心里顿时就慌乱了。额头发热，手心冒汗。每当紧张、慌乱时，邓家乐就想到抽烟。当他刚把烟点燃时，就听到了敲门声。

邓家乐忙不迭地去开门，慌乱中烟灰散落一地。双脚相继踏过去，地板上污迹一片。不知从什么时候开始，黄依菲回家后自己不掏钥匙开门，总是一个劲儿地擂门。这让邓家乐非常反感，他认为她变得庸俗与跋扈了，跟在大街上招摇过市的无聊妇人一样令人讨厌。开门后黄依菲就捏起鼻子皱起眉头，她说，怎么又抽烟了？黄依菲一直在督促邓家乐戒烟，可他最近总是满腔烦恼，尼古丁成了他排解忧愁的法宝。邓家乐没有回答黄依菲，他落寞地转身坐在沙发上，盘算着如何说服她允许自己回老家过年。这是最后一仗了，他有种破釜沉舟的悲壮。离春节只有几天了，邓家乐急着让事情有一个明确的方向，所以便迫不及待地与黄依菲商量起来。

为了不重蹈覆辙，邓家乐的口气几乎变得哀婉而悲戚了。以往，每当他说出自己的想法后，黄依菲总是不给他好脸色，几句话之后就争吵起来。邓家乐唯唯诺诺地对黄依菲说，我想跟你商量一件事。黄依菲的眼睛鼓了鼓，看了邓家乐几眼，然后用表情示意他有什么事情就快说。邓家乐说，你看马上又要过春节了，我今年还是……

黄依菲瘦弱的手臂一挥，把邓家乐的话全部搅得支离破碎，像灰尘那样落在有些褪色的地板上。她脸上的肌肉突然抖动起来，那颗随着年龄的增长在逐渐长大的痣仿佛就快掉在地上了。黄依菲说，你怎么啦？是不是又想借这个事挑起我们之间的矛盾？我觉得你每年这个时候就要说起这个事，就像生了一种按时复发的病。

邓家乐没有理会黄依菲，他满脸堆着笑容，好像这样的笑容能融化黄依菲的寒冰。他说，你听我解释啊，呵呵，你应该好好听我解释一下。黄依菲一边朝卧室走一边说，有什么好解释的？我觉得你就是无理取闹。黄依菲头也不回，声音绕了个弯儿飘进邓家乐的耳朵里。她的话与高跟鞋的声音混合在一起，仿佛一个五音不全的人在忘情地唱歌。邓家乐并没有受到影响，他看上去有不达目的誓不罢休的意思。他跟着黄依菲的背影进了卧室。邓家乐依然保持着先前的口吻，他认为这样或许能够打动她。他说，我的意思很简单，我只想回老家过春节，你怎么就不理解我呢？

黄依菲没有想到丈夫会追到卧室来纠缠她，情绪如火山一样喷发了。她说，你怎么就那么讨厌呢？还学会死缠烂打了？她停顿了一下，长长地吁了一口气，接着她说，我不可能理解你，这事换了谁都无法理解。邓家乐紧贴在黄依菲身后，他还想做最后的阐述，但却遭到了拒绝。黄依菲说，你不要再喋喋不休了。说完，她倒在床上睡觉了。打了一整天麻将，她确实有点疲倦了。

邓家乐默默地退出卧室，心里知道故乡的门又一次关闭了。他来到阳台上，默默地注视着远方。远方是一片朦胧，既充实又虚无。不知不觉中，邓家乐的嘴里又叼起烟来，浓浓的烟雾弥漫开来，就像他胸腔里的愁绪。他的目光从远处收了回来，从上而下，缓缓停落在防护栏上。邓家乐又一次看见了空调外挂机架子下面的那个鸽巢。鸽巢空空，那只成天慌乱地飞翔的灰色鸽子到哪里去了？邓家乐的目光离开了鸽巢，在无尽的苍穹里游来游去，强烈的寂寞与落魄汹涌地袭来。

2

这只灰色的鸽子是什么时候到这里筑巢的，邓家乐已经记不清楚了。好像是三年前，也好像是五年前。总之，它和邓家乐共同在一个屋檐下生活已经很多年了。这个失魂落魄的午后，邓家乐看着鸽巢，心想，它能顺利地飞回来吗？他总是很担心这只名叫天使的鸽子迷失在灰蒙蒙的城市上空。

邓家乐第一次看见这只暮然来到自己阳台上筑巢的鸽子时，就叫它天使了。天使原本是邓家乐在故乡时养的一只充满灵性的鸽子，那是一只训练有素的信鸽。天使与邓家乐在宁静而闲适的故乡一起生活了十年。后来，邓家乐远走他乡，在全国各地四处漂泊，与天使失去了联系。天使死的时候，他还在山东。那是个深秋的下午，邓家乐收到父亲打来的传呼，知道了天使的死讯。他哭了，泪水在爽朗的秋风中悄然地落下。邓家乐永远也无法忘记天使在自己生命中的印记，所以，多年以后，当他发现这只流浪的鸽子时，他便叫它天使了。

邓家乐断定天使是只流浪的鸽子，只是不知道它是主动选择流浪异乡呢，还是迷失了回家的方向。第一次看见天使是在一个初春的黄昏，黯淡的余晖让人感到无限忧伤。当时，邓家乐趴在阳台上看着楼下散漫的路人。突然，一串翅膀扑扇的声音把他吓了一跳。邓家乐瞪大眼睛张大嘴巴，他惊讶自家的阳台里飞出了一只鸽子。他把目光定格在空调外挂机上的那只鸽巢上。鸽巢简单之极，没有食槽、水槽，没有供鸽子休憩的地方。它不过是天使临时搭建的一个栖身之地，用纸屑、布条、塑料带子等城市中常见的垃圾堆积而成。邓家乐对鸽子既熟悉又陌生，在记忆深处，与鸽子相伴的日子总是若隐若现。只是，在城市生活了这么多年，他几乎没有看见过鸽子。

在偌大的城市里，与一只鸽子的蓦然相遇给邓家乐带来无比的激动和兴奋。他像个小孩子那样撒欢着把这个惊天发现告诉了黄依菲，他以为她会与自己一起欢笑。可是，黄依菲的反应非常平淡。她表情平静地说，是吗？这有什么新鲜的？说话的同时，黄依菲忙着涂口红，她约了几个与她一样寂寞无聊的女人打麻将。也不知道从什么时候开始，这个在邓家乐眼里原本贤淑的女人，开始沉溺于麻将之中，乐此不疲地消磨着美好的时光。邓家乐还想对黄依菲描述这只鸽子和鸽巢，以及记忆中那些在遥远的故乡饲养鸽子的日子，但是，他见黄依菲反应冷淡，便知趣地走开了。

邓家乐看着安静地躺在那里的鸽巢，他想起了记忆中的天使。它死了快二十年了。他以为自己早已将它忘记。但是，二十年后的邓家乐却发现自己从未忘记那只给自己带来美好回忆的鸽子。天使，邓家乐轻轻地呼唤了一声，刚才朝寂寞天空飞走的那只鸽子又浮现在脑海里。他隐约觉得它们飞行的姿势都一样。天使，邓家乐又轻轻地呼唤了一声。他将记忆与现实中的两只鸽子重叠了。邓家乐觉得城市中这只流浪的鸽子就是天使了。

天使的出现给邓家乐带来了短暂的欢乐，他似乎又回到了从前。每天，他都会专心致志地守候在阳台上，看着天使飞出去又飞回来。天使看上去总是很忙碌，邓家乐不知道它到底在忙什么。渐渐地，天使与邓家乐也由陌生走向熟悉，它不再像当初那样惧怕他了。很多时候，天使也会停落在防护栏上，与邓家乐做着一种特殊的交流。后来，邓家乐买了很多喂养鸽子的饲料，按时给天使提供生活保障。这样的生活让邓家乐想起了在故乡与父亲一起饲养鸽子的日子，温暖在心底慢慢流淌。

但是，短暂的欢乐之后，邓家乐陷入巨大的迷茫。他开始为天使的处境而感到哀伤。邓家乐认为，鸽子天生恋巢，一般不会随遇而安，那么，天使为什么还一如既往地寄居在自己的屋檐下呢？迷失，他觉得天使是一只迷失了方向的鸽子。它不是不想回到故乡，只是再也找不到回去的方向了。邓家乐想起了天使每天扑扇着翅膀飞向陌生而苍茫的天空时的情景，"扑扑"的声音中透出一种不可言说的疲惫。但是，它依然是每天早出晚归。邓家乐希望天使有一天突然从自己的视野里消失，因为那意味着它找到了方向，回到了故乡。不过，这个愿望从未实现。

天使的出现把邓家乐的彷徨推向了高潮。在城市生活的这些年里，邓家乐一直处于迷惘与彷徨的状态。他觉得自己就是一只迷失在都市中的鸽子，虽然恋着故乡那个温暖的巢，但却找不到回家的方向。父母去世之前，他每年还能回去一次，但停留时间非常短暂。黄依菲以及其他诸多外部因素逼着邓家乐必须回到喧嚣的城市。这个沸腾的地方有一种不知名的魔力，它搅乱了邓家乐内心的安宁。后来父母都离开了，邓家乐就再也没有回过故乡了。他不知道到底是什么剪断了与故乡的情感脐带，总之，自己就像一个缺氧的婴儿，每天都在死亡的边缘徘徊。

自从天使出现后，邓家乐对故乡的眷恋更加强烈了。每天夜里，当他闭着眼睛躺在床上时，故乡就会浮上心头。清冽的山泉、苍翠的松柏、婉转的虫鸣和嘹亮的鸽声，它们汇集成一幅充满生机的图画。故乡的美好与现实的喧闹、躁动发生了激烈的争吵。山泉、松柏、虫鸣和鸽声与城市中的高楼、大街、喧哗和电动马达声交织在一起，它们你推我攘，谁都不愿意做出让步。但是，它们又谁都不能战胜对方，局势进入了胶着状态。这样的形势对邓家乐来说是一种巨大的折磨。在痛苦中，邓家乐做出了选择，他必须回到故乡，这才是自己摆脱折磨实现心灵回归的方式。只是，他在向黄依菲诉说时，并没有得到她的理解。邓家乐需要一种真诚的理解。

3

春节的脚步势不可挡地逼近，邓家乐的心情越来越焦急。他依然在尝试着与黄依菲交流，他甚至想采用软磨硬泡、推心置腹的方式，与她取得情感的认同。邓家乐想告诉黄依菲，作为一个异乡人，对故土的眷恋是人之常情。那天晚上，他对她说，我认为你是土生土长的城市人，对我的故乡情结无法理解。但是，如果你能换位思考，设身处地为我想一想，你就理解了。那样的话，事情或许就有了转机。让邓家乐没有想到的是，黄依菲却把话说得如此绝对。她说，没有转机，不能有转机。接着，她开始滔滔不绝地阐述她的观点和立场。

黄依菲用恶狠狠的眼神看着自己的丈夫，盛气凌人地说了起来。邓家乐隐约觉得她已经有很长时间没有如此郑重地与自己交流了，他竟然有些不习惯。黄依菲说，你哪里是对故土的眷恋，你只是不适应城市的生活，想逃回乡下。黄依菲的话令邓家乐不知所措，他没想到她会说出这样的话来。从乡下到城市，结婚这么多年了，邓家乐想不到妻子会这样看待自己。他想反驳，但终究没有开口说话，只是默默地注视着她，看她手舞足蹈地表演。黄依菲的口气越来越重。她说，你回去还有什么意思呢？你应该学会在城市生活，适应这里的一切。逃避是弱者的表现，我觉得你不应该那样。否则，那就是我错看了你。

邓家乐无论如何也没想到黄依菲会把话题扯得如此深远，心中的厌恶感终于越来越强烈，强烈到忍不住了。他说，黄依菲你真的误解我了。黄依菲轻蔑地笑了起来，她说，误解？那正确的解释是什么呀？

黄依菲的表情中带着浓烈的嘲笑，她希望用这样的方式让邓家乐闭嘴，打消那些无聊的念头。邓家乐真的闭嘴了，他找不到继续与黄依菲交流的勇气和力量。他们结婚已经十多年了，虽然没有孩子，但是他们仍然是相爱的。可是，这个节日气氛逐渐浓厚的日子里，邓家乐觉得他们的距离是如此遥远，从未如此远过。他不想说什么了，他觉得说了也是白说，黄依菲是不会明白的。邓家乐的目光飘来飘去，一会儿落在床上，一会儿又停在柜子上。最终，那张被灰尘覆盖的结婚照映入了他的眼帘，并长时间地停留着。与黄依菲一起走过的所有日子都翻腾起来，点点滴滴汇聚成滔滔洪流，一次次冲击着邓家乐的心灵。半晌，邓家乐嗫嚅道，我们终究不是一路人。这句话把邓家乐和黄依菲的关系推到了一个危险的边缘。

　　黄依菲瞬间就咆哮起来了，她从未如此冲动过。她指着邓家乐的鼻子说，不是一路人？既然不是一路人，还生活在一起干什么？她在慢慢向邓家乐逼近，手指头就快要触到邓家乐的鼻头了。黄依菲说，好啊，我们不是一路人，从今以后，咱们就各走各的路。你走你的阳关道，我走我的独木桥，互不干涉。邓家乐有些后悔，他自己也不知道怎么就突兀地说了那句话。他想缓解紧张的气氛，于是他说，你这是说的什么话？黄依菲并没有给他好脸色，她说，什么话？说白了就是离婚。这下你清楚了？明白了？邓家乐沉默了好长一段时间。尽管他告诫自己要冷静，尽量用沉默来平息两人之间的误会，但最终还是爆发了。邓家乐声嘶力竭地说，离就离吧，别以为这样可以吓唬谁。说着，他转身就走，朝另外一个房间走去。拉门的那一刹那，他扭着脑袋对黄依菲说，你吓唬不了我的。

　　邓家乐没想到事情会朝这个方向发展，所以当黄依菲提出离婚时，他的情绪非常混乱。虽然他与她针锋相对，但离婚二字还是让邓家乐感到非常恼火。邓家乐不怕离婚，他只是觉得自己的一个小小心愿，实现起来竟然如此艰难，想起来是件悲哀的事。他又猛烈地抽起烟来，烟火忽明忽暗。

接下来是一段郁闷难捱的日子，邓家乐觉得这是他有生以来过得最痛苦的春节。对故乡的向往和对现实的厌恶纠缠在一起，令这个在异乡漂泊已久的男人感到极度沮丧。

整个春节期间，邓家乐和黄依菲都没有说一句话。他们都厌倦了对方，形同路人。邓家乐没有去走亲戚，在这个城市里，与他沾边的亲戚，都是黄依菲的亲戚。每天，他独自一个人在大街上走来走去。大街空旷而寂寞，偶尔有一条夹着尾巴的狗懒洋洋地穿街而过。几乎是在一夜之间，这个城市变成了空城，平时那些行色匆匆的人都消失了，每一幢大楼都哭丧着脸。每年春节，这个城市都会空荡荡的。事实上，无论人们在这个城市生活了多长时间，无论他的生活状态如何，对故乡的依恋始终无法改变。一到过年的时候，他们就义无反顾地回到自己心灵深处的故乡。

邓家乐从一条街走向另一条街，脚步孤寂而倔强。他不知道自己要去哪里，但就是想这样走着。突然，他仿佛感觉有鸽子从头顶上滑过。于是，邓家乐情不自禁地抬起了头，一只柔弱的鸽子有气无力地飞了过去。

鸽子的出现把邓家乐带入了回忆。他穿越了一条条大街，也穿越了记忆的时空，曾经美好的生活都重新鲜活起来了。那时候父亲还健在，家里养了好几十只鸽子。在无所忧愁的童年里，邓家乐最喜欢做的事，就是坐在青石板路上，仰着头看在蓝色天空里欢快飞翔的鸽子。他羡慕它们既能自由翱翔，又能轻易回到依恋的鸽巢。邓家乐非常迷恋鸽子飞翔时发出的嘹亮的声音，他认为那是天下最动人的音符。美好总是容易加快时间的脚步，把人推向一个遥远的时空。后来，邓家乐离开了故乡；后来，父母相继去世。所有的变故把邓家乐置入了一片繁华的荒原。

4

时间的脚步真是太快了，节日的气息很快就消失得无影无踪。城市又沸腾起来，忙碌的人们又开始为生活而四处奔波。邓家乐的生活开始沿着一条他无法控制的轨迹发展。自从他和黄依菲谈到离婚之后，生活就发生了根本的转变。所有矛盾都无限放大了，成了一条横在两人中间的巨大鸿沟。邓家乐和黄依菲站在鸿沟的两边，硬生生地看着鸿沟越来越大，两人的距离越来越远，但却都不愿意主动改变这个局面。甚至，他们两人还都有继续火上浇油的意思，时不时地爆发一场激烈的战争，把促狭的家里搞得狼藉不堪。

邓家乐开始怀疑黄依菲早就想跟自己离婚了，只是由于某种原因没有主动提出而已。否则，她现在不会就这个问题没完没了地纠缠。黄依菲用急不可耐的口气对邓家乐说，离婚吧，我们不是一路人，还是早点离了吧。邓家乐听明白了她那隐藏在戏谑口吻中的真实想法，这让他感到无比懊恼。他不过是在思维混乱的情形下说了一句错话，现在却成了人生的一个大烦恼。他不想跟黄依菲离婚，他深爱着自己的妻子。尽管邓家乐对回归故乡十分渴求，但他也不想因此而造成家庭支离破碎。不过，令邓家乐感到伤感的是，现在局势有些失控了。

濒临离婚的邓家乐不想在现实中纠缠、拉扯，那样只能让自己伤痕累累。他主动把自己丢进漫无边际的回忆里。回忆是温暖的，它带着邓家乐需要的温暖，穿越时空抚慰着这个失魂落魄的男人。

邓家乐又想起了天使，故乡的那只天使。那只白色的鸽子对鸽巢的依恋令邓家乐和他父亲赞不绝口，无论它飞得多远总能按时归巢，也从未迷失过方向。正因为这样，天使那次"不归事件"才能让邓家乐和他的父亲心急如焚，也才能让邓家乐永远铭记在心。

那是一个多雨的春季。现在想起来，整个春天仿佛都飘着毛毛细雨。有一天，归巢的鸽子当中没有了天使。最开始，邓家乐觉得是自己眼花了，没有看清楚。他鼓圆眼睛，仔细地数了一遍又一遍，可依然没有发现天使。但是，邓家乐不相信天使会失踪，他认为它可能会晚点归巢，于是，他就坐在漆黑的夜里焦急地等待。他希望天使会突然从黑夜里扑扇着翅膀回到鸽巢。可是，这天夜里，邓家乐一直等到十点，依然没有看到天使。他觉得事情有些不妙，难道天使已经成了某人的猎物？邓家乐非常担心，因为有些丧失良心的人总喜欢把自己的猎枪对准翻山越岭的鸽子。

那个夜晚邓家乐哭了，他伤心欲绝地对父亲说，我们去找它吧。最开始，父亲没有理会邓家乐。这个中年男人不是不想寻找天使，而是他不知道去哪里寻找。鸽子的飞行能力非常强，谁知道它一天会去过哪些地方呢？何况现在黑灯瞎火，天空还铺天盖地地下着让人厌烦的雨。邓家乐缠着父亲不放，他说，我们去找找吧，说不一定能找回来呢。鸽子没有归巢的情况常有，主人在某根电线或者某棵树上把它们找回来的情况也不少，它们腿上的绳子偶尔会成为回家之路的绊脚石。也许是经不起儿子的纠缠，也许是因为别的，在这个夜色浓郁的春季的夜晚，邓家乐的父亲带着儿子，在茫茫的黑夜中寻找那只失踪的天使。

寻找鸽子一般都是在茂密的树林和长满野草的高山，因为受伤的鸽子往往掉在这些地方不容易被人发现。邓家乐和父亲举着火把，冒雨在附近的几座大山上艰难地跋涉。他们一边走一边呼喊着天使的名字，它听得懂。每次，只要邓家乐一喊"天使"，它就会温顺地飞过来，停在他的肩膀或者脑袋上。这天夜里，在延绵、苍茫的大山里，有两个声音呼喊着"天使"，一个雄浑，一个清脆。

邓家乐和父亲由近及远地寻找，他们都觉得天使就在不远的前方。邓家乐的父亲对鸽子非常有研究，他知道天使的恋巢性和方向感，所以他觉得它一定遇到了麻烦，要么死了，要么就在附近。寻找的过程非常艰难，因为在下雨的深夜爬山，年幼的邓家乐摔倒了无数次。但他每次摔倒后就勇敢地爬起来，对天使的牵挂使他忘记了所有疼痛。照明的火把被大树上滴下的雨水浇灭了很多次。邓家乐和父亲一次次被黑暗笼罩，又一次次看见光明。

时间慢慢地就来到了凌晨，邓家乐和父亲的脚步也越来越远，大概走了十几里山路了。对天使的呼唤也延续了十几里山路，深入到空旷世界里的每一个角落。在一座大山的半山腰，邓家乐突然对父亲说，爸爸，你听，好像天使在叫唤。邓家乐的父亲竖起耳朵，他没有听见什么，对儿子摇了摇头。两人继续前进。邓家乐又听见了。他对父亲说，爸爸，真的，我听见了。两人又停了下来，屏住呼吸，仔细地听。天使的哀鸣准确地传入了这对父子的耳朵里，他们都兴奋不已。他们循着天使的哀鸣找去，最终在一棵柏树上找到鲜血淋漓的天使。

天使中枪了，翅膀快要断了。但它依然想着要及时归巢，于是便带着伤痛，拼命地往家的方向飞。伤口的疼痛和漫长的飞行透支了天使的精力，慢慢地，它飞不动了，只得孤独而绝望地蹲在树上，等待着主人来拯救。漆黑的夜里飘着冰冷的雨，但身受重伤的天使除了等待别无选择。幸福的天使等来了命运的眷顾。凌晨时分，邓家乐父子把天使从树上解救下来，让它回到了温暖的鸽巢。

回忆这段惊心动魄的往事时也是一个漆黑的夜晚，邓家乐靠在阳台上，看着空调外挂机架子下面的那个简陋的鸽巢，他不知道天使是否在里面。邓家乐隐约觉得，他有很长一段时间没有看见它了。它去哪里了？是找到了归巢的方向，还是再次迷失在这个灯火辉煌的都市，连这个临时的巢也回来不了？他望着茫茫的夜空，闪烁的星星和跳跃的灯火混在一起，使整个世界混沌不堪。

1

江河垂着脑袋迈着谨慎的步伐朝二环路走去，他还需要去看看那棵树。他观察很久了，这棵高大、茂盛、枝丫向四周大幅度展开的树非常适合这次行为艺术表演。整个夏天，江河都在寻找这次表演的大树，但却始终没找到。在钢筋水泥森林里，要找一棵能在枝丫上搭建简易房屋的树非常困难。直到秋天来临，他才发现了现在这棵在城市中罕见的大树。江河如获至宝，兴奋不已。经过长期的思考与准备，他觉得该到表演的时间了。如果拖下去，他有点害怕丧失当初的冲动与激情。江河准备下午就在树上搭建简易房子，所以他最后一次去查看一下情况，寻思着如何才能尽量做得妥善与完美。

正在江河眼神木讷、思绪散漫地用脚步数着地上的地板砖时，他的手机响了。一个陌生的电话号码和一个陌生女人的声音。江河机警地"喂"了一声，接着嗫嚅道，谁呀？对方的语速很快，她说我是电视台的记者，我听说你要搞一个名叫人巢的行为艺术

人
巢

表演，所以想采访一下你。江河根本没想到有人会知道这件事，便本能地拒绝起对方来。他说，没有这事。接着又问，你听谁说的？对方答非所问，她说我们约个时间，我觉得这个事件非常具有新闻价值，应该深入挖掘。江河不喜欢对方将这次表演看成是一个事件。事件总让他想起暴力或者色情。江河的语气开始不耐烦了，他问，你到底听谁说的？女记者的声音突然变得甜美、细腻起来，她说，谁说的有什么关系嘛，反正有这事就对了。你说个时间、地点，见面后我们好好聊一下。江河对她的话非常反感，情绪如火焰一般直往上蹿。他几乎跳了起来。江河说，到底是谁给你说的？他妈的。挂断电话之后，江河自己都难以置信，他居然爆粗口了。

在人们的印象中，江河是个沉默而儒雅的人。但就是这样一个人，在萧瑟的秋风里对一个素未谋面的女记者爆粗口了。促使江河愤怒的是他不知道谁走漏了风声。关于这次行为艺术表演，他想不起自己对谁说过。从萌生想法到逐步准备，他都是独自一人。挂断电话后，江河伫立在寂寞的大街上，努力地寻找那个背叛自己的人。但是，他的脑子里一点头绪都没有。突如其来的电话搅乱了江河的思绪，他不想再去看那棵树了。一切就按当初设想的那样做，他这样对自己说。这样想着，江河掉头往回走了。

回到家后，江河来到阳台上，那里堆满了在树上搭建简易房间的材料。几个月前，他就从市场上买回了篷布、睡袋、木板、锤子、钉子、锯子，以及照明设施和能够维持一个月的方便食品。江河将表演时间定在一个月。在当初做计划时，他觉得时间长了不现实，时间短了又意犹未尽。于是，他决定表演一个月。江河看着堆得高高的材料，心里感到异常充实，之前缥缈的心理顿时烟消云散了。江河把所有东西都装在一个大编织袋中，他顺手掂了掂，很是沉重。他点了根烟，折身回到客厅里。

江河独自坐在沙发上，手上的烟一根接一根。接连抽了好几根烟后，他看了看表，快到十二点了。江河站起来，头有点晕，肚子开始咕噜作响。他神情漠然地来到厨房，泡了一包方便面。几分钟后，江河狼吞虎咽地把面吃完了。这个过程中，江河始终紧绷着脸。吃完面后，他反而有点急切与紧迫了，甚至害怕浪费生命中的一分一秒。江河长长地叹了一口气后，背着那个编织袋出去了。他沉默着朝二环路走去。

很快，江河就来到了那棵大树前。他看着它，觉得它比前几天消瘦了。正在他伤感之时，几片树叶从空中摇曳而下。江河才感觉到秋天原来是这样伤人，空气中仿佛混合了某种令人衰老的毒药。思索了片刻，江河把袋子打开，拿出了材料和工具。身体单薄的他在瞬间化身为一只猴子，噌噌噌，几下就爬上了这棵粗壮、高大的树。江河灵敏的动作令过路的一个小男孩感到非常吃惊。小男孩拉着妈妈说，你看那个叔叔，他爬上树到底要干什么？虽然他的声音很小，但江河还是听见了。江河回头朝那个可爱的孩子眨巴了几下眼睛。他希望对方能给自己一个天真的微笑，但却失望了。江河看着那对母子的背影渐渐远去，才回头继续手头的工作。

虽然早就对如何在树上搭建简易房子做了周详的计划与安排，但当真正落实到实际行动时，还是让江河感到犯难。那些熟稔的计划和步骤就像风中的蒲公英那样难以捕捉，生疏的材料和工具也不听江河的使唤，这一切都使他有点不知所措。他蹲在树上，一个完美的小房子不断地在脑海里出现。可当江河重新拿起工具和材料时，脑子里的幻景又破灭和消失了。不过，江河没有放弃，他压制住了心里慢慢滋生的烦躁，对这次表演的冲动和期望让他有足够的耐心。他开始慢慢熟悉那些工具和材料的属性，逐步去认识它们，利用它们。

经过了长达五个小时的努力，一个近似鸟巢的简易房子在这棵大树上建好了。它躺在三个粗大的枝丫间，虽然有点摇摇欲坠，但基本上能够让江河安全、顺利地表演。江河"咚"的一声从树上跳下来，抬头久久地注视着自己的劳动成果，心花怒放。

不知不觉，夕阳安详地渗透到空气中，覆盖在江河疲惫的身躯上。正当他带着得意的情绪转身回家时，背后的一个女人把他吓了一跳。江河几乎像一只小鹿那样惊叫起来，他问，你是谁呀？干吗这样鬼鬼祟祟地站在我身后？对方不好意思的表情在傍晚时分显得格外恍惚。她忙不迭地自我介绍起来，我是电视台的记者，上午跟你联系过。上午的愤怒与不解又浮上心头，江河张牙舞爪地说，你到底是从什么地方知道我要进行这次行为艺术表演？我没有告诉过任何人。那个名叫印花的女记者说，其实这个不重要，我们的目的是想让你谈谈这次表演的初衷与目的，向人们透露一下你的思想。江河突然暴跳起来，他说，表演是我私人的事，为什么要对别人说初衷和目的？我没思想，被你这一搅和，哪里还有什么思想？说完，他愤然地离开了。

2

　　江河感到极度疲乏，回家后倒头便睡了。近段时间的操劳，确实透支了他的精力。自从有了这次行为艺术表演的想法后，江河就马不停蹄地奔走，所有事情都是他一个人包揽。而且，他想一定要做得彻底与完美，所以每一个细节都必须认真斟酌。为了使明天的表演能够有一个良好的开端，江河得认真地睡一觉，养精蓄锐。但是，在接下来的几个小时里，江河一直处于似睡非睡之中。疲软的身体和紧闭的双眼说明他处于睡眠状态，但是，江河的脑子里却被各种信息塞满。关于这次表演的所有思绪都挤了进来，江河感觉大脑快要爆炸了。他起身坐在床上，双手抱着沉重的脑袋。很快，他又倒头睡了下去。可是，睡下去后又想起身。就这样，江河在床上翻来覆去地折腾了好几个小时。最终，他熬不下去了，硬着头皮起了床。来到客厅，他抬头望着墙壁上的钟表，此刻指针正沉默地对准十点。

　　江河泡了一杯茶，他看着热气袅袅升起，寂寞与孤独涌上心头。他想抽烟，但拿出来在手里捏了捏之后又放了回去。在不经意间，江河的目光停落在电视机上。他才记起自己有很长时间没看电视了。也不知道从什么时候开始，江河觉得世界太喧闹了，垃圾信息在空气中飞来飞去。江河想过一种安静的生活，于是，他开始以一种自虐的方式来要求自己。不上网、不查看被垃圾邮件塞满的邮箱、不看电视，以及不与他不愿意交往的人见面。那台被灰尘覆盖的电视机，早已失去了它的声音。但是，江河今天晚上竟然鬼使神差地打开了电视机。只是，看完那档与自己有关的节目后，他被一种复杂的情绪包裹住了。

一直纠缠江河的女记者印花穿着一身粉红色衣服，正襟危坐地与三个男人讨论着江河即将举行的行为艺术表演。三个男人都戴着眼镜，其中两个已经秃顶。江河觉得节目的摄像师是个调皮鬼，不然他不会老是把两颗几乎没有头发的脑袋作为特写。

印花笑吟吟地对着镜头说，我们很难想象一个人会在树上生活一个月，但这个事实就会在明天发生。在我市东郊，明天将有一个名叫人巢的行为艺术表演，表演者江河在树丫上搭建了一个简易房子，从明天开始，他将在那间房子里进行长达一个月的生活。本台将全程记录这次表演，揭开表演与表演者背后的秘密。今天，我们就这个话题，请来了三位专家、学者，一起进行讨论。接着，印花开始一一介绍他们。从印花的介绍中，江河知道两位秃顶男人分别是心理学家张教授和社会学家刘教授，另外一位是早已过气的作家李先生。印花说，在这次行为艺术表演还未开始之前，我们想请三位分别谈一谈，分析一下江河为什么要进行这次表演，他的初衷和目的到底是什么。

江河坐在电视机前，忐忑不安地看着电视画面上的这四个人。他在想，他们到底将如何为自己这次表演定性呢？这时，目不转睛的江河发现了一个奇怪的现象，电视里神情严肃的三个人的眼神悄然地做了一次隐秘的交流。虽然时间很短，几乎是一闪而过，但江河还是看见了。这个小插曲使江河对他们接下来的谈话更加充满了期待。

第一个发言的是社会学家刘教授。那个高鼻梁小眼睛的男人说着一口极不标准的普通话，但语速却意想不到得快。他说，我觉得江河先生是想通过自己的表演，来反思这个社会和时代。虽然如今物质发达，处在这个日新月异的时代里的人都非常亢奋，但我们必须承认，孤独、冷漠无处不在；我们生活在信息时代，但真正的交流不多。比如，我们与同居一幢大楼里的邻居有过多少交流？我们天天都在打电话，有谁与通话者做过心灵的沟通？我认为江河先生把房子建在树上，他是想通过这次离群索居的表演，来反思人类社会真正的孤独。这样的表演非常有意义。

刘教授仿佛还想说点什么，话却被心理学家张教授抢了。张教授说，我觉得那位江河先生肯定是心理有问题，否则他不会做出如此怪诞的事情来。你反思社会、时代的方式有很多种嘛，何必非要在树上建一间房子来居住呢？而且，还要进行长达一个月的表演。我认为有必要对江河先生的身份和成长经历进行挖掘，他来自哪里？他有着怎样的童年？他在这个城市生活的情况如何？这些都有助于解释他这次行为艺术表演。

张教授越说越来劲，唾沫星子似乎都要飞出电视屏幕了。他说，从心理学角度讲，当今这个社会病人很多。飞速发展的经济和物质的高度繁荣，必然会造成心理失衡。膨胀的欲望无法得到满足之后的失落，冲击着每一个人的心灵。所以，我觉得江河先生是个病人，希望他有时间来我们诊所做一个彻底的检查。

印花眼看场面有些失控，如果她再不打断张教授的话，这就成了对方发布广告的场所，或许他接下来要说的就是诊所的联系地址和电话了。印花说，张教授，我们先不谈这个话题，江河先生是不是有病，他人又不在，我们不能妄加断言。下面，我们请著名作家李先生谈谈他的看法。

李先生咳了几声，抽了抽鼻梁上的瓶底眼镜。然后，他细声细气地说了起来。李先生说，我认为这还是一个个人心理和时代风气问题。眼下，人们对名利的渴望越来越强烈。在欲望的驱使下，人往往会做出一些非常规的举动。所以，对于江河先生这次行为艺术表演，我觉得是炒作，他想通过炒作来获得大众的认识和认可，以此来捞取更多的名利。这一点，从表演的时间上就可以看出。他为什么选择长达一个月的表演，而不是一个小时或者一天呢？因为他想获得更多的曝光率，吸引更多人的注意。

前面两位发言时，印花都没有真正意义上的互动。这次她主动起来。她问，李先生觉得这种心理和风气是好还是坏？那位曾经写过几部蹩脚小说的作家立即显得道貌岸然起来，脸上的笑容轻飘飘的。他支吾道，这不是好与坏的问题。

接下来他们还说了些什么，江河就不知道了。忍无可忍的他愤怒地关掉了电视机，不想再听那些狗屁专家的胡说八道。他想抽根烟，抽完就睡觉。抽烟的过程中，江河的脑子里一直充斥着电视机上的画面。他开始憎恨起他们来，特别是那个名叫印花的女记者。江河认为，既然不接受采访，就不应该再做这样的节目来干涉自己的表演。他不知道电视台是真关心这次表演呢，还是哗众取宠。

3

这天晚上，江河的睡眠质量很差，后半夜依然处于迷糊的状态，原本就凌乱的思绪现在变得更加理不清了。从十一点到次日凌晨三点，江河就在翻身和抽烟之间不断地转换。辗转无法入眠，就想抽根烟来缓解压抑的情绪，并获得一段高质量的睡眠。但往往是烟抽完了，依然没有瞌睡的意思。在床上躺一会儿，便又起来抽烟。就这样周而复始，时间就来到了三点。江河在黑暗中眯着眼睛看了看手机屏幕，他决定不睡了，早点去表演现场。

江河认为表演是个人行为，是自己内心的某种冲动。他不希望有人看见自己的表演，更不想在众目睽睽之下像个滑稽的猴子一样爬上树钻进简易房子里。但是，经过电视台报道之后，他担心现实会事与愿违。毕竟，大多数人还是愿意去观看一个行为乖张，或者一个有心理疾病的人蹲在树上的样子。凌晨的大街显得异常朦胧、清冷，凉意就像调皮孩子的小手，温柔而决绝地往脖子里钻。江河双手捧着脸使劲地搓揉了几下，试图通过这样的方式让自己更加清醒。突然，一个有趣的念头闪进脑子里，那个让人厌烦的女记者印花会不会早已等候在那里，以便捕捉第一手新闻？江河差点笑出声来，他不知道自己为什么竟然产生这样的想法。

站在凌晨的大树底下，江河仿佛能够感觉到树叶呼吸之间的寒气，他情不自禁地哆嗦了几下。江河没有看到任何一个人，当然印花也不在。除了偶尔一辆汽车旁若无人地奔驰而去之外，夜色与寂静使这里有点阴森与恐怖。但江河内心却无比火热。人生中一段奇特的经历马上就要开始了，他有种说不出的激动。江河仰着头看了看大树，即将用来表演的简易房子没有遭到破坏，这让他感到踏实。从产生表演念头到此刻之前，他一直都担心有人来骚扰他，甚至毁掉表演计划。所以，当印花以一种鲁莽的方式闯进江河的生命时，他是如此紧张与愤慨。江河看了看时间，现在才四点过一刻，离天亮还有两个多小时。他靠在树上长长地出了一口气，好像在为表演做最后的准备。然后，他用力一跳，双手抱着树干，两下就蹿到房子里去了。江河蹲在里面，感觉整个世界都在摇晃。

江河把这个简易房子称作人巢，而这次表演也被叫作人巢。他非常喜欢用人巢这两个字来给这间房子和这次表演命名，人蹲在动物巢穴里的情景，一次次冲击着他的心灵，使他不得不进行这次注定会在他生命中产生重要影响和意义的表演。凌晨时分，江河悄然地开始了他的表演。江河孤独地蹲在逼仄的小房子里，他尽量让思维进入一个宁静的空间，他想象自己化身成一片羽毛在漫无边际的世界里飘啊飘，永远也不停歇下来。这个过程里，江河忘记了自己的存在。

时间像夜色一样缓缓流淌，很快就过去了两个小时。昏黄、朦胧的大街开始慢慢变白，城市的喧嚣像潮水那样汹涌地蔓延开来。路人、汽车以及各种各样的嘈杂声伴随着浑浊的空气争先恐后地往江河的视野里挤。它们越来越多，越来越密集，气势汹汹地霸占了这仅有的空间。时间一晃又过了两个小时，没有一个人注意路边的那棵大树，更没有人发现树上的房子以及蹲在里面的江河。江河神情木然地看着行色匆匆的人们，他希望能看透他们的内心，想去触摸他们的灵魂。可是，他发现自己与任何一个人的距离都是那样遥远。突然，江河内心的惆怅与忧伤迅速膨胀起来。他拿出烟抽了起来，希望悲观的情绪能随着烟雾消失在空气中。江河为这次表演准备了五十包烟。正在他抽烟时，印花出现了。

印花不是一个人来的，她的身后还跟着几个身材魁梧的男人。那是她的同事，司机或者摄像师。江河看着他们步态轻盈，边走边笑，似乎还在回味某个令人捧腹的笑话。离表演场地还有几十米远时，印花朝江河这边指了指，一行人才严肃起来，加快了脚步。江河十分厌恶这群即将给自己的表演带来麻烦的人。从昨天到现在，如果算上在电视里看见印花，他和她见过三次面。仅仅是这三次见面，他就对她的印象非常糟糕。他觉得她是个面目狰狞的凶手，生硬、强迫地介入了他的内心，污染、抹杀了他表演的冲动和激情。江河看着印花越来越近，情绪也开始慢慢蠕动了。烦躁、恼怒，直到最终怒火中烧，江河用狠狠地摔掉烟头这个行为表示了他的不满和愤怒。只是，印花没有看见，谁也没有看见。

江河把目光伸向遥远的远方，远方是错综的楼群和朦胧的天空。天空里没有白云、飞鸟以及一掠而过的鸽子。在江河眺望远方的过程中，只有无数只苍蝇和不知名的飞虫在他的眼前晃来晃去。这更加增添了他心中的烦恼。江河之所以长时间保持这种倔强的姿态，是因为他不想再多看一眼印花。但是，那位对这次表演十分好奇的女记者却没有冷落江河，她抬着头试探地问道，江河先生，没想到你的表演这么早就开始了。江河没理她，依然看着远方。印花又说，聊一聊你的感受嘛，我们交流一下。说着，她的同事就摆好摄像机，进入了工作状态。江河觉得自己仿佛是一只弱小的动物，此刻正处在随时都会被绞杀的危险境地。他想阻止树下的那几个人，但却找不到合适的方法。于是，江河依然保持着原来的状态，尽管他的眼睛有些酸涩。

印花走了几步，找了一个更方便看清江河脸庞的位置。她仰着头说，江河先生，要不我们先聊一聊你这次表演的初衷，你到底想通过这次表演表达什么样的主题？江河暗自想到，想以沉默来击退他们是不可能了。他想主动进攻，于是便说，没什么目的，也不想表达什么。印花见江河说话了，情绪顿时高涨起来。她连珠炮地说，那你是不是想借此炒作出名？或者你有什么心理疾病？你是不是本市人？你来自哪里？

这些问题让江河的大脑有一种即将被撕裂的痛，他知道自己进入了她的圈套。江河想起了昨天晚上那三位专家、学者在电视上的讨论。他觉得再说下去，只会将自己置入一个巨大的旋涡。所以，江河又恢复了先前的状态，以沉默来对抗外界的攻击。

印花和她那扛着摄像机的同事的出现让更多的路人注意到了路边这奇怪的景象，他们纷纷停下来打听事情的来龙去脉，并伫足观望事态的发展。就像饥饿的苍蝇找到了臭味一样，人们顿时向江河蜂拥而来。江河还没怎么明白过来时，他已经被里三层外三层地包围了。而且，看稀奇的人只来不走，站在路边伸长脖子看着树上的江河。这已经严重影响了交通。江河的目光依然放在遥远的一片朦胧中，但是，游离的眼神却无法拒绝与阻挡声音从四面八方飘进耳朵钻进脑子里。自行车的铃声，汽车的喇叭声，路人的抱怨、聒噪和口哨，以及如空气中恣意地飘荡的尘埃一样的嘲讽和讥笑。

突然，一个声音像闷棍一样从人群里飞出来。有人问江河，哥们儿，你这一个月在哪里拉屎撒尿啊？你这一个月想不想你的女人啊？此话一出，哄笑之声此起彼伏。大家几乎是异口同声地说，哥们儿，你说说啊。

江河的情绪明显受到了影响，他嘴角不停地翕动，喉结急促地滑上滑下，怒火就快要蹿出来了。他想还击那个无聊的人，甚至，那些最粗俗的语言已经在肚子里汹涌地翻滚起来。但是，印花的话及时地浇灭了江河的愤怒。她对着人群声嘶力竭地喊道，不要打扰江河先生，他在进行非常严肃的行为艺术表演，别说那些低级趣味的话。接着她又补充说，不要全都堵在这里，看完了该走的就走，该干嘛就干嘛去。说完，印花张牙舞爪地刨开人群，往前面移动着身体。她一边走一边对扛摄像机的大胡子说，这边来，这边位置好一点。

围观的人群面对记者的呵斥都有些胆怯，真的闪开了一片空间。印花招呼着同事摆好设备，看样子她想重新采访树上那个大家都认为很奇怪的人。从她自信的表情和干练的动作来看，她仿佛胸有成竹。看热闹的人也都安静了，他们从未在真实生活中看过记者如何采访与做节目，所以都在屏着呼吸等待这个神圣而光荣的时刻。印花抬头看江河时，脸上堆满了刻意讨好的笑容。她试图通过这种看似谦和的微笑来缩短与他的距离。然后她说，好吧，所有人都安静了，我们开始认真、深入地交流和探讨你这次行为艺术表演吧。我觉得你有勇气做出这么有创意的行为，背后一定有丰富的支撑。我们电视台希望通过采访报道，让更多的人知道你的内心世界。印花突然对围观的人说，你们大家也都想知道，是吗？大家都拼命地点头。

江河非常讨厌印花煽动路人这一招，尽管他知道她不过是想为电视台弄点具有噱头的新闻。但是，江河确实不想让这次表演成为大众视野里的公众性事件。这只是他个人心灵的冲动和欲望。让江河更加摸不着头脑的是，到目前为止他也不清楚到底是谁泄露了秘密，让印花和外界知道了自己的表演。为了让事态尽快平息，江河俯瞰着树下黑压压的人群，他表达了自己的观点和立场。江河说，我不会接受任何媒体的采访，也不打算向任何人倾诉自己的表演目的。所以，你们都打消这个念头吧。说完，他又独自抽起烟来，浓浓的烟雾从口中喷涌而出。

印花和围观的所有人都不约而同地发出了长长的嘘声，甚至有人用跺脚、吐口水等举动来表示对江河的不屑。他们觉得这个蹲在树上的人实在太无聊了。他们叽叽喳喳的议论和讥讽的笑容似乎在疑问，不接受电视台的访问，不向人们解释你的表演，那你到底在做什么？难道你是个疯子？没过多久，大部分人用愤然离开表示了抵触和抗拒。他们之中，几乎没有人回头再看一眼表情木然的江河。印花无奈地对江河说，你看，大家都走了。你不配合大家，搞得现在场面很难堪。难道你就想看到如此狼狈的情形吗？此刻，江河对印花的厌恶已经达到了难以容忍的地步。他摔掉烟头，咆哮着对印花说，滚蛋，全都给我滚蛋。

江河对印花咆哮之后，所有人就像是接到了某种命令，立即调头就走。印花走得很沉默，她没有采访到江河，心里还是感到遗憾。她无奈地对同事挥了挥手，低着头从江河的视野里消失了。江河看着树下那片开阔的空地，各种复杂的情绪交织在一起。

4

到夜幕笼罩这个城市之前，江河的脑子一直处于空白状态。当他感受到秋日的寒气粘在皮肤上时，才意识到自己现在正在进行一场精心准备的行为艺术表演。江河从水瓶里倒了一杯水，咕咚一口就喝干了。放下杯子，他半躺在这个临时搭建的房子里，任思绪随意流动。浓浓的夜色使整个世界浑然一体，江河感到前所未有的安宁。在这个城市生活已经好几年了，他始终觉得被一种无形的喧嚣包围着，生命处于严重缺氧的状态。现在，当他一个人孤独地窝在这棵不被人注意的树上时，心里竟然获得了宁静。这使得江河有了回忆往事的机会和力量。江河抬头看了看苍茫、深邃的苍穹，思维回到了多年以前的一个夜晚。到底是多少年前，江河自己也记不清了。

那是一个漆黑的夜晚，呜咽的寒风使年少的江河感觉到极度恐惧。那天晚上，到集市上做小本生意的妈妈很晚都没有回家。江河只有两岁时，父亲就去世了，所以他对妈妈非常依赖。

特别是在夜晚，如果没有妈妈，他甚至不敢独自一人待在黑咕隆咚的房间里。那时候还没有电话，江河不知道妈妈为什么没有回家，他只得神情漠然地蹲在院子里，等待那个能带给他光明和希望的人。可是，好几个小时过去了，妈妈却不见踪影。江河感到孤独极了，白天一起玩的小朋友都各自回到家里了，回到了父母温暖的怀抱。他倚在墙壁上，小伙伴们的笑声从四面八方传来，蜂拥地挤进江河的耳朵，钻进他的心里。与此同时，惧怕却像捣蛋鬼一样在江河脆弱的心底上蹿下跳，折腾得他心跳的声音像雷鸣。那天夜里，江河的妈妈因为生病在镇医院治疗，凌晨两点才回来。直到妈妈回来之前，小伙伴们的欢笑和对黑夜的惧怕一直纠缠着江河。此刻，天真无邪的笑容成了恐惧的发酵剂，无形中增添和放大了恐惧的威力。每一丝空气都化成了狰狞的脸，朝江河张着血喷大口。

　　江河不知道自己为什么想起了那个夜晚，此刻他才恍然觉得，也许自己这么多年来从来就没有忘记过。从回忆的深渊中挣脱出来后，江河感到非常疲惫。他想睡觉了。江河本想泡一包方便面以及吃点饼干之类的干粮再睡觉，但他实在太累了，两只眼珠子使劲往下坠，仿佛再不立即闭上就会脱离身体似的。江河丢掉已经打开的方便面，身体一倾斜就倒在睡袋上睡着了，就像一块石头沉进大海里了。

　　人生中这个奇特的夜晚，江河的睡眠质量并不好，甚至可以说非常糟糕。大概凌晨过后，他就渐渐脱离了沉沉的睡眠，尽管他依然非常疲惫，身体软得像滩稀泥。江河闭着眼睛，汽车声以及各种各样的嘈杂声混合在一起，在他的脑子里打转。

江河觉得自己仿佛迷失在一片沼泽里，他使出浑身解数努力挣扎，但却越陷越深。慢慢地，他感觉喉咙受到强烈的挤压，身体里的气息越来越弱，就快要断气了。当江河彻底、决绝地告别昏昏沉沉的状态时，时间已是凌晨四点了。他爬起来，全身冷汗淋漓。江河抹了抹冷汗，拿出一根烟抽了起来。烟雾在清冷的空气中忧伤地四处飘荡，江河眺望着遥远的天边，天边摇摇晃晃令人头晕。

　　第二天，印花和她的同事没有再来纠缠江河了。这令江河感到有点意外，他以为印花是那种死缠烂打的人，一定会与自己周旋一个月。昨天围观的路人也似乎约好一样，全都消失得无影无踪。有那么一瞬间，江河怀疑这是印花搞的鬼，她是在报复自己对她的冷落。不过，他很快又否定了自己，他觉得这个想法非常无趣和无聊。

　　蹲在树上，江河看着行色匆匆的路人，每一个人的神色和背影都那样憔悴和倦怠。他感受到了孤独的强大，它们就潜藏、分散在空气中，然后从四面八方向自己袭来。滚滚车流和汹涌的人潮都与这个蹲在树上的人无关，即便是汽车的尾气和人们的呼吸也许会飘进江河的鼻孔里。江河点了根烟，坐在简易房子的边沿，双脚垂在那里。他就像小时候一个人常常坐在河边发呆一样，用两只脚的摇摇晃晃来计算着时间的流逝。江河家门前有一条曲折的小河，涓涓流水记录了他童年时代所有的惆怅与忧伤。那时候，江河一直想知道这条河的尽头在哪里，于是在一个春雨绵绵的日子，他沿着河岸向远方走去。但是，直到黄昏时分，他依然没有找到尽头。这么多年过去了，在江河的记忆深处，最清晰的依然是孤独与寂寞。

江河的思绪陷入了一段漫长而久远的回忆，以至于他忘记了吸烟，长长的烟柱随时都会破碎。最终，透明烟火带来的疼痛才将他从记忆中拽回来。太阳出来了。这个灰蒙蒙的城市，一般情况，秋天里基本上见不到太阳。不过，突如其来的太阳带给江河的反而是落寞。他看了看漫天飞舞的碎花花的阳光，迅速把整个身子缩回到简易房子里去了。江河做了一个长长的深呼吸，接着闭上了眼睛。随后，他的思维进入了一个苍茫的空间。江河感觉这棵大树和树上的简易房子都飞起来了，他自己在这种飘忽中变得越来越轻，越来越小，最后竟然成了一粒尘埃。

第三天的情况与第二天一样；第四天的情况与第三天一样。在随后的二十多天里，除了一个人之外，没有谁注意到路边还有一个名叫江河的人在进行行为艺术表演。也不知道从什么时候开始，那个衣衫褴褛、蓬头垢面的人就进入了江河的视野。江河发现对方每天都蹲在树底下，像是在守侯什么。经过几天的观察，他终于找到了答案。那天上午，当江河丢掉一个烟头时，对方立即就冲了过去。那个乞丐捡起烟头，趁着还没有熄灭，就拼命地抽了起来。江河心里感到难过，他不知道对方怎么就沦落到这个地步。抽完烟屁股，乞丐又重新回到树底下，身体松散地靠在树上，呆滞的眼神始终集中在面前那块惨白的水泥路面。江河猜想，他到底在想些什么？平静的表情下会隐藏着怎样的思维呢？此刻，江河特别想进入那个乞丐的内心，去探寻他的秘密。

时间又过了好几天，天空里突然飘起了连绵的秋雨。这增添了江河心里的惆怅。那个寂寞的黄昏，江河垂着脑袋对树底下的乞丐说，你从哪里来？你怎么会变成现在这个样子？对方没有回答，陶醉于江河刚刚丢下去的一根完整的烟。从乞丐抽烟的动作看，他的烟瘾很大，他的口和鼻孔仿佛成了烟囱，浓浓的烟雾一个劲儿地往外冒。江河又问，你到底有着怎样的过去？你现在的状况与过去有关系吗？我看你每天都若有所思的样子，你到底在想什么？对方突然停止了抽烟，抬着头用一种极其复杂的眼神看着江河。江河从对方的眼神里看出了孤独和忧伤，但是他依然在等待一种更加明确的回答。不过，他什么也没等到。大概五分钟之后，乞丐迈着晃悠悠的步子从江河的面前消失了。

空巢

这是个秋天的早晨，天空里有幽怨的风和如丝的细雨。老吴很早就起床了，端坐在灰色的沙发上看电视。退休之后，看电视成了他生活的主要旋律。老吴总是想通过电视来观察、了解外面的世界。所谓外面的世界，对老吴来说，其实也就是新加坡。三年前，他的女儿远嫁新加坡。三年之中，女儿还从未回来过。每天早上，老吴起床后就打开电视看国际新闻，试图在每一条关于新加坡的新闻里寻找与女儿有关的一些信息。与往常一样，老吴看得正起劲时，老伴就催着老吴吃饭了。老吴不高兴，老伴就唠叨，然后他就在喋喋不休的唠叨声中吃完了早饭。

吃过早饭，老吴没有再看电视了，他知道这个时段的国际新闻已经播完了。这些年来，他仿佛对所有频道的国际新闻播报时间都了如指掌。老吴拿了根烟，但他捏在手里却没抽。老吴烟瘾很大，但近来身体不好，女儿每次在电话里说得最多的就是让老吴戒烟。每当他拿出烟时，女儿的声音就会在耳朵里响起。"爸爸，能戒就戒了吧，我想您长命百岁呢！"女儿的口气总是显得很疲惫。老吴知道女儿虽然身在国外，但她的情况不太理想，婚后夫妻感情非常紧张。老吴又把烟放进烟盒里。他站了起来，踱步到阳台上，玻璃窗外惆怅的秋雨飘得正浓。老吴独自站在那里，眼神木讷地瞅着外面寂寥的院子，花园里一只鸟都没有。半晌，他突然回头把烟全部丢进垃圾桶里了。他在心里暗自发誓，一定把烟戒了。老吴不想让女儿再为自己戒烟这事操心了。

老伴在默默地收拾屋子，这个习惯了沉默的女人到了晚年更是惜语如金。很多时候，老吴在电视里看见新加坡的街头，总让老伴过来瞧瞧。他说，你快过来，咱们女儿就住在那里。说话时，老吴总是很激动，蜡黄的手指就快要触到电视屏幕了。但老伴却没有他那样热切，她总是抬眼望了望，瞬间又低垂着眼睑，一语不发。老吴本来想喊老伴不要收拾了，屋子里从来都是一尘不染。但是，他怔了怔，终究没有说出来。老吴看着老伴瘦弱的背影，心里有说不出的酸楚与落寞。他想出去了，尽管外面正下着密实的秋雨。打开门时，一阵穿堂风涌了进来。老吴下意识地向后倾斜了一下身子，他没想到今年秋天的寒气竟然如此凶猛。秋风猛烈地贯满了整个房间，老吴浑浊的眼神看见墙角处不知何时形成的蜘蛛网正在随风摇荡。

出门后，老吴才发现雨远远比自己在屋里看见的大。他抬头望着深邃的天空，雨丝将天空渲染得更加苍茫。老吴手里拿着铁铲站在楼梯口，望着三米之外的花园。这个不大的空间是他生活的另一块阵地。如果用时间来划分老吴的生活，他每天有三分之一的时间都在花园里度过。锻炼身体，给花儿锄草、施肥、浇水。偶尔，他也会和老伴一起坐在花园里想念远在新加坡的女儿。这套房子是女儿出国之前特别给父母买的，并亲自在花园里种满了花和树木。今天，老吴站在门口，望着花园，他心里感到异常空虚，绵绵的秋雨搅乱了他的正常生活。

过了一会儿，老吴折身回来，把铁铲放了回去。他蹒跚着重新回到屋子里。尽管房间的密闭性非常好，可他依然没有觉得比外面温暖。老吴喝了杯热水，想驱逐一下寒气。但效果不太明显。接着，他对里屋的老伴说，我那件棉衣呢？老伴的声音带着丝丝诧异，她说，什么？你要穿棉衣？老吴觉得自己的要求有点不合情理，但又不好改口。他嗫嚅道，确实有点凉了。老伴的语气有些生硬，她说，把屋子扫一遍拖一遍，身子就暖和了。你吃了饭就东立西站，像根木桩一样，能不凉吗？

老吴没答话。他不知道说什么。他认为老伴说得有道理，最近几年，他仿佛觉得他们的生活早已进入了某种模式，每天都是吃饭睡觉，看新闻和照料花园。老伴的身影总是在屋里走来走去，她似乎永远都在收拾这套并不宽大的房子。老伴在卧室里问，要不要棉衣？要的话我就给你拿出来。老吴淡淡地说，算了。

屋里又恢复了寂静。老吴坐在沙发上感觉浑身不自在，他觉得很别扭，甚至不知道手脚该怎么放。目光在不经意间又溜到了墙角处，老吴看着那个空荡荡的蜘蛛网，他想，蜘蛛到哪里去了？

"叮当"，有人按门铃。但老吴的目光依然集中在蜘蛛网上。老伴说，好像有人按门铃，你去看看。老吴纳闷，他说，有吗？

正说着，门铃又响了。老吴忙不迭起身去开门。收发室那个精瘦的小伙子出现在门口，他说吴大爷，你的国际邮件。对方没有看到老吴像以前那样一接到女儿的邮件就笑容满面，以为他没有听清楚，接着又补充说，你女儿从新加坡给你寄的邮件。老吴这才笑了起来。他接过邮件，接连给对方说了三声谢谢。这时，老伴也悄然来到老吴身后，她说快打开看看。老吴四个月前当了外公，但却一直没有看到外孙女。女儿打电话说长得像她，非常漂亮，马上就把照片寄回来。可这一等就是四个月。

　　打开邮件，老吴看到了可爱的外孙女。老两口开始对外孙女啧啧赞叹，称赞声在屋子里欢快地流淌。这时，老吴若有所思地说了一句，宝宝长得像谁呢？他一边说一边摸着额头，陷入了沉思。老伴说，像她妈妈，你看这眼睛、鼻子，还有这张小嘴。老吴说，确实像她妈妈，但又不是很像。老吴欲言又止。老伴也没说话了，她在仔细端详着照片中的外孙女，苍老的脸上绽放着艳丽的花朵。老吴突兀地说，像萍儿。他的话犹如一股强大的冷空气，使之前所有的欢快瞬间凝固了。老伴的声音有些扭曲，她说，像萍儿？怎么会像萍儿呢？说完，她的手松开了，照片稀哩哗啦散落一地。

　　记忆的门猛然被踢开。老伴嘴里不停地念叨着：萍儿，萍儿，萍儿……老吴看了看地上的照片，抬头看老伴时，她的身影即将消失在卧室门口。

2

　　外孙女的照片让老吴夫妇想起了他们的另一个女儿，那个叫萍儿的孩子一直隐藏在他们的心底。他们没有想到，几十年后的今天，她会以这样的方式闯开心灵的封锁来到现实生活。老吴把照片放进了抽屉，他要把那段记忆以另外一种方式埋藏了。可是，照片却化身为炸弹、利剑，它们粉碎了老吴的生活。尽管在接下来的很长一段时间里，老吴没有再提起照片的事。但是，这并非表示他把萍儿这个重要的角色丢弃了。相反，那个被抛弃的女儿的音容笑貌在他的脑子里越来越鲜活。那些照片就像被赋予了某种魔力，它使老吴的脚步以一种悲痛与僵硬的姿势迈进了那段苦涩与懊恼的日子。

切入记忆的最好时间是四十年前，那时候老吴身在一个贫瘠的小村子。不甘落后但对未来又一筹莫展的老吴迎来了一个千载难逢的机会。他舅舅即将退休了，而喜欢自己的表妹要把接班的名额让给自己。老吴本来也深爱着表妹，便顺理成章地接受了。于是，老吴在村人羡慕的眼神里成了城里人，后来与表妹结婚，过上了幸福的生活。结婚第二年，大女儿出生了。第四年，小女儿又出生了。但是，这个后来被叫作萍儿的女儿却把老吴夫妇拉入了一种痛苦的深渊。

萍儿没有她姐姐那么幸运，近亲结婚给这个小生命带来了致命的缺陷。萍儿是个智障儿，按照医生的判断，她将来的生活无法自理。这给当时还年轻的老吴造成了巨大的打击。他无法接受这个事实，他对近亲结婚感到后悔，他对未来充满了惶恐。当时，老吴看着泪流满面的妻子，在心里做出了一个重大的决定。他对她说，丢了吧。妻子一时没有反应过来，她问，什么丢了？他对她说，把这孩子丢了。长痛不如短痛，我们应该尽快了结这种痛苦。妻子"哇"的一声号啕大哭起来。事情太突然与残忍，那个憧憬着幸福生活的女人没有任何心理准备。老吴强调说，这样做对我们和对孩子都好，我们别无选择。

老吴听着妻子的哭声慢慢减缓，最终演变成了哀怨的抽泣。他明白这是一种妥协，其中暗含了她的选择。老吴特地到街上买了一块鲜艳的红布，他认为红布会给女儿带来好运。他用红布将女儿包裹好，朝郊区走去。

那是一段相当漫长与痛苦的路程。老吴怀里抱着孩子，默默地流着眼泪。那时候她还不会说话，只能用纯净的眼神望着即将抛弃自己的父亲。老吴的泪水一滴一滴地流在萍儿的眼睛上，四目相对，朦胧一片。那是一个冬日的黄昏，冰冷的风里似乎暗藏了刀子，打在脸上疼得要命。老吴独自一人走在残酷的傍晚里，他要去终结一段情感，割断父女关系。他一边走一边祈祷，希望萍儿能够遇到好心人，有个比较安稳与美好的未来。

两个小时后，老吴来到东郊一个僻静处，把那块红布丢在路边的草丛里。默默地注视了好长时间，老吴才转身离去。可是，没走多远他又回来了。老吴把女儿的位置重新放得更加显眼，这样更容易被人发现，不至于被冻死。然后，他飞奔着离开了。老吴一口气跑了十几里路，等停下脚步回头望时，一切都已模糊不清。这时候，他才想起女儿还没有名字。老吴希望好心人能与女儿萍水相逢并带给她幸福，于是叫她萍儿。回家的路上，老吴一直在念叨着：萍儿，萍儿，萍儿……

多年以后，当老吴夫妇都刻意忘掉那个可怜的女儿时，记忆的伤疤却被无情地揭开了。老吴开始不断想起萍儿，抱着红布抛弃她的那个黄昏无数次出现在脑海里。在命运的捉弄中，老吴一次次回到记忆中的那个黄昏。无论他坐在沙发上，还是伫立在阳台上，或者孤独地穿梭于花园里，老吴的思绪始终盘绕在那段令他痛苦与悔恨的路上。可是，当他在幻想中走完那段路时，女儿却不在那里。那块红布不见了，女儿凄惨的哭声也不见了。老吴觉得一切都空了。身体空了，屋子空了，整个世界都空了。

那天早上，老吴看完国际新闻之后，他独自靠在阳台上抽起烟来。自从他想起萍儿之后，他依然很早就起床看国际新闻，但却不爱吃早饭了，取而代之的是抽烟。他没有忘记女儿的千叮万嘱，但依然想抽烟。老吴希望烟雾能排解自己心中的烦闷，似乎也只有依靠烟雾了。

接连抽完两支烟后，老吴望着窗外灰蒙蒙的天空对老伴说，我想寻找萍儿。老伴就在他身后，坐在沙发上看着他孤寂的背影。但是，她没有说话。老吴以为她不在身边没听见自己的话，便想转身去找她，与她商量这事。当他扭头时却看见她了，便停了下来。他的声音更加响亮与硬朗了，他说，我想寻找萍儿。老吴看见老伴的身子颤动了一下，但她依然沉默着。他便用温和的口气说，你觉得可以吗？老伴说，不可以。她的声音很微弱，但很坚决。老吴颤巍巍地离开阳台，与老伴并排坐在沙发上。他的口气越来越温和，他说，我跟你商量一下，我想寻找被我们抛弃的萍儿。她是我们的女儿，我想找到她。老伴的声音却大了起来，她说，她不是被我们抛弃了的。我没有抛弃她，抛弃她的是你一个人。她把"我们"二字说得格外沉重。这时，她的话突然多了起来。她愤怒地说，既然都抛弃了，何必又去寻找呢？当年你不是说长痛不如短痛吗？如今，难道你还没有忘记短暂的痛吗？

老吴没有想到老伴会说出这样的话来，当年自己真的觉得别无选择。但是，多年后的今天，他对萍儿的牵挂和思念越来越浓。老吴深刻地知道当年自己的行为是如此荒唐与草率，他以为丢掉一块红布就可以丢掉包袱与罪孽。事实却截然相反，一切都深深地埋藏在心底。尽管老伴用愤怒与嘲讽还击了老吴，但是，他心里默默地做了决定，一定要找到被抛弃的萍儿。

3

如何寻找多年前被自己亲手抛弃的萍儿，成了摆在年事已高的老吴面前的一道难题。老吴坐在客厅里一根接一根地抽烟，烟雾已经塞满了整个空间。悔恨、焦急以及漫无边际的无可奈何笼罩着老吴。与此同时，老伴还在一个劲儿地反对他。她说，过去的事情就让它过去吧，现在又何必来翻旧账呢？你知不知道，你这样做人们怎么看咱们？你还有什么脸面做人？老伴想用世俗的压力来打消老吴寻找女儿的念头，她确实难以承受记忆和现实的双重痛苦。老吴没有回答老伴的话，她说的他都清楚。他想好了，自己应该面对曾经犯下的错误，应该给自己一个赎罪的机会。只是，老吴一时想不到寻找萍儿的途径。老伴不遗余力的反对和老吴坚持不懈的努力，在这套不大的房间里相互磨擦，来回推攘。

　　老吴依然准时收看国际新闻，时刻关注着新加坡的情况。远在新加坡的女儿前段时间打来电话，说她丈夫还是没有改变，常常夜不归家，依然与另外的女人保持着隐秘的交往。女儿的意思是，生了孩子之后丈夫应该有所改变，没想到他依然毫无收敛。老吴心烦意乱，他不知道该说什么，有些前言不搭后语。几分钟后，他就挂断了电话。挂断电话之后，老吴默然地注视着电视屏幕。突然，一条妙计涌上心头。老吴当即决定，通过电视台寻找萍儿。他为这条妙计感到兴奋，甚至忘了老伴反对这件事情，立刻对她滔滔不绝地讲述自己的想法。直到他发现老伴脸上不耐烦的表情和厌恶的眼神，老吴才无趣地闭上了嘴。但是，老吴已经决定了，马上就给电视台的新闻热线打电话。

　　很快，老吴就与本市收视率最高的一档新闻节目联系上了。最开始，由于老吴的表达不够准确，对方拒绝了他。那位接电话的女孩用不屑的口气说，不就是寻找一个女儿吗，这样的事天天都有，有什么稀奇的？老吴结结巴巴地说，我的情况比较特殊，与别人的不一样。那女孩大概是听出了这老头的执拗，她笑了起来。女孩问，你说说看，你的情况有什么特殊的。老吴长长地叹息了一声，他说，我为了获得城里的工作与表妹近亲结婚，所以才生下了弱智儿。而且，萍儿是我主动丢弃的，但我后悔了，现在我又想把她找回来。

　　老吴没想到，那女孩的口吻与老伴一样。她尖刻地说，既然主动丢弃，又何必寻找呢？老吴哑口无言，但又不主动挂电话。令他感到惊奇的是，那位接电话的女孩也没有挂断电话。沉重的呼吸声在电话里进行着神秘的交流。半晌，老吴的耳朵里传来了女孩低沉的声音。她说，你说得对，你的情况确实比较特殊。我把你的情况交给摄制中心，他们会安排时间来采访。老吴在电话这端不停地说，谢谢，谢谢……后来，老吴把自己的联系方式说给了电话中的女孩，就在家焦躁地等待电视台来采访。

电视台下午打电话告诉老吴，他们第二天早上十点来采访，希望他做好准备。老吴颤抖地说，好的，我一定做好准备。放下电话之后，老吴颤抖得越来越厉害。现在，随着事态的发展，老吴的心态也发生了微妙的变化，他对接下来的情况有点担心了。老吴开始对世俗的眼光和自己的承受能力感到怀疑。但是，忏悔和对萍儿的牵念也与之俱增。它们就像一对双胞胎，有着难以置信的心灵感应。老吴的烟瘾最近变得越来越大了，超过了他烟瘾最大的时候。很多时候，他也感觉身体有些吃不消，但又总是丢不下手上的烟头。老吴觉得只有抽烟才是化解心中烦忧的最好方式。在烟雾朦胧中，老吴等到了第二天上午十点。

摄制组一行人在老吴所在的平安大街幸福巷 66 号院引起了轩然大波，人们纷纷打听自己居住的安乐窝到底发生了什么，各种猜测随着热气从大家的嘴巴里冒了出来。甚至，有人认为可能发生了谋杀案。这个说法立即让大家的情绪紧张起来，叽叽喳喳的声音此起彼伏。很快，看热闹的人们随着摄制组来到了老吴的门口。所有人都惊呆了，他们都在想这对古稀老人的家里到底发生了什么。老吴开了门，请进了工作人员，把一切干扰与猜忌关在了门外。

昨天夜里老吴一宿未眠，他对今天的采访做了细致的安排。他要做一个彻底的忏悔者和自我救赎者，他要把抛弃女儿的前因后果与现在急切寻找她的心境毫无保留地说出来。所以，当老吴坐在镜头前，尽管心里"怦怦"跳个不停，但他始终没有半点怯懦。在整个拍摄过程中，他甚至没有出现思维短路。记者似乎也很识趣，没有提出任何问题。老吴始终扮演了一个讲述者与自我剖析者，他面对的是自己而不是镜头和万千观众。

　　工作人员都认为这是一次不可思议的采访，太顺利了，太平静了。他们都以为老吴会声泪俱下，但结果却没有。拍摄完后，老吴的情绪很平稳，仅仅是因为说话太多有点口干舌燥而已。他给工作人员发烟，以及探讨起播出来后可能收到的效果。老吴用恭维的口吻说，你们节目收视率这么高，肯定能帮我实现心愿，找到失散的女儿。大家都没出声，只是默默地点头。

　　大家被老吴感动了，他们说一定尽快编辑完安排播出。第二天早上，老吴接到电话说，节目将在晚上八点播出。他激动得声音哽咽，说不出一句话来。老吴很早就守侯在电视机前，等待着这个特殊的时刻。一直持反对意见的老伴也来了，与老吴并排坐在沙发上。老吴说，你不会怪我这样做吧？老伴没吱声。老吴又说，你觉得这样做有效果吗？能找到咱们的萍儿吗？老伴依然没吱声。老吴本来还想说什么，但节目就开始了。

　　一个错误的决定，一段隐秘的过去，一位老人的自省、忏悔和救赎，到底是什么让一个古稀老人愿意敞开灵魂呢？节目开始了，老吴虽然反感主持人嘴里说的这些煽情的话，但他依然目不转睛地看着电视屏幕。画面突然切换了，老吴看见自己那张沟壑纵横的脸摆在屏幕上面。屏幕上的老吴表情平静，说话时语速平缓，只是浑浊的眼神有些飘闪。老吴听着自己当时的表白，心里非常激动和充满希望。他的眼泪情不自禁地流了出来。老吴转身看了看旁边的老伴。那个已经习惯了沉默的老人依然板着一副面孔，只是，老吴看见她瘦削的脸颊上挂着冰冷的泪痕。老吴用干枯的手指帮老伴擦着眼泪，却是越擦越多。老吴不停地抹，老伴的眼泪却不停地流。

4

节目播出后在社会上引起了强烈的反响，邻居纷纷前来表示关切与慰问，其他媒体也纷至沓来。老吴把曾在电视上说过的话一遍又一遍地重复着，甚至，他还一边努力回忆，尽量把情况补充得具体而详细。他想，这样找到女儿的机会更大。原本反对老吴的老伴也站了出来，她挖空心思地增加细节和材料。一场轰轰烈烈的寻找在这对老人的心里波涛汹涌起来，但结果却不尽人意。

强烈的反响没有带来美好的结果，老吴没有获得丝毫关于萍儿的消息。时间一天一天地过去，人们的关怀正在慢慢减少与消退。最开始，熟识的人见到老吴夫妇时都问，找到了吗？后来，大家发现这对老人总是摇头与叹气，也就不再问了。见面时，只是点个头打个招呼，仅此而已。与此同时，曾经前赴后继的各路媒体也失去了热情和耐心。这个城市的大多数媒体都进行了后续、跟踪报道，但因为总是没有结果，慢慢地也就偃旗息鼓了。最后，关于老吴寻找自己曾亲手抛弃的女儿的事情，一点消息都没有了。

老吴还在等待，他依然没有放弃。这个思念如潮的老人始终相信萍儿尚在人间，她随时都有可能像一只美丽的蝴蝶一样飞到自己面前来。老吴找不到更好的方法，他只好把外孙女的照片放大制作成一张牌子挂在脖子上，每天穿梭于大街小巷。那块牌子上用红色的笔把事情的来龙去脉和老吴的心声写得非常清楚，他试图用这种笨拙的方式寻找到女儿。即便找不到，能获得一丝线索他也感到欣慰。可是，随着时间的流逝，老吴没有任何收获。不过，他依然走在寻找的路上。

　　一个月过去了。两个月过去。一晃时间又过了半年，一年。后来，老吴不再挂着牌子出去寻找了。牌子已经坏了，外孙女的照片也因为风吹日晒而看不清楚了。老吴像只病入膏肓的老鼠，蜷缩在沙发里，或者蹲在阳台上。他整天无所事事，六神无主。每天必须看国际新闻和看护花园的习惯早已丢弃了，唯一没有改变的是他对烟的沉溺。那么大年纪了，衰老的身体早已承受不了浓重的尼古丁，老吴常常抽一口烟就会爆发出一阵猛烈的咳嗽。但没有人在意和提醒老吴，老伴在希望和绝望的无情转换中变得更加沉默了，她更是难得说上一句话。她不接女儿的电话，做好饭也不叫老吴。老吴都怀疑她是否丧失了说话的能力。

　　远在异国他乡的女儿最近常常打电话回来，她仿佛没有听见父亲的咳嗽和沉重的喘息。她只是在电话里一味地诉说自己的苦衷，她没有工作了，她的女儿生病了，她要离婚。老吴感觉女儿的话就如苍蝇的嗡嗡声，他听不清她到底在说什么，他的脑袋早就晕了。

　　所有人都以为老吴忘记了寻找女儿的事，就连他老伴也这么想。但是，老吴自己心里非常清楚，他没有放弃。即便他早已无能为力，也不再有任何行动，可他知道自己并没有放弃。老吴的心里依然惦记着那个被红布包裹着的萍儿，甚至关于她的一切已经塞满了他的脑袋和心灵。无论白天还是黑夜，萍儿的笑容都浮现在老吴的脑海里。他看见空气中有无数张笑脸在看着自己。老吴发现萍儿没有丝毫变化，她的样子依然停留在自己与她诀别的那一瞬间。浓眉大眼，粉嘟嘟的脸蛋，自然卷曲的头发使她看上去更像个洋娃娃。后来，除了萍儿的样子外，她的声音又充斥在老吴的耳朵里。老吴听见萍儿在轻轻地叫爸爸。那声音稚嫩、清脆，带着丝丝茉莉花香。特别是在寂静的夜里，萍儿的呼喊就像一只烧得通红的铁钩，狠狠地钩住老吴的五脏六腑。在这种痛不欲生、度日如年的日子里，老吴的灵魂受到了前所未有的煎熬与考验。

　　那天夜里，老吴又失眠了。失眠现在对他来说，简直就是家常便饭。老吴用倒肘碰了碰老伴，他说，你听，萍儿在叫我。老伴没理他。老吴接着说，你听嘛，萍儿在叫爸爸，好多天了，她一直在喊我。老伴突然翻身起来，她说，你在胡说什么？你有毛病啊？老吴很平静，他没有与老伴争辩。他说，我没骗你，她喊我好多天了。不信，你仔细听听。老伴看着神情严肃的老吴，她果真竖起了耳朵。听了几秒种，她侧头看着老吴，用表情示意没听见。老吴用手指着二环路的方向，他说，声音从那边传过来的。老伴又侧过身子竖起耳朵，但她依然没有听见。原本就不耐烦的她用恶狠狠的眼神看着老吴，她说，我看你是精神有问题了，哪里有什么声音？或许，她早就不在人世了，怎么可能还在喊你。说完，她侧身背对着老吴睡了。

老吴还是没有睡意，萍儿的呼喊越来越清晰。"爸爸，爸爸……"声音穿过黑夜，向老吴扑来。老吴微微闭上眼睛，他感觉屋子空空如也，世界空空如也。门窗、墙壁、以及所有带给他安全感的东西全部消失了。他觉得自己躺在一片飘忽的叶子上，在漫无边际的黑色里飘荡。空虚和惧怕死死地包围住老吴。突然，老吴睁开眼睛，他想起身去寻找女儿。老吴认为循着声音一定能找到她。这种感受如此强烈，就像汹涌的波涛那样疯狂地撞击着他的神经。老吴想告诉老伴一声，但就在他伸出倒肘准备去碰一碰她时，他却放弃了。老吴在黏稠、潮湿的夜色里穿好衣服，蹑手蹑脚地出了门。

这是个寒冬的夜晚，天空飘着细雨，雨里仿佛还夹杂着冰渣子。老吴的身影颤巍巍地出现在昏黄的街灯下，搅得灯光晃晃悠悠。老吴没想到外面在下雨，而且还有冰渣子。他恍惚觉得这雨从那年秋天一直下到现在，从未间断。老吴在雨中慢慢向那个声音走去。在苍茫的夜色里，几乎没人发现大街上的这个老头子。他佝偻着身子，像个盲人那样摸索着前进，似乎他已经濒临死亡，只剩最后一口气了。

老吴离家越来越远，但他却没有感觉离那个声音越来越近。萍儿的声音在空气中分散了，它来自四面八方，又向四面八方散去。老吴找不到目标，他只得在朦胧的冰雨中孤独、倔强地前进。

1

十二年后，刘晓与张力见面时，他手中娴熟地把玩着一副扑克。这天刘晓一直在练习抽拉循环假洗牌法以及双重切牌法，纤细、蜡黄的手指精确地控制着每一张扑克。

很多年以前，在姑姑家那台黑白电视机里看到神奇的魔术表演之后，刘晓就开始迷恋魔术。他对魔术的神秘、紧张和眩目，以及无所不能非常向往。后来，刘晓才知道当年电视机里的那位魔术师名叫哈里·胡迪尼，他不仅以逃生术著称于世，而且还享有"纸牌之王"的美誉。那时候刘晓才十七岁，喜欢幻想的他梦想做一名专业魔术师。

从乡下到成都后，刘晓开始四处寻找学习魔术的途径和方法。他特别想学逃生术，他梦想着自己有朝一日能够随时隐遁于无形之中。有一天，刘晓在二环路上看见了一家魔术师培训班，他想从这里进入魔术的天堂。但是，当他去咨询时，发现工作人员的神情充满了欺骗性和荒谬感，于是他放弃了。

回去后，刘晓从书店里买了很多关于扑

魔术师

克魔术的书，一头扎进对扑克魔术的钻研之中。他认为扑克魔术是自己最容易实现魔术梦想的方式。刘晓愤愤地想，既然学不了逃生术，那就学扑克魔术吧，无论如何也算是个魔术师了。从那天开始，人们总是看见刘晓的手里捏着一副扑克。最开始，扑克总是不听使唤，生硬而倔强，一不小心就稀里哗啦散落一地。但是，刘晓从不气馁，一如既往地坚持练习。渐渐地，他学会了玩各种扑克魔术。那些薄薄的纸片在他的手里像跳跃的雪花，令人眼花缭乱。

多年以后与张力狭路相逢之时，刘晓手中的扑克正发出"唰唰唰"的声音。

刘晓看见张力紧绷着脸怒气冲冲地跑进他的办公室，心里立即"咯噔"了一下，手里的扑克差点掉在桌子上了。刘晓没想到这辈子还能遇见张力，特别是以这样唐突的方式。所以他很紧张，一种极其复杂的情绪促使他心跳加速，脸皮发烫。为了掩饰紧张与慌乱，他一直没有说话。张力没有看出刘晓的心理变化，他开始了让人心烦的喋喋不休。

张力说，刘晓，有件事情要拜托你帮帮忙了，这事只有你能帮我。刘晓放下手中的扑克，蓦地站了起来，一边走一边说，张力，怎么是你呀？你到我这里来干什么？张力答非所问，他说刘晓啊，这事有些麻烦，你真的得帮帮我。

张力幽怨的口气让刘晓心里有些毛躁，他看着张力生疏而又充满戾气的脸，长长地叹了一口气。刘晓的思绪瞬间跌进了久远的记忆，他突然想起了很多事情。他停下脚步，与对方保持着两米左右的距离。刘晓警惕地看着张力，思想在做着激烈的斗争。几分钟之后，他转身回到座位上，重新拿起了桌子上的扑克。

刘晓一边练习抽拉循环假洗牌法一边口气生硬地问，到底什么事呀？这时，张力却让刘晓感到意外，他居然结巴起来，要说的话全都卡在喉咙里了。刘晓在心里默默地"哼"了一声，心想这王八蛋一定是有苦难言。他重新把扑克放在桌子上，手掌轻轻地把整副扑克罩住。斜着眼睛看了张力一眼后，刘晓不耐烦地问，你怎么不说话了？

张力环顾了一圈刘晓的办公室，似乎是在调节情绪。接着，他踱步来到刘晓的办公桌前，意味深长地看着对方。片刻后，张力坐了下来，与刘晓隔着一张桌子的距离。两个人都无话可说，尴尬的眼神偶尔会在空气中碰在一起，然后又迅急闪开。

空气顿时凝固了，刘晓对蓦然前来的张力保持着高度警惕和排斥。他没想到在记忆中已经消失十二年的张力会突如其来地出现在面前，而且从他进屋后的表现来看，一定不怀好意。难道他是来报仇的？这个念头在刘晓的脑海里一闪而过。刘晓在静观事态的发展，他认为张力接下来的话非常关键。好在张力没有让刘晓等待太长时间，在对方的忍耐范围之内，他说明了自己的来意。

空气并没有因为张力漫不经心的语气而有所缓和。张力说，有些事情本来是家丑不可外扬，但是，我也是被逼无奈。张力把家丑两个字拉得很长，仿佛这两个字有着特殊的含义。很长一段时间以后，当事态逐步明朗时，刘晓才明白张力这句话真是别有用心。刚说两句，张力突然停了下来，像是在思考着什么。

刘晓没有理会这些，他知道此刻应该安静地等待。于是，他继续练习双重切牌法，双眼紧紧地盯着手中的扑克。

张力接着说，我发现她的背叛已经很久了，但我始终没有找到证据。大概三个月前，我在西门上找了一家私人侦探所，委托他们处理这桩让人心痛又难以启齿的事情。可是，我白白浪费了一大笔钱，一点收获也没有。他们只是告诉我，她与一个房地产老板有来往，却没有任何实质性证据，连张照片也没拍到。

说到此，张力的情绪突然愤懑起来，他奋力地拍了一下桌子，从力度上判断，他确实很气愤。刘晓感受到了张力心中的愤怒，但他依然镇定自若地玩着扑克魔术。大约停顿了一分钟，张力又自言自语地说了起来。他说，我再也无法忍受这样的生活了。前段时间，我看见你出现在这家侦探所里，才知道你也开了家私人侦探所。反复思考后，我觉得该找你帮忙，全权委托你把事情的真相查个水落石出。说完，张力哭丧着的脸像一朵被霜打了的花。

刘晓长长地出了一口气，先前的紧张立刻烟消云散了。至少，事情没有他之前想象的那样糟糕。刘晓口气轻蔑地问，你就为这事而来？张力点了点头。刘晓陷入了沉思。半晌，他摇了摇头。刘晓拒绝了张力，虽然他确实是个私家侦探，但是，他本能地认为张力的蓦然出现是一种不祥的预兆。刘晓不想再与张力扯上任何关系。张力并没有立即对此做出表示，他仿佛在酝酿下一步的举动。

空气越发紧张起来。就在刘晓再一次准备练习扑克魔术时，张力迅速站起来，退了三大步，然后"咚"的一声跪在地上。接着，张力哇哇大哭起来，眼泪顺着清癯的脸喷涌出来。张力一边哭一边说，我希望你能抛弃前嫌，忘掉曾经的恩怨与仇恨，帮帮我吧，我也是穷途末路了。你应该知道，一个男人不到万不得已是不会轻易下跪的。

张力的举动让刘晓非常吃惊，他怎么也想不到张力会采取这种手段。刘晓不知所措，只得神情呆滞地坐在椅子上。空气凝固了，时间在悄悄地流逝。突然，刘晓手中的扑克哗啦啦地掉在地上了，躺在地上的扑克就像他的记忆那般凌乱。他无奈地站了起来，绕着办公桌来到张力面前。他看见了张力那张扭曲的脸，以及对方嘴里那两颗早已变质的假牙。刘晓的心脏立即痉挛了一下，一声无力的叹息之后，他说，起来吧，我帮你处理好事情就是了。

从张力后来的话里，刘晓知道了张力的家庭住址，对他老婆也有了初步了解。无非是调查一起女人红杏出墙的事，这对刘晓来说简直是小菜一碟。张力说，他要出一次长达半年的差，给刘晓足够的时间。刘晓没吱声。事实上，这样简单的事难不倒他，也许一两天就可以搞定。他之所以没有反对半年这个时间期限，是因为他此时不想说话。刘晓的心里有点乱，他想尽快结束与张力的这次见面和谈话。所以，他以最快的速度接下了这起案子，并找了个借口把张力打发走了。看着张力离去的背影，刘晓的心情异常灰暗。

张力的出现让刘晓想起了很多事情，他们之间的恩怨曾是童年时代不可抹去的一部分。在过去的很多年里，刘晓对张力痛恨得咬牙切齿。但是，十二年过去了，盘亘在刘晓心里的仇恨已经随着时间的流逝逐渐消逝了。刚才，他看到张力那两颗假牙，心里还泛起了一丝同情与悔恨。

在办公室里独自待到下午三点，刘晓出去了。他要提前回家，因为融融的父母要过来。融融是刘晓的女朋友，他们相恋已经两年了。刘晓想结婚了，融融也同意，但她的父母没有表态。融融的父母听说刘晓是个私家侦探后，他们不愿意将女儿托付给一个没有稳定工作的游荡人员。融融曾多次对父母表达过刘晓对侦探事业的热衷，以及这个行业的前景。为了使父母有个直观的认识，她还把刘晓的收入如实做了汇报。但是，父母依然没有批准他们的婚姻。没有办法，融融只有把父母接过来跟他们一起住，也让两位老人对未来的女婿多些了解。

刘晓的办公室在北门一幢陈旧的大楼里，他开着那辆破旧的车，穿过十字路口，向左行驶了大约三十米，然后进入一环路，飞奔着往家赶。刘晓住在平安大街幸福巷 66 号，如果不堵车，大半个小时可以到家。可是，车刚上一环路就堵起了，差不多是每行驶二十米就得停下来等两分钟。交通一直是这个城市最让人头疼的事情。

百无聊赖的刘晓把张力刚才留下的地址拿出来看了看，那是南门一个比较豪华的小区，好像他以前去过那里，好像也是调查一桩婚外情。不过，刘晓的记忆非常模糊，想不起更多的细枝末节来。他看着手里的地址，对接下来的工作感到茫然与惆怅。

回家后，刘晓发现融融的父母已经到了，他们正与女儿欢快地聊着天。刘晓自然也加入到聊天之中。

融融的父亲是大学教授，退休后对股票有着浓厚的兴趣，所以他说得最多的也是让人灰心丧气的同时又欲罢不能的中国股市。刘晓不喜欢股市，他一直坐在一边安静地倾听着对方的演说，偶尔报以微笑，以此来表示他们之间处于交流的状态。刘晓对这种状况感到满意，至少融融的父亲没有向自己抛来一些难以招架的难题。之前，融融曾提醒过刘晓，让他做好迎接她父亲刁难的准备。但是，刘晓高兴得太早了。没过多久，融融的父亲就仿佛变了个人似的，把一个个让人心烦的问题像丢炸弹一样扔给刘晓。

融融的父亲显示出了他略微有些呆板的严谨，他突然从一个财经专家变成了一个婚姻专家，或者一个蹩脚的私家侦探，开始对刘晓的家底和未来进行刨根究底地追问。尽管刘晓早就做好了心理准备，但他依然只有疲于应付。

这位满脸皱纹、头发胡子都白了的老人首先对刘晓的收入进行了直截了当地盘问，他说，你一个月到底能收入多少？面对突如其来的盘问，刘晓有点措手不及。在刘晓迟疑的时候，融融的父亲自嘲地笑了笑，他说，我只是为女儿将来的幸福考虑，希望你能理解。刘晓立即陪着笑说，我知道。接着他撒谎地说，差不多两万多吧。这个数字比融融之前给她父母说的要高很多。说完，刘晓隐蔽地看了融融一眼，他知道自己的谎言有点过分，但却是不得已而为之。

刘晓之所以撒谎，主要是因为融融的父亲藐视他的职业。刘晓想用高额的收入来改变融融的父亲对私家侦探这个职业的看法。他想，我这么高的收入，你应该会满意吧。但事实却截然相反。

融融的父亲首先对刘晓的收入表示了认可，但依然对他的职业性质揪住不放。他看了看自己的女儿，意味深长地说，我总觉得你的职业使你看上去像只老鼠，总是灰溜溜地做事。这个说法引起了刘晓的不满和厌恶，他的眉头立刻皱了起来。不过，他还是保持着最后的冷静。刘晓没想到一个退休教授的语气会如此刻薄、粗俗和不留余地。后来，他以身体不舒服为借口，到卧室倒头睡觉去了。

用厚厚的被子把整个人包裹起来，但刘晓还是没有睡着。融融父亲的话暂时还未对刘晓造成太大影响，他的思绪纠缠在张力身上。现在，他觉得刚才接下这个案子太匆忙了，他认为还有些细节需要询问。与此同时，刘晓心中的疑虑也越来越强烈，一切都太唐突了。刘晓隐约感觉这里面存在某些不确定因素，但他又找不出破绽。他的思绪就这样四处乱飞了一阵后，停留在了一幅画面上。刘晓的脑海里又浮现出了张力那两颗变质的假牙，他想笑却没有笑出来。最后，他把张力留下的地址又重新看了一遍。刘晓想，明天一定要把这起婚外情案子搞定。

2

刘晓六点就起床了，提着手提电脑往办公室赶。这是他成立私家侦探所以来第一次如此早地出门。刘晓看出了融融脸上的不解。他害怕融融误会自己是因为她父母的到来而闹情绪，所以才不愿意待在家里。刘晓对融融解释说，有一起棘手的案子，要早点去办公室准备资料。融融咕哝了一声，翻身继续睡着了。

到办公室后，刘晓忙不迭地准备起来。按照设想，他要将自己打扮成一个送水的人，蹲在张力家门口，伺机而动。这是他惯用的招数，因为送水的人最容易混进居住小区里。很快，刘晓就化身成为一个标准的送水员。向办公室里的工作人员交代了一些事情后，他就冲进了茫茫人海。

刘晓开着车向南门奔去。张力的家住在紫荆广场附近，就在家乐福旁边。在刘晓的印象中，这里充满了现代气息和神秘感。刘晓开得很快，按照张力事先的交代，他最好在八点前到达目的地。因为，张力说他老婆在一家文化公司当会计，她每天八点半左右离开家去上班。尽管路上有些堵车，但好在刘晓还是争分夺秒地在八点过几分就到了。在张力家附近，刘晓停好车，扛着一桶水朝小区里走去。

张力家在四楼，刘晓便蹲在四楼到五楼之间的楼梯口，眼神集中在张力家的门上。俯瞰早已成为刘晓的一种习惯。他把水桶放在一边，摸出一根烟抽了起来。在做私家侦探之前，刘晓不会抽烟。但是，后来漫长的跟踪生涯给了他学习抽烟的时间，于是他就慢慢变成了一个烟鬼。在跟踪与等待时，扑克魔术与烟成了刘晓最好的朋友。

一根烟抽完了，时间过去了二十多分钟。但是，刘晓并没有看见张力家有任何人出没。他竖起耳朵，试图听到屋内的动静，以此来判断张力的老婆是否要出门了。可是，他却什么也没听到。快到八点半了。随着时间的临近，刘晓开始紧张起来。做私家侦探也有好几年了，可刘晓依然改不掉紧张的毛病。为了显得更加真实，他把水桶扛在肩膀上，只要张力的妻子一出现，他就立即往上爬楼梯，表示自己是给五楼以上的人家送水。

又过了二十分钟，张力家的门还未开，他妻子的身影迟迟没有出现。水桶压得刘晓的肩膀有点酸疼，他不知道该不该放下，因为那扇门随时都可能打开。

大概在八点五十分左右，门开了。随着门锁清脆的响声，一个女人跃入刘晓的眼帘。刘晓条件反射地往楼上走了两大步，但他又立即停了下来，把水桶放在墙角边，转身朝楼下走去。在眼神一刹那间的接触中，刘晓觉得张力的妻子很面熟，可他又想不起来他们是否在哪里见过面。他蹑手蹑脚地跟在那个女人的后面。

刘晓看着那个女人进了地下室的车库，他便急匆匆地跑出了门，坐在车里守株待兔。他目不转睛地瞅着小区大门，等着张力妻子出来。几分钟后，一辆红色的车子出来了。刘晓看见开车的女人正是张力的妻子。同时，他的记忆也翻腾起来，如决堤的洪水。刘晓想起了一个熟悉而陌生的名字，海棠。在过去十多年里，这个名字从未在刘晓的脑海里出现过。但是，此刻他才发现，这个名字和这个女人一直潜藏在他的记忆里，从未离开，只是自己刻意将这一切隐藏起来了。要不然，那些记忆不会来得这么凶猛。

海棠怎么会是张力的妻子？张力怎么会让自己去调查海棠呢？此刻，这三个关系暧昧的人交织在一起，使接下来的局势更加扑朔迷离。刘晓隐约觉得眼前的事实印证了之前的担心，张力真的别有用心。他的情绪非常复杂，紧张与慌乱在身体里上蹿下跳，握方向盘的手在微微地颤抖。但他依然努力地控制住自己，与海棠保持着适当的距离。

在二环路上走了很长一段路后，海棠的车向左拐进一条大道，朝一环路方向驶去。刘晓在红绿灯口子上耽搁了点时间，差点跟掉了。幸好，他对海棠和她的车都比较熟悉，才及时找到了目标。战战兢兢地跟了差不多半个小时，海棠的车开进了一环路边上的一幢大厦。刘晓也跟着进去了。在停车的时候，他看着海棠摇曳着身体上了楼。刘晓的思绪也跟着摇晃起来。

停好车后，刘晓走出大厦的停车场，在门口的一家茶楼里坐下了。他要在这里观察海棠接下来的生活状况，特别是要揪出与她有染的男人。时间此刻成了最可怕的敌人。刘晓希望时间就像一道闪电那样快速划过，但急切和焦躁的情绪却充斥在整个世界，时间仿佛停止了前进。厌恶感一下就升腾起来，刘晓感觉有点恶心。那些已经散发着霉味的记忆再一次势不可挡地蹿了上来，使空气里弥漫着令人作呕的味道。

记忆这扇无情的大门打开了，过往的人和事都涌了出来。张力和海棠仿佛就是两块沉重的石头，不经意间就打破了刘晓内心的平静。这些年来，他刻意把晦涩的过去封存起来。刘晓希望它们慢慢腐烂掉。这天上午，刘晓回到了过去。那是一个凌乱与聒噪的小县城，人们叽叽喳喳的声音充斥着每一寸空间，每一幢建筑都似乎斑驳得令人恐惧与心慌意乱。因为父亲经商挣了不少钱，刘晓家的经济条件在贫穷的小县城里算是相当不错。尽管如此，他的记忆里却没有任何优越感和笑语欢颜。沉重的童年消解了金钱带来的快乐。

无论是过去还是现在，有两个人都一直缠绕着刘晓，那就是张力和海棠。

张力是刘晓的同学，在很长一段时间里，他们都是很好的朋友。可是，后来他们成了仇人。他们之所以反目成仇，是因为张力嘲笑刘晓的母亲。母亲是刘晓心里永远的痛。八岁那年，他的母亲进了精神病院。那时候，尽管刘晓还是个懵懂少年，但母亲的离开还是让他心中感到无比忧伤。他不知道母亲为什么突然就被送进了精神病院，在他的记忆中，母亲是个正常、正直而贤惠的女人，她不应该与精神病院这种阴森、恐怖的地方沾边。自从刘晓的母亲进了精神病院后，张力仿佛就变了个人似的，他不再是刘晓的朋友了。张力只要一见到刘晓，就会嘲笑他有一个精神病母亲。这让刘晓感到愤懑。渐渐地，刘晓与张力就形同末路了，直到后来反目成仇。

不久后，海棠进入了刘晓的视野。那时候，周围的人们都在流传着一桩风流韵事。在人们的流传中，海棠的母亲和刘晓的父亲搞在一起了。

刘晓开始有意地观察父亲的一举一动，确实发现这个刚刚把妻子送进精神病院的男人与海棠的母亲有暧昧的来往。不过，这并没有给刘晓造成多大的影响，他依然沉浸在失去母亲和母爱的悲痛与凄凉之中。但是，后来更加凶猛的流传让他逐渐对海棠和她的母亲产生了仇恨。

有一天夜里，刘晓在楼下的一群人里听说他母亲发疯之前，海棠的母亲早就与父亲搞上了。甚至，有人说是海棠的母亲把刘晓的母亲逼疯了的。刘晓默认了这个事实，他觉得只有这种情况才会把母亲逼疯，以及被婚外情冲昏了头的父亲才会把母亲送进精神病院。这让刘晓承受不了。从此，海棠就成了刘晓的眼中钉。他把对海棠的母亲的仇恨转移到她身上了。与此同时，刘晓一直在调查事情的真相。但遗憾的是，背后的秘密始终没有揭开。

时间一溜烟就过去了，很快就到了下午四点。正在刘晓目光散漫、思绪纷乱时，他看见了海棠。她开着车缓缓地驶出了大厦。刘晓慌张地结了账，大步跑到停车场，开车追了上去。幸好，前面路段堵车，海棠并没有走多远。人多车多，行驶缓慢得如浅滩上的流水。

海棠开着车沿着早上来的路回去了，很明显她现在要回家。这让刘晓有点淡淡的失落。他跟踪她是想要通过她的生活，找出藏在背后的那个男人。如果她就这样上班下班，然后回家，这会让刘晓的工作陷入无效之中。刘晓抱着侥幸的心理，他希望接下来会发生一些意想不到的事情。但是，他失望了，海棠正如自己所担心的那样，把车开回了家。停好车后，她走出了小区，穿过一条小巷子，走过十字路口，到家乐福买了些菜，然后独自回家去了。刘晓看着海棠的背影，感到无比颓丧。

回家的路上，刘晓的心里空落落的。做私家侦探好几年了，还没有任何一桩案子让他这样尴尬与失落，跟踪了一整天，针尖那么大的线索都没找到。刚上一环路时，融融就打来电话了。融融说，早点回来，今天晚上出去吃饭，带爸爸妈妈吃火锅去。刘晓"嗯"了一声，挂断了电话。

3

刘晓开车带着融融和她父母去了离家不远的火锅店。按道理，这原本应该是一次充满欢乐的吃饭经历，但刘晓却觉得仿佛经历了一次严酷的审问。一坐上桌子，融融的父亲就开始想方设法地对刘晓的家底进行严格地询问，特别是关于他的父母。

之前，刘晓听融融说起过，她爸爸思想比较保守，还讲究婚姻的门当户对。融融说，有一次我问爸爸，对将来的女婿有什么要求，想不到爸爸竟然一条一条地说给我听。我只不过随便问问，他居然如此严谨与刻板。当时，刘晓不相信，他以为融融在开玩笑。这个吃火锅的夜晚，他在融融的父亲咄咄逼人的气势中证实了融融的话。

几杯酒下肚后，那个倔强的老人话就多了起来。但他一点也不含糊，句句都是有的放矢。融融的父亲问，小刘啊，你和融融也在谈婚论嫁了，可我对你的家庭背景几乎还没有任何了解呢，你给我说说你的父母吧。这句话让刘晓的心里顿时痉挛起来。融融曾经说，她爸爸希望将来的女婿来自知识分子家庭。刘晓不仅不是知识分子家庭出生，而且父亲和母亲都是刘晓心中永远的痛，这么多年来他从未对任何人提起。刘晓摸了摸口袋里的扑克，在心底盘算着如何应付融融的父亲。

尽管刘晓不喜欢融融的父亲如此直白而不留情面的谈话，但他依然想给他一个合理的答案。刘晓想编织一个美丽的谎言，以此来换取融融的父亲的认同和自己内心的平静。也许是思考的时间太长，融融用脚悄悄地踢了他一下，示意他尽快做出回答。刘晓立即用笑脸来掩饰自己的失态，接着便认真地撒起谎来。他说他爸爸是县中学的语文老师，妈妈是学校的图书管理员。他们早就退休了，如今在家里安享晚年呢。

刘晓知道这个回答令融融的父亲比较满意，他看见了老人脸上有些矜持的笑容。可是，融融的父亲脸上的笑容无法掩盖刘晓心里灰色的记忆，它们就像在下水道里匍匐的蟑螂。刘晓感到十分恶心，呕吐的感觉顺着喉咙直往上蹿。

二十一年前的那个早晨，刘晓起床后发现妈妈不见了。他睡眼蒙眬地在屋子里四处乱窜，找遍了每一个角落也没有找到妈妈。刘晓蹲在地上，哗哗的泪水冲走了残留的睡意。这个天真的少年从未这样伤心地哭过。没有妈妈的世界是如此灰暗和令人颓丧，八岁的刘晓在童年时代就感受到了深深的绝望。不知道哭了多久，眼泪似乎也流干了。刘晓冲了出去，他要去寻找妈妈。

在闹哄哄的院子里，他就知道事情的原委了。原来，刘晓的妈妈被爸爸送进了精神病院。那些无聊的人们开始纷纷对这桩奇特的事情发表着各自的意见，各种叹息与惊奇在空气中流转。没有一个人相信刘晓的母亲是个精神病人，他们都在夸奖她平日里的平易和勤劳。的确，刘晓的父亲能够在商场上全力打拼，他妻子在家里的默默付出功不可没。这种幸福与祥和曾惹得很多人羡慕和嫉妒，刘晓一直引以为傲。然而，这个残酷的早晨，幸福被现实无情地摧毁了。

刘晓根本无法相信这个残酷的事实，他奔跑着找到了做生意的父亲。这个大腹便便的男人正跟几个女人嬉皮笑脸地说着什么。刘晓气喘吁吁地问，我妈呢？你把我妈送到哪里去了？

父亲没有对突如其来的刘晓和他的问题感到惊诧，他并没有立即回答儿子的话，而是继续与女人们调笑。刘晓站在旁边，仿佛看着一群演员在演戏。几分钟后，刘晓的父亲脸上的笑容突然停止，他拉着一张脸说，你站着干吗？快给老子滚回去读书。刘晓说，我妈到哪里去了？刘晓的父亲说，送到精神病院里了，一个疯子成天在家里疯言疯语，烦死人了。把她送到精神病院里，也让你有个安静的学习环境。刘晓的脸涨得通红，他哽咽着说，快把我妈接回来。刘晓的父亲怔了怔，他轻佻地说，接回来？既然要送出去，干吗还要接回来？刘晓差点哭出来了，他说，我要妈妈，你快给我接回来。刘晓的父亲发怒了，他看着执拗的儿子，原本就没有耐心的他怒火中烧，他说老子喊你回去就回去，大人的事你掺和什么呀？面对父亲的愤怒，刘晓也不甘示弱，扯着嗓子吼道，我要去找我妈。

话音一落，沉重的巴掌就砸在刘晓的脸上了。刘晓感到脸皮发烫，脑袋嗡嗡作响。他觉得自己就快要在愤怒的火焰中化为灰烬了。刘晓与父亲怒目相对，这种对峙持续了很长时间。最终，刘晓输了。后来，他带着绝望转身而去。

离开父亲，刘晓又奔跑起来。这次，他的目的地是县城郊区的精神病院。刘晓没有去过精神病院，但他常常听到同学们谈论那里的奇闻怪事。在大家七嘴八舌的议论中，那是一个充满了怪异与荒诞的地方。夜晚的歌声和飘忽的身影，一度让刘晓对精神病院感到无限恐惧。不过，现在他顾不上那么多了。刘晓觉得自己的双腿就是一对翅膀，带着他飞向那个恐怖而又充满希望的地方。在身体飞翔的过程中，他在脑子里想象着母亲的模样。但是，母亲曾经清晰的样子此刻变得格外模糊。

大概奔跑了一个多小时，刘晓来到了这个恐怖、阴森的地方。这里被高大的围墙包围着，远远望去，参差的树枝就像一张巨大的天网，将整个精神病院死死地罩住。树叶早已凋零，萧索的气氛让人感到无限悲凉。刘晓站在那扇锈迹斑斑的大门前，既恐惧又高兴。他恨不得飞进去把妈妈找出来，但是，他被门卫拦住了。

门卫是一个长着黑头发白胡子的老头子，他横蛮地挡住了刘晓。老头子挤了挤脸上的皱纹，他对刘晓说，小鬼，你到这里来干什么？刘晓看了看老头子，他说我找妈妈，我妈妈住在里面。老头子用灰色的眼神瞅着刘晓，半晌，他才用嘲笑的口吻说，不是你妈疯了就是你疯了。接着，他又立即补充了一句，给老子滚开，这里可不是小孩子的乐园。

八岁的刘晓此刻显得特别理智和充满心机，他想耐心地对老头子解释，然后获得进去寻找妈妈的机会。刘晓心里还打着小算盘，他想即便不能进去，假如能从老头子这里获得一些与妈妈有关的线索也不错。于是，他瘦弱的身体向门口靠近了点，试图用比较亲切的口吻与对方交流。但是，令刘晓意想不到的是，迎接他的是一根粗黑的棍子。不知道老头子从哪里弄来这么根棍子，刘晓只觉得在一眨眼间，对方就扬着棍子朝自己砸来。

刘晓撒腿就跑，一口气跑了好几十米。

天空阴霾，污浊的空气罩在头上，肮脏的尘埃无情地打在刘晓充满稚气的脸上，绝望在心里迅速地翻腾起来。他远远地望着那扇冷冰冰的铁门，泪水哗哗地流了下来。

没有机会进去寻找妈妈，刘晓就围着精神病院的围墙转悠，他祈望获得意外的收获。长满青苔的围墙上有很多方形洞口，拳头大的洞口被枯萎的树叶和纵横的蜘蛛网堵塞了一大半。透过洞口，隐约可以发现精神病院里的老树和偶尔飘过的人影。刘晓的眼神一直匍匐在围墙上，他想用锐利的眼神去抓捕他想要的身影。墙脚下杂草丛生，隆冬季节，露水还未完全蒸发掉，一路走过去，刘晓的裤子几乎完全被打湿了。冰冷的棉布紧贴在瘦削的腿上，他情不自禁地颤抖起来。但是，刘晓没有停下来，内心的希望之火在燃烧中产生了无穷的动力，一直在鼓励着他。

那个寒冷的冬天，人们可以看见渴望见到妈妈的刘晓打着哆嗦沿着精神病院走来走去。在不知不觉中，天色悄悄暗了下来，夜幕笼罩了大地，刘晓才幸快快地朝回家的路上走去。

回家之路是黑暗而凄凉的，这似乎是一个暗示，刘晓接下来的日子充满了凄风苦雨。那天晚上，刘晓回家时已经是夜里十点了。他没有再奔跑，脚步慢得像蜗牛。刘晓不想回家，他知道迎接自己的将是寒冷的冰窖。失去了妈妈，就失去了所有的欢乐和希望。回家之后，他看见妹妹在漆黑里哭泣，脸上的泪花闪烁着可怕的寒光。妹妹的声音沙哑得快要听不见了。刘晓走过去，把冰冷的她抱在怀里。他想安慰她，但却不知道说什么。两个幼小的心灵紧紧地靠在一起，夜晚仿佛有了一丝温暖。

　　母亲被父亲送到精神病院后，刘晓的生活发生了天翻地覆的变化，他和张力的关系从这时候开始走上了一条无可挽回的道路。张力无休止地嘲笑刘晓有个精神病妈妈，这严重地伤害了他的自尊心。他承受不了这种羞辱，所以与张力之间爆发了一场前所未有的战斗。在这场战斗中，满腔愤怒的刘晓获得了胜利，张力以两颗洁白的门牙为自己的轻佻和无知买了单。

　　这场战斗最终爆发，是因为张力嘲笑刘晓的母亲在精神病院被人强奸。之前，刘晓从另一个伙伴的口里得知张力在散布谣言，当时他暴跳如雷，扬言一定要教训张力。但是，张力并不相信刘晓的话，他依然嚣张地在刘晓面前信口雌黄、胡言乱语，而且用丰富的语言把强奸一事描绘得十分逼真。刘晓心中的怒火被彻底引爆了，他当着几十个同学和一个女音乐老师的面，把张力狠狠地揍了一顿。

　　当时，刘晓扛着一根结实的棍子，像追赶一条落魄的狗一样追着张力。尽管张力跑得很快，但还是被刘晓的棍子打得眼冒金星。当时，一大群人闹哄哄地追着看热闹，而那个瘦弱的女老师根本无法制止愤怒的刘晓。这次轰轰烈烈的战斗打掉了张力的两颗门牙。

　　从那以后，张力和刘晓就成了仇人。张力不止一次地说要找刘晓报仇，他说君子报仇十年不晚，他说一定要让刘晓付出十倍的代价。但是，直到刘晓离开家乡远走成都，张力也没有提报仇的事。不过，刘晓却没有忘记，所以多年以后，当张力蓦然出现在他的侦探所时，他想这家伙终于来报仇了。

4

第二天，刘晓依然按部就班，很早就起床直奔办公室。只不过，他今天不用再装扮成送水工人了。刘晓直接把车开到了海棠家对面的那个十字路口上，他像只狡猾的狐狸，在等待猎物的出现。今天路上没有堵车，刘晓到了之后还有充裕的时间。他点起烟抽了起来，但却抽得不爽。昨天晚上吃了火锅，有点上火，喉咙干燥、涩痛。但是，刘晓依然在大口大口地吸烟。否则，他找不到任何事情来消磨这令人空虚的时间。

刘晓刚刚丢掉烟头时，他就看见海棠的车徐徐从眼前开了过去。通过几秒钟的观察，他断定海棠的心情非常不错，脸上散发的青春气息是最好的证明。细致入微的刘晓还发现海棠改变了发型，以及换了一副新耳环。这一切都让他喜上眉头。刘晓觉得情况正在朝着自己想要的方向发展。他一边发动车子跟了上去，一边摸了摸旁边的拍摄器材。刘晓暗想，今天一定要把这件事情彻底办妥。但是，随着时间的流逝，刘晓高涨的情绪慢慢跌落下来。

海棠的汽车重复着昨天的路线，一成不变地到了她上班的地方。停好车后，她神清气爽地上了楼，好像还一边走一边哼着小曲儿。刘晓望着海棠的背影，心里有种莫名的失落。无奈之下，他也只好按照昨天的步骤，停好车后去了街对面那家茶楼。刘晓不知道今天将会如何度过。

在茶楼里坐了十几分钟，百无聊赖的刘晓又把心思放到海棠身上了。他对她的现在和过去都特别感兴趣。最开始，刘晓把精力集中在现在的海棠身上，他想找到线索，迅速地把这起案子完成。作为一个自以为还不错的私家侦探，刘晓想速战速决。但思来想去，从仅有的两天时间的观察中，他并没有发现什么端倪。接着，刘晓就把思维的触觉伸向了过去。在过去里，刘晓和海棠曾经以某种特别的方式交织在一起。

刘晓的母亲被送到精神病院之后，无论他如何央求父亲，都没有办法把她接回来。这让刘晓万念俱灰。但是，他并没有放弃寻找母亲的念头。每一个周末，刘晓都带着失落与希望并存的复杂心情奔向远在郊区的精神病院。在凛冽的寒风中和炎炎的夏日里，人们都可以看见一个瘦弱的小男孩，不知疲倦地跑向精神病院。刘晓知道永远也不能从那个冷漠的门卫老头子那里获得机会，所以他总是围绕着高高的围墙转悠。他像个小偷一样，利用有限的空间认真地观察着高墙内的蛛丝马迹，绝不放弃任何一个细小的突破口。可是，时间一天一天地过去，刘晓依然在那条路上奔跑着。尽管没有人看见这个年轻的生命有任何倦怠的迹象，但是，刘晓内心里的绝望却在慢慢膨胀、蔓延，随时都有可能将他击倒。

在刘晓彷徨惆怅的时候，另一个可怕的事实便向他袭来。父亲婚外情的流言蜚语得到了证实，而且，故事的女主角海棠的母亲大张旗鼓地住进了刘晓的家。刘晓终于认识了这个他无比憎恨的女人。那个风骚、性感的女人住在县城的东边，一条常年散发着尸体腐烂味道的巷子里。她的丈夫体弱多病，几年前死于心脏病。她有一个女儿名叫海棠，母女俩相依为命。通过进一步了解，刘晓还知道海棠与自己同在一个学校，低一个年级而已。那个长着一对酒窝的女孩子似乎因为脱离了肮脏与贫穷而开心不已，嘴里成天哼着歌儿。海棠的幸福与刘晓的悲愤，在这个复杂的家庭里形成了鲜明的对比。

事情发展到这一步，刘晓觉得没有挽回的余地了。他对父亲非常了解，这个暴发户气焰嚣张、飞扬跋扈，自己根本无法阻止他的决定。幼稚的刘晓将所有的仇恨全部集中到海棠和她那妖冶、妩媚的母亲身上。自从她们进入自己家里后，他的脸上从未露出过一点笑容，他用冷漠的态度保持着与那对母女的敌对关系。这种令人窒息的状态使刘晓感到疲惫不堪，以至于他时刻都在想着逃跑。几年以后，刘晓终于实现了这个梦想，他逃离了家乡，来到了陌生的成都。那个时候，遥远的成都对刘晓来说无疑就是天堂。

回忆如烈酒，刘晓醉得头皮发麻，所以时间过得特别快，一下就溜到了下午三点。这时，刘晓才发现自己连中午饭都没有吃。他突然感觉肚子里空荡荡的，好像连一粒食物的残渣都没有了。正当饥饿感让他坐立不安时，海棠的车一下就蹿入眼帘了。刘晓忙不迭地追了上去，他知道有突发事件了。这让他心花怒放，忘记了饥饿。经验丰富的刘晓判断，海棠在下午三点离开工作岗位，接下来的故事应该非常精彩了。

海棠的车顺着一环路飞奔起来，这个时候的交通状况基本令人满意。在衣冠庙时，刘晓跟着海棠的车左拐去了浆洗街。然后，在红照壁右拐，穿过人民南路，在百货大楼后面的一个停车场停了下来。

这时，刘晓的心里有些忐忑。按照开始的想法，海棠应该到南门去，比如玉林的某个酒吧，或者人南立交桥那边的某个高级娱乐会所，因为那里才是人们谈情说爱的好地方。在他所经手的婚外情案件里，收集证据的场所大部分是在酒吧，或者各种各样的娱乐场所。现在，当海棠把车开到这里时，刘晓心里隐约觉得今天可能又是白忙一场了。正在他脑子里思量着这一切时，海棠已经穿过街道，进入摩尔百盛了。天府广场车流涌动，海棠的身影在摩尔百盛门口越来越模糊了。刘晓跟着就是几大步，虽然身子躲躲闪闪，但眼睛却死死地抓住海棠不放。

进入摩尔百盛后，刘晓的目光随着海棠的身影四处游荡。最开始，海棠一直在卖鞋子的地方徘徊。每到一个品牌的专柜，海棠都要试穿好几双鞋子。但是，她却一双都没买。大概一个小时后，她上了楼，去了内衣专柜。

一道难题摆在刘晓面前，到底跟还是不跟？一个男人独自盯着女人买内衣，怎么说也是件尴尬的事。刘晓在楼梯口扭捏地来回踱着步子，焦虑堆满了整个脸庞。在刘晓不知所措时，他斜着眼睛看着海棠在选购一只文胸。尽管距离比较远，但他还是能够发现海棠的认真与仔细。在海棠选购文胸的时候，刘晓做了决定，就在外面等待。凭直觉，他认为海棠不会从别的出口下楼。然后，他往回走了几步，靠在电梯口附近的墙壁上安静地等待。

大半个小时后，刘晓看着海棠从不远处走了过去。她手里提着一个袋子，里面装着刚刚一直在精挑细选的文胸。刘晓迅速追了上去。从这桩案子的进程看，他对自己的办事效率不太满意。所以，刘晓今天铁定是想有所收获。海棠没有在商场其他地方待多久，走马观花地溜达了二十分钟后，她付款出去了。刘晓心想，看来她今天是特地来买那只文胸的。

出了商场，海棠直接回到停车场，发动汽车走了。刘晓也紧随其后。海棠开着车，按照来时的路回去了。刘晓明白今天又是竹篮打水一场空。但他不想放弃，也不能放弃，机会总是在不经意间悄然而至，所以他一路追随而去。海棠回家以后，刘晓依然把车子停在能够监视她的地方。他寂寞地蹲在车里，纷飞的思绪找不到停落的地方。直到夜里十二点，失望的刘晓才开车回家。

5

回家后，融融的父母都睡了。这让刘晓感到惊奇，他以为融融的父亲又会准备一大堆问题等着自己呢。不过，寂静的屋子此刻反而让刘晓有点不适应，他蹑手蹑脚地朝卧室走去。台灯还亮着，融融斜躺在床上，松散的头发遮住了半张脸。从她的表情来看，他知道她可能有心事。

刘晓猜中了，他刚刚收拾好准备睡觉时，融融把问题抛了过来。她直截了当地问，你为什么要撒谎？刘晓不假思索地说，撒谎？我什么时候撒谎了？他已经忘记了之前对融融父亲说过的话。

一直以来，刘晓对自己的出生和家庭背景都保持着回避。曾经分崩离析所带来的痛苦，使他想要忘掉过去的一切，以一种全新的面貌生活，哪怕是戴着伪善的面具也愿意。所以，在潜意识里，刘晓早已虚构了好几种完整、美好的过去和记忆。无论什么时候，他都要用谎言去掩盖真相。面对融融的父亲，为了投其所好并做到恰如其分，刘晓为自己的父母虚构了相应的工作。这样的背景不露锋芒，但也不低贱、卑微。但是，刘晓很纳闷，为什么融融看穿了自己的把戏呢？他觉得自己的伪装应该无懈可击。

这个夜晚，刘晓先是与融融周旋，他想尽量平息事态，以及维护一个男人的尊严。后来，当他感觉防线即将崩溃时，又用尴尬的神情默认了一切，并向融融坦露了心迹。在整个过程中，刘晓都在熟练地玩着他的扑克魔术。那个魔术的名称叫"蹉跎岁月"。

融融觉得与一个戴着面具的男人生活是一种羞辱，所以她这个夜晚的质问格外凶猛。她重复地问了一句，你为什么要撒谎？这一次，她的口气中明显有一种咄咄逼人的气势。刘晓依然心存侥幸，他的眼神晃了晃，接着他说，我并没有撒谎。融融的口气越来越沉重，她几乎是一字一句地说，我再给你一次机会，如果你再不摘掉你的面具，那谁也帮不了你。一切坚硬此刻都柔软了，刘晓知道再做任何掩饰与狡辩都是徒劳。他耷拉着脑袋，就像一个犯了错误的小孩子，用胆怯的眼神看着融融。他准备把所有的负累都说给她。

刘晓斩断了所有防线，准备做一次彻底的开诚布公。从相识到相爱，这么多年来，他们的距离从未如此接近，近到没有距离。刘晓又想起了很多往事，想起了母亲的死亡。

母亲的死亡是刘晓心中永远的痛。多年以后，他依然不清楚妈妈到底是怎么死的，事情的真相被一块巨大的黑暗笼罩着。那年冬天快要结束时，得意忘形的父亲突然告诉刘晓母亲去世的消息。他说，你妈死了。刘晓没有及时反应过来，他以为那个中年男人是在跟其他人说话。自从海棠母女俩闯进他们的生活后，刘晓就和父亲形同陌路，即便是偶尔的四目相对，眼神里也充斥着愤怒和对抗。父亲继续用冷淡的口气说，你妈死了，刚才接到的通知。刘晓如梦初醒，他一下跳了起来说，我妈死了？父亲粗暴而冰冷地回答说，死了。

刘晓如风一样冲了出去，他迈开瘦弱的双腿，飞快地朝精神病院跑去。他要去找妈妈，他想她一定还活着。刘晓觉得自己长了无数对翅膀，他渐渐地飘离了地面，越飞越高。他微微地闭上了眼睛，世界变得模糊起来，只有耳边的风在呼呼地哭泣。到精神病院门口时，刘晓恍惚觉得只用了几秒钟时间。但是，气喘吁吁的刘晓没有找到答案。他依然进不了那扇森严的门。刘晓又耐心地给那个看门的老头子解释，他说，我妈妈是个精神病人，据说她死了，我想去看看她。老头子一看又是这个讨人厌的小家伙，眼睛一横，他说死都死了有什么好看的，我看你也要不了多久就会进去了。说完，他"砰"的一声把门关上，封锁了刘晓的希望。

情绪跌落到深渊的刘晓又围着围墙跑起来。他就像一只心急如焚的老鼠，不放弃任何一丝观看墙内动静的机会。一圈又一圈，刘晓围着围墙跑了整整一个下午。只是，他并没有发现这个精神病院有死人的迹象。回家的路上，刘晓六神无主。

回去以后，刘晓本来指望能从父亲的口里得知与妈妈有关的一点消息。可是，无论他如何央求，得到的只是妈妈已死的无情结局，至于事情的前因后果，他无从得知。那个夜晚是刘晓一生中最难过的夜晚，他陷入绝望的情绪里无法自拔。甚至，刘晓闻到了死亡的气息，他想追随妈妈而去。妈妈离开家已经一年多了，这些时间以来，孤独与寂寞使他变得神情憔悴，面容枯槁，天真与朝气完全被惊人的沧桑遮盖了。但经过一个晚上的思考与挣扎，刘晓放弃了轻生。他要为妈妈的死找到真相。这是他活着的信念。

事情已经过去很多年了，回味带来的痛苦让刘晓彻夜未眠。融融听完刘晓的讲述后，感觉身体特别疲乏，倒头睡了。他听着融融均匀的呼吸，感觉思维飘了起来，在漫无边际的夜空游荡。

终于等到六点了，刘晓迫不及待地起了床。他早就想逃离这张宽大的床了。六点的成都还处于朦胧状态，刘晓把车开得飞快。失眠透支了刘晓的精力，但他却得强打起精神来。今天是星期六，这个别人休息的日子，刘晓却是最繁忙。在去海棠家的路上，他还在想，既然是婚外恋，周末就会是野鸳鸯寻欢作乐的最佳时间。刘晓有种强烈的预感，海棠今天一定会与张力所说的男人约会。

刘晓七点就到海棠家门口了，汽车依然停在老地方。大概九点钟的时候，海棠出来了。透过车窗，刘晓发现她今天穿得格外性感，服饰搭配也非常考究。这给刘晓增添了信心。他发动汽车，跟了上去。

海棠的汽车朝着玉林开去，这正是刘晓需要的结果。

周末，交通还能让人们有一丝喘息的机会，一路上基本没有堵车。刘晓远远地看见海棠的车停在一家咖啡馆门口，他也开了过去。停好车后，他从另外一个门进去了，挑了一个角落里的位置。海棠要了咖啡，但一直没喝。她时不时地看手表，刘晓明白她是在等人，便知道故事要进入正题了。刘晓悄悄地拿出了摄像设备，并做好了拍摄准备。只要故事的男主人公一出现，案子基本上就大功告成。一切安排妥当之后，他喝了一口已经有点凉的咖啡。又等了差不多二十分钟，一个穿着深色西装的男人出现了，进门之后他径直朝海棠走去。刘晓的精神为之一振，摄像设备随之开始进入了工作状态。

时间一分一秒地过去，刘晓的希望却在慢慢枯萎。海棠和那个男人似乎并没有亲昵的举动，从他们的行为举止看，应该是工作上的朋友。刘晓看见海棠拿出了一叠资料，那个男人一边看一边点头。然后，他们又说了些什么。整个过程大概持续了两个小时，刘晓并没有发现什么异样。这两个小时里，他们身体的接触就是握手。见面一次，分开一次。第二次握手之后，那个男人离开了咖啡馆。刘晓看着男人的背影，无比失落地关掉了摄影设备。没多久海棠也离开了。

海棠的车向人民南路开去，刘晓不知道她还要到哪里去。他只好做一只跟屁虫，她到哪里他就跟到哪里。

海棠并没有走远，她去了成都数码广场。刘晓跟着海棠上了三楼。很快，海棠选购了一款 MP4。付款之后，她出门开着车往市中心跑。到了春熙路后，海棠去了西南书城。刘晓没有进去，他蹲在西南书城对面那条街上，静候着海棠的一举一动。这一等就是两个小时，在他肚子饿得呱呱叫时，才看见海棠手里提着几本书出来了。刘晓以为她要去吃饭，在西南书城的旁边就有很多小吃。但是，海棠没有吃饭，而是直接去了停车场。在去停车场的路上，刘晓看见她接了一个电话。虽然说话时间不是很长，但他看见海棠的脸上露出了笑容。没多久，刘晓就跟着海棠回到了人民南路。最后，他们一前一后进了红色年代。

这时候已经是下午五点了，天空中隐约出现了浅浅的暮色。刘晓一边走一边得意扬扬地想，精彩节目总是在最后。

在红色年代里，刘晓看见海棠与一个秃顶男人聊上了。很明显，他们并非是第一次见面。刘晓看见他们言谈甚欢，某些动作还有点暧昧。他开始把他们当作一对偷情的男女。刘晓再一次准备好了摄影设备，尽管这里光线不太好，但他不会放弃任何一丝机会。

刘晓突然有点激动和忐忑，跟踪这些天来，他感觉事情的真相就快水落石出了。他难以想象自己抓到海棠的把柄之后的情形，到时候自己的心情到底会怎样呢？有报复的快感和失落吗？刘晓长长地吐了一口气，他想尽量地稳定自己的情绪。这个关键时刻，他不能有任何闪失。

吃过晚饭后，海棠和那个秃顶男人去了迪厅，看来他们需要狂欢了。刘晓也跟着滚进了喧闹的人群里，那款隐形摄影机也跟着他轻微摇摆的身体晃动起来。海棠和秃顶男人疯狂地扭动着身体，但他们却都拥有一份难得的清醒，两人之间始终保持着距离。距离不远不近，时远时近。刘晓难以判断他们两人的关系，以及接下来要发生的事情。音乐越来越强劲，人潮越来越沸腾。刘晓有点头晕的感觉，但他努力保持着镇静，等待他期望的那一刻出现。

但是，这个夜晚注定会让刘晓垂头丧气。几番折腾下来，海棠和秃顶男人分手了。分开时，他们只是相互间笑了笑，连手都没有握一下。海棠开车回家了，刘晓也追随而去。他希望中途她能掉转车头，把车开到某个男人的家里。但是，海棠却带着她的 MP4 和书回家去了。刘晓看着海棠的背影消失在黑暗之中，只好带着沮丧的心情结束了一天的跟踪。

6

刘晓又失眠了，这是他接手张力这个案子以来的第二次失眠。这个并不复杂的案子耗费了他太多精力，做私家侦探这几年来，比这复杂得多的案子都没有让他如此颓丧。融融睡得很香，看来她很享受跟父母相处的幸福。沉静的夜色里，刘晓的思绪在现实和记忆里来回穿梭。过去就像泛黄的照片，一张张地飘进五颜六色的现实里来。这种强烈的冲击和模糊不清的纠缠让刘晓身心疲惫。凌晨时分，他小心翼翼地起床到客厅里抽起烟来。烟雾混合着晨曦，冲淡了刘晓心中的惆怅。

接下来的一段时间，刘晓始终处于飘忽的状态，但他依然废寝忘食地为这桩现在想起来有点莫名其妙的案子操心。为了尽快解决问题，刘晓甚至花费了更多时间跟踪海棠。某一天，他觉得海棠是个心机很重的女人，也许她知道丈夫安排了人调查她的婚外情，而且这个侦探就是心里充满了仇恨的刘晓。于是，她改变了外出的时间和路线。为了迎接海棠的挑战，刘晓把跟踪的时间尽量延长了。有时候，他近乎是全天候监视着她。刘晓把这部汽车当成了家，吃饭睡觉都在上面。他甚至忘记了融融和她的父母，几天不回家，而且连一个电话都没有。

这期间，刘晓依然没有发现海棠有婚外情的迹象。她确实在与形形色色的男人接触，出入于各种各样的酒吧和娱乐场所，但是，却从未越过那条警戒线。渐渐地，刘晓失去了耐心，而且他觉得事情有些蹊跷，于是便想给出差外地的张力打个电话。打电话之前，他在心里酝酿着如何推掉这个案子。但是，事情有些出人意料。

手机通了，但是，说话的却是一个女人的声音。刘晓说，请张力接电话。对方操着河南口音说，张力？谁是张力？刘晓耐心地解释，他说，前几天找我帮他调查案子的张力。对方问，调查案子？谁找你调查案子了？刘晓依然有耐心，他说，张力找我调查案子了。对方的口气有些生硬了，她说，我不认识张力。刘晓的耐心也在慢慢消失，他粗声粗气地问，你是谁呀？没想到对方冒火了，她咆哮道，你是谁呀？神经病。说完，电话就断了。

刘晓拿出张力留下的联系方式，对照了一下刚才拨打的电话号码，确定自己没有打错。接着，他又打了过去。通了，但对方没接。刘晓继续打，对方依然没接。这天，刘晓把他的耐力发挥到了极致，他想用这种残酷的方式拖垮对方。后来，对方又接电话了。只是，电话一通，刘晓的耳朵里就听到了尖锐的痛骂。在结束这次通话时，对方再次狠狠地骂了一句，神经病。

就仿佛被泼了一身洗脚水一样，刘晓觉得太荒唐与无聊了。

张力的手机怎么是个女人接的呢？带着莫名的空虚，刘晓回去了。他想暂时放一下这个案子。此刻，关于张力的手机是他最想弄清楚的事情。刘晓想，等晚上找个时间换个电话号码再打过去，或许会把事情的真相揭开。为此，他特地去买了一张新手机卡。

刘晓回去时已是傍晚七点过了，融融的父亲正在看新闻联播。他一进门，老人家就把电视机关了，脸色顿时变得难看起来。气氛一下就紧张了，有点山雨欲来的感觉。刘晓尴尬地笑了笑，但他的笑容没有得到任何人的认同。融融的父亲轻声地咳嗽了几声，那是他进攻之前的信号。接着，刘晓感到一阵狂风暴雨向自己袭来。

融融父亲的行为让刘晓觉得不可思议和啼笑皆非，这位守旧、呆板的老人，不知道采取什么方法，把刘晓的家庭背景弄得一清二楚，而且在那个残酷的黄昏把一切秘密都捅了出来。融融的父亲说，我就知道你的父母不是知识分子，否则你不会干私家侦探这种藏头露尾的工作。接着，这个仿佛受了委屈与欺骗的老人像是在背诵某本书的内容一样，把他所了解的细节大声地念叨起来。他的口气那样机械而冰冷。他说，我知道你父亲是个商人，十足的暴发户嘴脸，所以他有了钱之后就丧失了人性，为了与外面的女人乱搞，把结发妻子送进了精神病院。你只有几岁时就没了母亲，最亲近的人就是比你更小的妹妹。

刘晓默默地听着，怒火在胸腔里慢慢燃烧。这种被人揭老底的感受令他感到极度悲伤。但是，刘晓始终强压着怒火，他不想让事态有任何扩展。这些年来，他一直过着隐忍的生活。

隐忍已经渗透到刘晓的血液里了。但是，融融的父亲接下来的话让刘晓的愤怒达到了他无法忍受的极限。融融的父亲说，家庭的支离破碎最容易让一个人性格扭曲，我不能容忍女儿跟这样的人生活一辈子。

就是这句话引爆了压抑的谈话环境，刘晓用气势汹汹的语气对融融的父亲说，我觉得你的行为伤害了我。接着又补充说，严重地伤害了我。老人一下站了起来，他问，我怎么就伤害你了？刘晓立即顶了上去，他说，你这是干什么？我只是跟你女儿相爱并要结婚，我不是犯罪分子，你为什么非得像调查罪犯一样调查我的家事呢？难道你不知道这样做是不尊重我吗？刘晓这样的顶撞让融融的父亲恼羞成怒。老人暴跳如雷，他怒气冲冲地指着刘晓说，你一直隐瞒着我，难道对我和我女儿不是一种伤害吗？

沉默，可怕的沉默。

空气仿佛停止了流动。刘晓看了看在客厅角落里一言不发的融融，心里有种撕心裂肺的痛。

争论与对抗的结果是刘晓输了。没有人判定输赢，但他自己知道输了。他垂头丧气地退到了卧室，希望这样的退避能让自己有些安全感。刘晓觉得整个身体一下就枯萎了，似乎只剩下一张皮。他沉沉地倒在床上，感觉全世界都在快速下坠。

刘晓一直睡到夜里十点过。醒来时，他没有看见融融。来到客厅，他发现融融睡在沙发上，身上盖着她爸爸刚刚给她买的毛巾被。刘晓听着融融均匀的呼吸声，一丝悲凉在心里蹿了出来，融入到浓浓的夜色里。他小心翼翼地回到卧室，突然想起还要给张力打电话。

这时候刘晓还比较清醒，知道换上刚刚买的新手机卡。打电话之前，他非常紧张和惶恐。对未知情况的恐惧感让刘晓的手一直在发抖，手机差点掉在地上了。认真地想了很久，刘晓还是打了这个让他彻底绝望的电话。他尽量压低嗓音，并刻意用生硬的河南话与对方交流。

电话依然是个女人接的，从声音与说话的节奏感上判断，刘晓明白她就是白天与自己说话的那个女人。电话响了很久才接通。刘晓说，我找张力。对方问，张力，谁是张力。很明显，对方是被刘晓从熟睡中吵醒的，语气有点含混不清。刘晓说，叫张力听电话。刘晓听到对方几乎是重复着第一次通话的口气和内容，狠狠地把自己臭骂了一顿。最后，对方说，你别以为换个电话号码我就不知道是你了，拜托你别再骚扰我了。神经病！

电话断了。急促的忙音如一记重锤砸在刘晓的头上，他又一次倒在床上迷迷糊糊地睡了。

第二天凌晨，刘晓在噩梦中醒来。在那个恐惧的梦里，刘晓被一个怪物疯狂地追赶。他看不清楚怪物的脸，那只硕大的血口成了梦里最清晰的记忆。除此以外，就是刘晓亡命地奔跑。怪物的嘴就在刘晓的身后，只要再接近一点就会将他吞噬。刘晓急得满头大汗，他暗中使劲，努力往前冲。但是，他却全身乏力，无论怎样努力都无济于事。刘晓始终处于即将被怪物撕成碎片的边缘，直到他满头大汗地醒来。

刘晓躺在床上，感觉空气中弥漫着尸体腐烂的味道。

7

天一放亮，刘晓就离开了。今天他不去跟踪海棠了，他决定放弃这桩糟糕的案子。刘晓去了办公室，他想在那里一个人静静地待着，梳理一下最近的生活。到办公室后，他把自己封闭在一个促狭的空间里，一根接一根地抽烟。思绪随着烟雾在屋子四处飘荡，一些人和事开始在刘晓的脑海里交替出现。

张力和海棠、成都与家乡的小县城、现实与记忆，它们交织在一起，发生了强烈的化学反应。刘晓的脑海里波涛汹涌，尘封已久的往事，如冬日的雾霭一样蔓延开来，妈妈的死亡又浮上心头。

关于刘晓母亲的死亡，曾经是那个封闭的小县城里人们最热衷的谈资。在相当长的时间里，人们总是不自觉地拿出这桩怪异、荒诞的事情来打发无聊的时光。刘晓十分痛恨那些恶臭的流言蜚语。妈妈死后，他在县城里生活的时间不长，但却听到了很多关于妈妈死因的版本。最开始，人们流传的是刘晓的母亲在精神病院遭到几个男精神病人轮奸，因为她反抗，结果被其中一个满脸胡须的男人勒死了。在人们的谈论中，还有另外很多细节和气氛渲染。很多时候，沉默寡言的刘晓就躲在人们的身后，孤独而绝望地听着人们精彩地描述着母亲的死亡。事实上，几乎没有人会照顾这个孤僻孩童的情绪，其中某些无聊的人还会肆无忌惮地嘲笑刘晓。

在那些落寞的黄昏，刘晓无数次发誓要找到那几个可恶的男人报仇。后来，他真的在一个周末去了精神病院。但是，刘晓还没来得及向那个门卫老头子说明来意时，对方就不怀好意地嘲笑起他来。门卫老头子说，你又来干什么？难道你真是个神经病，想进去啦？刘晓望着门卫老头子那张充满皱褶的脸，只有灰溜溜地回去了。但关于母亲死亡的猜测没有消停下来，甚至有变本加厉的势头。

在后来的日子里，尽管刘晓听到了无数关于母亲死亡的谈论，但只有一种说法令他伤心欲绝。那些无聊的话最开始是从张力的口里说出来的，一个名叫王飞的伙伴把原话转达给了刘晓。

那个雾气沉沉的早晨，王飞对刘晓说，张力说你妈妈是你爸爸派人杀了的。当时，气愤的刘晓差点捡起地上的砖头向王飞砸去。王飞立即解释说，你别生气，我没有撒谎，这话真的是张力说的。刘晓的怒气最终没有冒出来，他用表情示意王飞继续说下去。接着，王飞就滔滔不绝地说了起来。他说，张力说你妈妈原本就不是个精神病人，那是你爸爸要与外面的女人乱搞，才把你妈妈送到精神病院去的。听说，你爸爸花了很多钱，找了很多关系才达到目的。但是，把你妈妈送到精神病院并不能让你爸爸重新结婚。为了与外面那个女人名正言顺地生活在一起，你爸爸终于做出了最恶毒的一手，找人把你妈妈彻底解决了。

刘晓听得毛骨悚然。后来，这个最令人感到恐怖的传言就在县城里像苍蝇一样飞舞，几乎每一个角落都能听到。

这个最残酷的传言狠狠地刺痛了刘晓，强烈的怀疑再次在他心底升腾起来。自从母亲被父亲送进精神病院之后，刘晓就从未停止过怀疑，他觉得母亲并不是个精神病人，尽管她的确有些笨拙和呆滞。他曾经也猜测父亲把母亲送走是别有用心，特别是当海棠和她母亲住进他家之后，但这些都局限于一个想念母亲的男孩的猜测。当王飞把张力的话转达到刘晓的耳朵里后，怀疑又重新站了出来，主导了他的思想。但是，刘晓始终无法找到母亲死亡的真相。

当刘晓离开父亲、离开县城之后，时间封锁了他内心的仇恨，他想用隐忍和闪烁来开始新的生活。在陌生的城市，刘晓成了一个陌生的人。他忘记了关于自己的一切，在苟且偷生中体会到了充满疼痛的安宁和幸福。刘晓以为这种具有安全感的生活会一直持续下去，可是，张力和海棠的出现重新掀开了他的内心，某些复杂的念头死灰复燃，促使他想要回到那个小县城，回到不堪回首的过去。这天上午，刘晓在办公室里做出了决定，重返那个记忆中的县城。

融融对刘晓的决定非常愤怒与无奈，因此他们爆发了激烈的冲突。她把他的决定归结为逃避，她说，你在逃避什么？想逃避我们的婚姻和感情吗？我不在乎你的过去，我只想你与我一起站在新的起跑线上重新开始新的人生。但是，你必须要做的是坦然面对过去、现在，以及未来。

刘晓不想解释，他知道任何解释都是徒劳无功。每个人都无法进入别人的内心世界，所以他原谅了融融的愤怒。刘晓默默地忍受着曾经温柔的融融的质问。但是，融融却得寸进尺，她恼羞成怒地说，难道你就不能光明磊落地做人吗？

这句话深深地伤害了刘晓。气急败坏的他站了起来，但他找不到发泄的方式，只有把口袋里的扑克拿出来愤怒地向空中抛去。扑克从空中散落下来，颓丧地躺在冰凉的地板上。融融的父母在一旁看着这场激烈的争吵，就像在看一场热闹的演出。只是，没有人知道他们是否会幸灾乐祸。

争吵的结果除了沉默以外，就是各自悄然的呼吸声。每个人鼻孔里出来的气流依然在空气中做着各种争斗，它们都想战胜对方。但是，谁都没有妥协，谁也没有战胜谁。

8

刘晓在晨曦中离开了家，离开了成都，坐上了返回故乡的火车。这是一趟思绪复杂的旅途；这是一趟注定会感到悲痛的旅途。自从离开了小县城之后，十多年来刘晓从未踏上过那片沉重的土地。直到现在，他依然对那片故土充满了仇恨和抗拒。只是，今天他必须带着一份使命重新回去。坐在火车上，刘晓的心随着铁轨的声响起伏不定。但是，起伏中却藏着一份勇敢和坚定。

黄昏时分，刘晓的双脚又站在记忆中的县城了。这里已经今非昔比，浓烈的烟雾和漫天飞舞的灰尘代替了以前的封闭与陈旧，空气中飘荡着喧嚣与浮躁。刘晓没有回家，当年他负气离开时，发誓要与父亲断绝关系。他去了县城郊区的姑姑家。虽然一幢幢气派的高楼伫立在曾经纵横交错的田园上，姑姑家那低矮的老房子早已荡然无存，但是，经过几番打听，刘晓还是找到了姑姑。在浓浓的暮色中，他看见了姑姑的苍老。

姑姑哭了，这个年迈的老人用泪水表示了她对刘晓这些年的担心、牵挂，以及无限的思念。她说，我以为你已经不在这个世界上了呢。自从刘晓在那个黑咕隆咚的夜晚离开县城之后，所有的亲戚朋友都认为他死了。大家都认为失去妈妈后的这个孤单的孩子选择了轻生，他们甚至还在县城背后的那条河里进行了打捞，试图找到刘晓的尸体。确实，刘晓做这次彻底的逃离时，他经过了长时间的思想斗争。那段时间，他一直沉默不语，郁郁寡欢。走还是不走，这个问题始终盘踞在他的脑子里。最终，刘晓悄然地离开了，没有与任何一个人告别。

刘晓拍了拍姑姑的肩膀，轻轻地拥抱了她一下。姑姑的情绪慢慢平息了。可是，她的泪水很快又顺着沟壑纵横的脸颊静静地流了下来。这一次，她用悲伤表示了对刘晓的父亲的同情。她颤抖地说，真是善有善报，恶有恶报，你那个没良心的爸爸，把你妈妈送到精神病院之后，最终还是遭到了报应。老人突然停了下来，她仿佛在整理情绪。刘晓对姑姑的话感到异常惊奇，他不知道父亲到底遭受了怎样的报应。但是，早已扎根在心底的仇恨使他没有对父亲的遭遇进行询问。刘晓一直在默默地倾听，而且打算始终保持着这种状态。姑姑摇头叹气地说，没想到，他也进去了。

姑姑把父亲进精神病院的事情从头到尾地对刘晓说了。原来，海棠的母亲侵吞了刘晓的父亲所有的财产，那个蛇蝎女人把已经没有利用价值的丈夫折磨到精神失常，最终将他送进了精神病院。

残酷的命运和现实让刘晓思绪复杂，他不知道接下来该做什么。他默默地垂着脑袋，眼里噙满了泪花。刘晓有点后悔重返故乡了。他在姑姑家住了一晚，整个晚上辗转难以入眠。各种情绪都纠结在他的脑子里，相互纠缠的力量赶走了刘晓的睡眠。第二天天还没亮刘晓就起床了，他披着晨曦踏着露水，向精神病院走去。

去精神病院的路上很安静，刘晓的脑子里一直闪烁着以往去精神病院的情形。以前，他都是跑着去的，这次他不想跑了。刘晓害怕见到父亲，他找不到父子情感的接口。维系感情的纽带在母亲进入精神病院后就开始出现裂缝，母亲最后的死彻底地断绝了父子之情。尽管事情已经过去那么多年了，但刘晓不打算用宽容来消融过去。这天，刘晓一次次在心里对自己说，我只是去寻找妈妈死亡的真相。

这么多年过去了，门卫居然还是那个老头子。只是，他比以前老得多了。刘晓向老头子递上了姑姑的探望证，对方没有看探望证，而是死死地瞅着刘晓那双红肿的眼睛。半晌，老头子干瘪地说，进去吧。刘晓点了点头，点头的同时他在想，他还记得我吗？

精神病院里的气氛非常紧张和压抑，刘晓的步伐谨慎而带着试探性。他一边走一边想念着母亲，她各个时期的形象像幻灯片一样变换着在脑海里出现。母亲曾经的音容笑貌在一定程度上缓解了刘晓紧张的情绪。精神病院的每一个角落都似曾相识，多年以前，刘晓的眼睛透过围墙上的窗口进来搜寻过。如今，当他用脚步代替眼睛，实实在在地来到这个阴冷的地方时，他希望每一片树叶或者每一粒瓦砾都能为他带来破解母亲死亡真相的线索。所以，刘晓每一脚都走得那样小心翼翼。但是，他依然没有获得希望。

刘晓几乎走遍了精神病院的每一个角落后，萧索与肃穆的气氛让他感到窒息。几个小时下来，他还是没有获得任何线索，事物的表象和本质仿佛依然停留在十几年前。灰心丧气塞满了刘晓的内心，他蓦地蹲在地上，耷拉着脑袋，一阵眩晕袭击而来。他就那样蹲在地上，用长长的呼吸去平息矛盾的内心。良久，刘晓做出了一个令自己非常吃惊的决定，放弃调查母亲的死亡真相。突然之间，他想去看看父亲。接着，他又在心里加强、肯定了自己的决定。对父亲的同情消解了横在他们之间长达几十年的仇恨，刘晓的内心渐渐平复了，像潮水退去之后平静的海面。然后，他向父亲的病房走去。

刘晓只在父亲的病房里待了半个小时左右，这段时间里发生的事情他已经慢慢忘记了。后来，他的记忆里保留的只是一些简单的画面。比如父亲的白发、脸上的紫色斑点、深陷的眼眶以及失去光泽的眼神。刘晓记得父亲看自己的眼神很奇怪，迟疑中带着肯定，肯定中又夹杂着闪烁。他不知道父亲是否还认识自己，是否还记得过去的恩恩怨怨。刘晓轻轻地喊了一声，爸爸。他看见父亲眨巴了一下眼睛，眼珠子左右摇晃不定。接着，刘晓又喊了一声，爸爸。这次，刘晓没看见父亲有任何反应。这个在精神病院蹲了好几年的老人，目光散乱地盯着墙角，墙角处结着一张硕大的蜘蛛网。

离开精神病院，逃避的情绪再一次在刘晓的心里翻江倒海，他有一种立即返回成都的冲动。他停下来，抽了几根烟，凛冽的风把烟灰吹得四处飘荡，过去的陈年往事又浮上心头。最终，刘晓再次决定逃离这个地方。这次，逃避的念头来得如此汹涌。

刘晓回到姑姑家里，把探望证还给她，同时也向她辞别。姑姑对刘晓的决定很吃惊，她没想到这个失踪十几年的孩子这么快又要消失了。姑姑说了一大堆话，刘晓一句也没听清楚。他隐约觉得她是在挽留自己，但确实没有听明白她到底说了些什么。刘晓就想着离开。十多年前他就厌倦了这里的一切，现在更是一刻也待不下去。

9

黄昏时分，刘晓回到了成都。这个浑浊的城市此刻更加容易让人迷失方向。开门后，一股夹杂着尘埃的空气扑了过来。家里空无一人，一片死寂。刘晓给融融打电话，听筒里传来了她尖细的声音。融融说，我送爸爸妈妈回去了。刘晓问，你什么时候回来？融融答非所问，她说，爸爸妈妈说在这里住不习惯。对话就在这里僵住了，刘晓本来还想说点什么，但总觉得喉咙被堵住了。他简单而机械地"哦"了一声后，把电话挂了。

夜幕几乎是在一刹那间笼罩了这个城市，刘晓觉得世界突然间就暗了下来。他半躺在沙发上，一根接一根地抽烟。刘晓的思维凝固了，仿佛一切都停止了流动，只有手指间忽明忽暗的烟火表示着时间匆忙的脚步。

电话蓦然响起，惊扰了浓稠的夜色。但刘晓却无动于衷，依然呆滞地躺在那里。第一遍结束了，片刻后第二遍接踵而至。

刘晓才如梦初醒，他慌乱地拿出手机，但却没有立即接听。他第一反应以为是融融打来的，刘晓始终认为他们之间的爱是真挚的，外界的任何干扰都无法阻止他们相爱。不过，手机屏幕上显示的却是另一个电话号码。

正在刘晓迟疑之际，电话停了又响，已经是第三遍了。这一次，刘晓迅速地接通了电话。情急之下，他的嘴巴里竟吐出一串河南话来。刘晓问，你是谁？你找谁？

刘晓啊？你怎么说起河南话来了？电话是张力打来的，难怪刘晓觉得这个电话号码似曾相识。刘晓恍然大悟，他说你回来了吗？张力说，回来？我一直在成都，哪里都没有去啊。刘晓呆愣片刻，接着又说，你不是说要出差半年吗？好像是去河南了吧？此刻，他想起了那个操一口河南话的女人。但是，张力却没有回答。不过，刘晓也没有就这个问题继续纠缠下去。

当刘晓明白是张力打的电话时，他就想尽快结束这次通话，所以他问，你找我有什么事？张力听而不闻，转而问刘晓，这段时间你怎么不在侦探所？刘晓想了半天也没有找到搪塞的理由，半晌他才实话实说，回了一趟老家。电话那端，张力轻轻地说了一句，我就知道你早晚会回去的。什么？刘晓问，你说什么？张力极力回避，闪烁其词，他说，我只是想告诉你，我那个案子不用跟了，事情已经水落石出了。刘晓迫不及待地问，与她有染的那个男人是谁？张力轻描淡写地说，完全是虚惊一场，海棠与那个男人只是普通朋友。顿了顿，他又补充说，还是非常感谢你，我会给你支付一笔劳务费，明天给你送到侦探所来。刘晓斩钉截铁地说，不用了。然后，他果断地挂断了电话。

结束了这次充斥着荒谬与诡异的电话，刘晓的心情格外复杂。不用再纠结这个莫名其妙的案子，这是一种彻底的解脱，但他又总是觉得事情的背后隐藏着某种阴谋与暗算。刘晓木然地伫立在天鹅绒般的夜色里，好半天过去了，他才愤怒地挥舞着手臂说，去你妈的劳务费。

刘晓想出去走走，寄望于让夜晚的风稀释自己内心的积郁。他起身开门，但走到门口后又突然停了下来，一只脚在屋内一只脚在门外。刘晓觉得双手有种空荡荡的感觉，蓦地想起了那副扑克。这些年来，无论走到哪里刘晓手中都会捏着一副扑克，否则就会感到恍惚与飘荡。他转身回来，但翻遍了整个屋子也没有找到那副扑克。刘晓隐约记得，他离开家之前，五十四张扑克凌乱地散落在地上，见证了他和融融之间最猛烈的争吵。可是，现在他把所有的灯都打开了，也没有发现扑克的踪影。就在刘晓感到十分沮丧时，他的目光却落在茶几下面的垃圾桶里。那副扑克支离破碎地躺在垃圾桶里，像极了他此刻的心情。刘晓瞬间便明白了，这是融融临走之前做的。她用剪刀愤怒地剪碎了刘晓的扑克，连盒子都没有放过。刘晓死死地盯着垃圾桶，长长地出了一口气。

浓郁的夜色与朦胧的灯光，让整个城市更加苍茫。刘晓"噌噌噌"地逃出了大楼，茫然无措地在街上游走。他穿过一条条大街小巷，看到了翘脚牛肉店，也看到了成人用品店，看到了眼镜超市，也看到百货商场，甚至还看到了一对男女在街角的树荫里忘情地接吻。不知走了多久，当刘晓有点疲倦想要停下脚步时，他发现自己正好站在小区门前的十字路口，平安大街幸福巷 66 号的字样若隐若现。

　　刘晓神情落寞地回到家里，又躺在那张沙发上。然后，极度空虚的他打开了电视机。电视里正在播放魔术揭秘，这档节目刘晓每期必看。他喜欢那个长着小眼睛和薄嘴唇的主持人，他觉得她的目光具有某种特殊的穿透力，足以揭穿任何一个精妙的魔术。但是，刘晓今天晚上不想看，他甚至一下就厌恶这档节目了。"啪"的一声，刘晓关掉了电视机，愤怒地把遥控器砸在地板上。

　　刘晓挣扎着站了起来，踉踉跄跄地来到窗口。他探着脑袋望了望深不可测的夜空，一层薄雾在空中涌动，整个世界模糊一片。

麻
醉
师

春天的夜晚弥漫着丝丝温暖和不安，纷乱的思绪在马超越的脑子里疯狂地蠕动。他坐在电脑前，脸上布满了焦虑和凝重。有一个小说，构思早已成竹在胸，但是，每当马超越坐在电脑前准备写时，他却像中了邪似的失去了语言表达能力，一个字都憋不出来。想写而写不出的矛盾在马超越的心中沉积已经很久了，他心急如焚，可效果却并没有因为着急而有丝毫的改善。尽管如此，他并没有打算放弃这次注定要经历磨难的写作。马超越默默地在心里发了誓，事在人为，一定要将构思变成震撼人心的作品。

在马超越的构思中，这将是一部非常奇特的小说，与他自己有着复杂而神秘的关联。正是因为小说与他自己的人生有某种特殊的关系，在无法进入写作状态时，马超越才如此沮丧和惶恐。这个初春的夜晚，他再次在心里悄然地对构思进行了整理和完善，他希望今天晚上能写出一个开头，哪怕是一个字也好。

　　打开电脑之前，马超越的脑海里浮现出文字在蓝色屏幕上流淌的情景，他的思绪在一片绿色的草原上恣意奔跑。可是，当他郑重地坐在电脑前时，文思突然就枯竭了，思维仿佛陷入了一片干涸的沙漠。他沉重地叹息了好几声，失望的情绪越来越令马超越揪心。马超越点了根烟抽了起来，他想借助尼古丁来麻醉自己，以此来缓解内心的失落与惶惑。他的身体状况本来不允许他抽烟，抽一口烟就会头疼、胸闷。但是，不知道从什么时候开始，烟成了马超越生活中必不可少的东西。

　　马超越曾经是名麻醉师，在过去的二十几年里，他一直在成都市一家医院的产科上班，每天面对的是挺着大肚子的女人和呱呱坠地的新生命。这些年来，马超越对他的工作早已产生了厌倦。他一看见那些挺着肚皮的女人，就会头晕目眩。但是，她们肚子里的新生命却会使他激动万分。马超越只要听见婴儿清脆、明净的哭声，兴奋感就会油然而生。他想，假如自己能重生一次该多好啊。这种带着幽默色彩的念头使马超越对人生充满了希望。只是，无法实现的希望背后藏着更大的失望。失望在心灵深处慢慢演变成绝望，使马超越越来越孤僻与麻木。这种状态伴随着他度过了漫长的岁月。

　　因为马超越内向的性格和拙劣的人际交往，人们对他的了解很少，只知道这个人少言寡语、行事乖戾，常常做些令人费解的行为。马超越知道人们对他的看法，但他一点也不介意。

他非常清楚，自己的灵魂里始终充满了阴霾，在童年时代里，孤独、冷漠、麻木就流进血液里了。马超越曾经想了很多办法去改变自己，在过去的十几年里，他一直在看心理医生，但都没有收到任何效果。后来，长期处于灰暗状态的他自暴自弃了。马超越想在孤独与绝望中慢慢枯萎，最终化作一缕空气消失得无影无踪。

正当马超越在沉沦的边缘以一种不可阻挡的速度向深渊坠落时，一个女人成了他人生的拐点。她的名字叫严格格。严格格的出现颠覆了马超越，他突然想改变消极的生活态度，突然想写一部关于自己的小说，突然想大胆地爱一个女人，突然想辞职过另外一种生活。

严格格曾经是马超越的同事，在同一个病房里工作了好几个月。去年六月初，严格格到马超越工作的医院报道，这个二十出头的女麻醉师成了马超越的同事。快到四十岁的马超越第一次看到严格格时，他的心里莫名其妙地产生了一丝悸动。他不知道为什么有这种感觉，只是恍惚间从她的眼神里看到了隐藏得极其妥善的迷惘和不安。这引起了马超越的共鸣。在并不长的工作接触中，他觉得自己爱上了这个右边脸上长了两个酒窝的女孩。马超越开始想入非非、心猿意马。严格格不在时，他希望她出现；严格格出现时，他又拘谨、紧张和慌乱，甚至舌头打结，说不出一句像样的话来。随着接触时间的增加，马超越对严格格的爱意越来越浓，但是，几个月过去了，他却没有向严格格表示他的心迹，哪怕是一个暧昧的眼神。马超越始终处于一种暗恋状态。

马超越喜欢严格格而并没有主动出击追求自己的爱情，是因为他陷入了一种前所未有的矛盾和恐慌。他清楚自己是个害怕爱情的人。父母长达几十年的战争消耗掉了马超越对爱情和幸福的向往，他认为人生并无美好可言，那些洋溢在人们脸上的恩爱不过是掩盖真相的一种涂料。残酷与无情的记忆始终驻扎在马超越的脑海里，消灭了他对美好人生的期望。

不知道从哪一天开始，马超越对爱情和女人既向往又害怕。在认识并无法自拔地爱上严格格之前，马超越有过很多段不知道算不算爱情的情感经历。有那么一段时间，他走马观花地与女孩子们约会。他看上去就像个花花公子，穿梭于不同的女人之间。但是，马超越的感情世界始终一片空白。那些女孩们，与马超越交往的时间最长也仅仅两个月而已。不是她们不喜欢马超越，而是这个憨厚、老实的中年男人自己要放弃。每一段感情开始，马超越都热情高涨，可要不了多久，他就觉得索然无味，先前的兴趣和激情全都烟消云散，然后悄然地放弃掉原本轻易便可获得的幸福人生。

马超越感到非常沮丧，他为自己不能好好地爱一个女人陷入了无限的忧伤。在沮丧和忧伤中，他准备放弃了，尽管美好的爱情就像一盏若隐若现的灯在远方散发着微弱的光芒。可就在这时候，严格格出现了，那盏若隐若现的灯顷刻间变得无比明亮起来。马超越有些兴奋和激动，甚至有点得意忘形。但是，后来事态的发展却让他陷入了另一个巨大的旋涡。在那段最懊恼的日子里，马超越一直在想，严格格的出现对自己到底是喜悦还是悲伤？

去年冬天，马超越离开了医院，那时候冬日的雾气刚刚弥漫这个城市。整个冬天，马超越像个需要冬眠的动物，缩着脖子躲在家里，一边准备写小说一边想着如何追求严格格。对他来说，这是两件棘手的事情。时间就在冬日的潮湿中步履蹒跚地走了过去。几个月过去了，漫长的冬季走到了尽头，春天的气息使这个城市鲜活起来。但是，马超越的小说和感情依然处于严冬，它们都死死地躺在冰天雪地里。

这个春天的夜晚，马超越做了非常充足的准备，他想把在脑子里活蹦乱跳的文字全部展现在电脑屏幕上。可是，当他再次坐在电脑前时，脑子混乱了，思路堵塞了，几个小时后还是没能写出一个字来。那个冷漠无情的光标在蓝色的屏幕上不断地闪烁，它就像横在马超越前进道路上的一柄寒气逼人的剑。在抽了好几根闷烟之后，他想给严格格打个电话。马超越想，小说写不出来，追求爱情的脚步还是得想办法迈出去。还在医院上班时，马超越就把严格格的电话号码牢牢地记在脑海里了，只是他从未打过。

为了使自己头脑清醒，思维敏捷，马超越喝了一杯浓茶。接着，他拍了拍还依稀残留着青春痘的脸庞，清了清嗓子，尽量让内心保持平静。马超越拿出手机，小心翼翼地拨着每一个数字。这串长期储存在脑子里的数字对马超越来说具有无限的生命力，他对它们充满了感情，仿佛每一个数字都关系到自己的未来。但是，拨完后他并没有立即按接通键。

马超越发现自己的心跳急促得快要承受不了了，沸腾的血液强劲地冲击着他的心房。他删除了那些数字，把手机放在桌子上，又抽起烟来。抽烟的同时，马超越把刚才一直在练习的幻想中的对话又在心里默默地了练习了好几遍。嗨，你好。这是马超越特别设计好的问候语，他想用亲切的口吻拉近与对方的距离。抽完烟后，马超越摸了摸胸口，心跳正常了。他又拿出手机，开始拨那串号码。可是，大拇指僵持在接通键上了。马超越又打起了退堂鼓。打不打这个电话？他的心里做着激烈的思想斗争。

这个夜晚，马超越最终还是没有听见严格格的声音。他再一次放弃了。他已经记不清这是第多少次临阵退缩了。自卑、怯懦，以及沉积在内心深处的颓败，迫使马超越有种难以承受的昏厥感。

失落、郁闷与惆怅交织在一起，马超越陷入了时间的泥潭，夜晚显得特别漫长和伤感。他关掉电脑，关了手机，坐在漆黑的夜里，让冷漠的夜色浸满全身，渗透整个身体。马超越感觉自己就像是一具尸体，飘忽在药水里面，摇摇晃晃。

2

第二天醒来时，马超越感到头重脚轻，轻飘飘的脚步使他感觉整个世界软绵绵的。他去厨房热了杯牛奶，吃了几个放了好多天的点心。渐渐地，他感觉舒服了些，便到门口取了当天的两份报纸。从医院辞职以后，马超越努力地追求着另外一种生活，为了尽量地使自己轻松起来，他订了两份报纸。尽管这两份报纸的内容粗俗不堪并且大同小异，但马超越依然看得津津有味。他想利用那些无聊的新闻来化解内心的积郁。接着，马超越泡了一杯茶，半躺在沙发上看起报纸来。慢慢地，太阳升起来了。春天的气息充斥着屋子里的每一寸空间，疲乏被和煦的阳光融化了。

马超越对现在并不惬意的生活感到十分满意，因为在过去的几十年里，他的生活一直充满了霉味。

马超越是土生土长的成都人，父母是一家医院的职工。爸爸是门卫，常年蹲在医院门口那个促狭的空间里。母亲是清洁工，忙碌的身影常年穿梭于太平间。马超越的童年生活非常单调、恐惧，大部分记忆集中在医院的门口和阴森的太平间。他没有多少选择，要么是陪父亲在门口散漫地盯着来往的病人和家属，要么是陪母亲在太平间里走来蹿去。更多的时候，马超越选择了太平间，因为他不喜欢脾气暴戾、行为乖张的酒鬼父亲。马超越的父亲身上常年弥漫着酒气，他的口袋里始终揣着一个小酒瓶，无论什么地方，只要想喝了，他就掏出瓶子，畅快地喝起来。更让马超越和他母亲无法容忍的是，他的父亲总是容易喝醉。很多时候，他都怀疑父亲是故意在装醉，然后借着酒劲发疯。那个猥琐、卑微、自私的男人一旦喝醉了酒，马超越和他母亲的日子就会陷入痛苦的泥沼。

母亲是个孤僻而不善言辞的女人，除了对马超越始终保持着温暖的微笑外，基本上都是板着一副面孔。多年以后，马超越才发现母亲竟然几乎没有对别的人笑过，压抑的情绪似乎使她脸上的神经坏死了。马超越总是跟在母亲的屁股后面，看着人们把一具具尸体抬进来推出去。那些曾经散发着温暖的身体，在太平间里就成了垃圾。有时候，工作人员就像丢一捆柴禾一样丢尸体。马超越看着面无表情的叔叔阿姨们，内心的美好与纯真就慢慢枯萎了。

对于马超越来说，太平间并不太平，因为这里还是父母之间战争的主要场所。每当他在太平间里闻到酒味时，就知道父亲来了。一场暴风雨即将到来。这时候，他会像只机警的老鼠，迅速匍匐在堆放尸体的床下。尸体散发的寒气和地板的冰凉透过衣服，直往马超越的心里钻。每次，马超越的父亲拖着醉醺醺的身体到太平间后，揪住母亲就是一阵狂打，手脚并用。马超越的母亲并不还手，她也知道不是这个丧心病狂的男人的对手。她任由他谩骂、撕打。这个命运凄凉、悲怆的女人从不向粗暴的丈夫求饶，即便是她因为疼痛而声嘶力竭地号叫。她仿佛在用倔强去维护自己的尊严。当马超越的父亲发泄完后，她踉跄着从地上爬起来，把儿子从床底下抱出来。她轻抚着马超越的脑袋，胡乱地在儿子身上掸几下，想抖掉满身的灰尘和晦气。然后，她把儿子搂在怀里，两颗破碎而冰冷的心紧紧地依偎在一起。

马超越的父母之间到底为什么会有如此恶劣而持久的战争？没有多少人能说得清楚。当马超越渐渐懂事之后，从人们的窃窃私语中，他听到了一种可怕的传闻。在那些长舌妇和无聊男人们的嘴里，那个在太平间里忙碌的女人，与一个烧锅炉的男人有着肮脏的关系。他们总是带着诡异的神色说，别看她一副良家妇女的模样，实际上却是个龌龊的女人呢。

第一次听到这些话时，马超越气得浑身发抖，他想拿着菜刀去割掉那些人的舌头。但是，他却将愤懑压制在心里了。马超越知道自己无能为力，他明白那将使事态朝另一个不可挽回的轨迹发展。他默默地回到了家里，看着沉默的母亲，眼泪在心里静静地流淌。无论人们的口舌如何毒辣，但马超越始终不相信那些流言蜚语。他几乎没有看见母亲与其他男人有任何过分的来往，更别提那些肮脏的行为了。可是，父亲的愤怒如汹涌的传闻一样袭击了这个平静的家庭。他就像一只发了疯的狗，歇斯底里的吼叫让年幼的马超越毛骨悚然。这个原本幸福、平静的小家庭，在以后的日子始终被一层无形的阴霾笼罩着。

在马超越的记忆中，家庭给他的印象是男人与女人的战场，而不是温暖的港湾。父亲的残暴、乖戾与母亲的隐忍、哭泣，就像一张密实的网，紧紧地罩住了他的心灵。漫无边际的忧伤抹杀了天真，马超越开始变得越来越孤独、寂寞、麻木与冷漠。

马超越在漫长、沉重的回忆里跋涉了很久，当他回到现实时，春日的阳光有些害羞地躲进了云层。他看了看遥远而深邃的天空，又想起了他的小说和喜欢的严格格。这部小说就像兴奋剂，马超越一想起它就会血液奔腾，心跳加速。小说的内容化成一串串文字，在他的脑子里波涛汹涌地翻滚，一次次地撞击马超越的头颅。但是，让他感到矛盾与失落的是，他依然无法真正地将小说写出来。与此同时，美丽而性感的严格格掀开了马超越封闭已久的心灵，点燃了他对女人和爱情的渴望，但他却没有勇气去追求。春天来了，马超越却依然生活在寒冬。爱情和小说都是马超越难以逾越的一道坎，焦虑的情绪在他的身体里来回迁荡。

　　这天上午的后半段，马超越进行了彻底的反省与总结。他非常清楚这部小说和严格格对自己的重要性，所以他义正词严地告诉自己，这两样一个都不能少。为了自我督促，马超越还制定了详细的计划，用一些具体而刻薄的数字将他接下来的日子进行了安排。在马超越的构思中，这部小说至少要写十万字。他想尽量在一百天写完，那么，一天必须写一千字。按照他的打字速度，一千字最慢也只需要一个小时。马超越摸了摸额头仔细地想了一下，他认为这应该比较轻松。至于追求严格格，马超越制定了最朴实也是最有效的战略，约她出来吃饭，把之前的同事关系向情人关系推一步，然后找个合适的机会向她表白，一切就水到渠成了。

　　做了这样的安排之后，马超越感到全身轻松了许多。他到卧室里去照了照镜子，发现自己脸上的笑容竟然那样明朗与灿烂。马超越耸了耸肩，暗自握了握拳头，浑身充满了力量。接着，他点了根烟，愉快地抽了起来。吐烟圈的时候，马超越想，抽完这根烟就去写小说。昨天夜里的失败随着烟雾消失了。

3

　　抽完烟，马超越打开了电脑，又开始写那部让他既兴奋又头疼的小说了。

　　马超越给这部小说赋予了太多的功能和重要的意义。在产生写作冲动的那一瞬间，他就想利用这部小说来改变自己的生活，寄望于这部小说能让他内心平静和充满希望。小说内容与马超越的真实生活有关，但却不是自传小说。在他的构思里，小说的内容与马超越的经历完全相反。尽管这部小说的写作让马超越陷入了无法自拔的彷徨和痛苦，但他无时无刻不在为写作感到冲动。马超越认为写作的过程就好像是女人怀孕，艰难而充满了幸福感。每当他遇到困难时，耳朵里就会回响起婴儿的哭声，嘹亮而充满生机的声音给了他无限的动力。马超越在小说中重新安排了自己的人生，他期待着自己能像呱呱坠地的婴儿那般获得重生。

小说中的马超越不会有苦涩的童年和灰色的记忆，他生活在一个宁静、和睦、幸福的家庭，爽朗而干净的笑声是这个家庭的主旋律。小说中他的父亲依然是医院的一名门卫，但却是一个性格乐观的丈夫和父亲。尽管生活举步维艰，但却笑对生活。这与真实生活中马超越的父亲简直就是天壤之别。但是，这些美好的勾勒却是海市蜃楼。马超越父亲的脸，就藏在海市蜃楼的背后。无论马超越怎样躲闪，他都会看见那张扭曲的脸。

真实生活中，马超越的父亲把粗暴、残忍贯穿了他短暂的一生。那个难得与儿子说几句话的男人，几乎利用了所有的机会在儿子面前说妻子的坏话。过去的几十年里，父亲的怨恨始终充斥着马超越的耳朵。他的口气哀怨、愤怒，唾沫星子和牙齿摩擦的声音混合在一起。情绪激动的时候，这个眼神倔强的男人还会用挥舞手臂来表示心中的委屈和愤怒。但是，马超越一直在父亲面前保持着相同的表情。这个被父亲心里无中生有的沉重压迫的小男孩，过早地失去了灿烂的笑容，面对父亲的喋喋不休，他总是低垂着眼睑，嘴唇紧紧地闭着，目不转睛地看着灰色的地面。多年以后，马超越依然没有搞清楚，父亲为什么会在年幼的自己面前诉说一个成年人的苦恼。

马超越还记得院子里那条幽僻的小路，两旁种植着他至今也叫不出名字的树木。因为没有人护理，树木的枝丫肆无忌惮地伸向路中间，偶尔会挡住路人。一些素质比较低的人直接把垃圾从楼上丢下来，挂在交叉的枝丫上。所以，当人们走在路上时，偶尔会有一只干瘪的安全套或者一棵白菜头砸在脑袋上。

这条散发着潮湿与恶臭的小路，承载了一部分马超越灰暗的童年记忆。无论春夏秋冬，只要马超越有时间，他的父亲就会抓住时机，像个怨妇一样述说着他作为一个男人在尊严上所受到的屈辱。尽管时间已经过去好多年了，但是，父亲嘴里那些恶毒的话马超越依然没有忘记。他一直在努力将那些记忆丢进垃圾桶，或者抛在风中。可是，马超越越是想忘记，记忆却越是清晰。

马超越的父亲总是这样开头，他说，你知道，作为一个男人，怎么能容忍这样丑陋的事情呢？马超越的父亲说的是妻子和那个烧锅炉的男人偷情的事。这个陷入迷途和羞辱的男人说，我真没有想到她是这样的人，看起来那么朴素、诚实、贤惠，实际上却在背地里干见不得人的勾当。你知道，一个男人最记恨这种事了，谁愿意忍受自己的女人跟别的男人睡觉啊？

不谙世事的马超越跟在父亲的身后，父亲嘴里散发的酒气让他有点头晕。他叹了一口气，心里在默默地为母亲辩解。马超越知道这个终日沉溺于酒精的男人肯定是哪根神经错位了，不然怀疑与猜忌不会像原子弹爆炸一样在他的身体里产生巨大的威力。他知道父亲是在诬陷母亲，但他不知道父亲为什么会这样做。马超越心里非常清楚，那个纯真的女人用辛劳在为这个家庭做着不可磨灭的贡献。但是，他没有把这些话说出来。他知道一切都无济于事。马超越继续跟在父亲的身后，忍受着他带刺的唠叨。

酒气越来越浓烈，马超越知道父亲的情绪越来越激动了。他听见一个带着鼻音的声音传了过来。那个声音说，我不知道那个烧锅炉的男人哪里好，我不知道我哪里不好。作为一个女人，应该检点自己的行为，不要给她的男人丢脸，不要给她的儿子丢脸。马超越心里一惊，他知道父亲很圆滑地就把他也拉了进去，让自己参与了这场残酷的战争。那个声音继续说，你想啊，这些事情如果传到你老师和同学那里去了，别人如何看你呀。别人会笑话你的，会瞧不起你的。马超越的心跳越来越剧烈，呼吸也愈加急促。父亲的话让这个很在乎别人眼光的小男孩感到惶恐，浑身起满了鸡皮疙瘩，一连串恶臭从胃部直往喉咙里冒。

在马超越所构思的小说中，情况却截然相反。小说中的父亲总是带着他的宝贝儿子出现在某个游乐场，那个看起来有些羞涩、笨拙的男人，会想方设法地与儿子一起游戏。马超越认为，作为一个父亲，无论生活有多艰难，他的脸上都会绽放着淡定、从容的笑容。男人，必须用大海般的胸怀去容纳一切，包括痛苦与幸福。可是，虚构的作品在真实的生活面前总是显得那样卑微与不切实际。每当马超越正襟危坐地准备写小说时，真实的生活就会爆发出无穷的力量，摧毁他原本缜密得天衣无缝、无懈可击的构思。这令马超越很懊恼。但是，他又不得不接受这个无情的现实。

　　还是没有写出一个字，马超越比以前更加愤怒。离开电脑时，他狠狠地砸了一下鼠标，把真皮椅子使劲地推倒在地。马超越掀开窗帘，望着深远的天空。天空寂寞得连一只飞鸟都没有。马超越又想起了严格格，根据计划，他今天要把她约出来。马超越想跨出这艰难的一步。想到这里，他顿时紧张起来，颤抖的手让烟灰散落一地。

　　马超越喝了一杯咖啡，他希望这样可以使自己更加清醒。然后，他做了一个深呼吸，果敢地拿出了电话号码，毅然地拨了出去。通了，对方立即接了。马超越亲切说，嗨，你好，我是马超越。严格格的声音从听筒里传了出来，她也亲切地说，嗨，你好。

　　严格格温暖的语气让马超越感到意外，他有种被幸福击中的快感，脸红了，头晕了。接下来，他和严格格在电话里说了很多话。马超越是个木讷的人，平时话比金贵。但是，这天他却口若悬河，没完没了地说了好几个小时。当他挂掉电话之后，才发现已是午后了，太阳正懒洋洋地向西边走去。马超越想不起到底跟严格格说了些什么，是否着急地向她表示自己的爱意。这使他心里空落落的。马超越感觉就仿佛是大醉了一场，醉酒状态下发生的一切都恍然如梦。好半天，他才彻底清醒过来。这时，马超越才想起刚才在电话里约了严格格，今天晚上他们要去看电影。

　　马超越开始为今天晚上的约会忙碌起来，他几乎把家里翻了个底朝天，把仅有的几件衣服试了又试，总想寻找一件增添自己魅力的衣服。可是，就算平时最喜欢的衣服，现在也看不顺眼。不是嫌颜色深了，就是嫌款式老了。三番五次地试穿之后，他选择了一件红色的衣服和一条白色裤子。马超越觉得这样的搭配让人显得年轻，他试图通过服饰来增添一些朝气。这套衣服是在曾经的一个女朋友的建议下买的，当时那个时尚的女孩说这样的颜色可以驱逐马超越心里的忧郁。听到这样的话，他心头一热，就买下了。可是，衣服买了没多久，他们就分手了。现在，马超越看着这套衣服时，心中有些懊悔，自责不该负了对方。这样想着，他意味深长地叹息了一声。接着，马超越洗了澡，剃了胡须，吹了发型。

一阵收拾下来，时间已是下午四点了，差不多就该出发了。但是，就在马超越兴致勃勃地准备出门时，他的情绪却波动了一下。突然，他有了临阵退缩的念头。

严格格住在医院的宿舍里，她在电话里让马超越傍晚六点去接她。再次返回医院是马超越打退堂鼓的主要原因。当初辞职时，他暗自在心里做了决定，绝不再返回这家医院。出生在医院，成长在医院，又在医院里工作了几十年，他对医院里的空气感到极度厌恶。现在一想起来，还会有恶心的感觉。按照马超越当初的想法，彻底摆脱原来沉重的生活，以一种更轻松、健康的心态去追求严格格。可是，生活如今却跟他闹起了别扭。这是一个令人啼笑皆非的悖论，要想追求严格格，现在首先要做的就是违背当初辞职时的意愿重新返回医院。

算了，不去了。马超越在一瞬间产生了这样的想法。但是，他又立即做了自我否定。严格格的音容笑貌一下跳进了马超越的脑海，她就仿佛是一个巨大的磁场，无穷大的吸引力牵引着他。经过无数次失败，马超越对爱情和女人保持着强烈的渴望。渴望化成了无限的动力，并打败了潜藏在心底的怯懦。他决定冲破心灵的枷锁，做一次灵魂的救赎。嗯，就这么决定了。马超越拿定了主意。顿时，他感觉轻松了许多，身体变得轻盈起来。

4

马超越住在平安大街幸福巷 66 号，离他曾经工作的医院有一个小时的车程。马超越带着复杂的心情踏上了返回医院的路。坐在公交车上，他木讷地望着窗外的景物从眼前滑过，记忆的碎片在脑子里飘飞起来。这个时间不堵车，大半个小时后，马超越就到了医院。他看着大门上那几个老态龙钟的字，心情非常复杂。

在医院门口伫立了几分钟，他小心翼翼地走进了医院，走进了过往的岁月。马超越曾在这家陈旧与萧条的医院工作、生活了几十年，在一成不变的日子里，他始终像一条游魂一样出现在人们的视野里。人们看马超越的眼神总是掺杂着各种杂质，好像他的脸上贴着格格不入的标签。马超越对自己封闭的心灵没有半点疑惑，但他并没有改变的冲动和愿望。在属于自己的世界里，他觉得很平静，一切就像结了冰的湖面。直到有一天，严格格的出现让马超越冰封的心产生了温暖的涟漪。

离开医院好几个月了，马超越希望找到物是人非的感觉，但是，这里却是一切如初。曾经居住的那幢楼依然哭丧着脸，斑驳的墙面让人心生苍凉。高大突兀的树还没有完全焕发出春天的气息，空气中依稀残留着冬季的悲怆。路过以前的办公室时，马超越只是拘谨地抬头望了望，然后作贼似的跑开了。他害怕被人认出来。

严格格早已等候在宿舍楼下，看来她对这场约会很期待。她穿着一套粉红色的衣服，孤独地站在那里，神情落寞地盯着手上那个蓝色的皮包。看得出来，严格格也特别地梳妆打扮了一番。尽管马超越和严格格曾是一个办公室里的同事，但是，带着某种目的的约会还是令马超越惴惴不安。在离严格格还有五米左右的距离时，他停了下来，脸上淡淡的笑容有些变形。马超越找不到合适的话说，于是他说了一句废话。他说，你好，我没有迟到。说完他就后悔了，这不是在说她不懂得矜持、太过主动而早到吗？幸好严格格当时心里也有点乱，没有发现马超越无心犯下的错误。她笑了笑说，走吧。

春日的余晖下，飘荡着各种药水味道的医院里，一个男人和一个女人带着尴尬的神色走在狭窄的路上。这段并不长的水泥路见证了马超越第一次用心追求一个女人的心情。生疏和紧张让他们保持着一定距离，除了偶尔的眼神接触之外，并没有太多交流。更多的时候，他们都盯着路边被灰尘覆盖的万年青。马超越想加快速度，尽快离开医院。他尝试着走了两大步，却发现严格格并没有跟上来。于是，他又放慢了脚步。这一切进行得悄然无声，但马超越还是感到无比紧张和忐忑。他害怕严格格看出了自己的心思。

走出医院后，马超越像一条鱼一样张大嘴巴呼吸着外面的新鲜空气。他暗自感到高兴，觉得终于走完了这段艰难的路程。他抽了抽鼻梁上的眼镜说，我们去看电影吧。严格格说，好啊。马超越又说，是去太平洋影城呢，还是去紫荆电影广场？严格格说，你决定吧。马超越做了决定，那就去太平洋影城吧。严格格点了点头。

交流突然中断了，马超越陷入了慌乱。他在脑子里搜索着各种话题，企图接上刚才中断的交流。在目光掠过天空时，马超越发现暮色已经飘忽在头顶上了。于是，他说，时间不早了，我们先吃饭吧。严格格又点了点头。

在医院附近，有一家名叫勾魂面的面馆。马超越和严格格一起吃了勾魂面，然后坐出租车来到了太平洋影城。原本只是二十多分钟的车程，马超越却感觉用了两个小时一样。他不知道该与严格格说些什么，气氛又尴尬起来。好在出租车司机是个活泼开朗的人，他主动与这对客人聊起了刚刚在成都发生的一起严重的车祸。话题结束时，汽车也就到了太平洋影城。

到底看什么电影，一道难题摆在马超越面前。这段时间，除了《色·戒》，他找不出什么好的影片。但是，马超越又不好意思主动提议看这部话题电影。他害怕严格格误会自己有什么不良企图，或者是在暗示什么。正在马超越犹豫不决时，严格格说话了。她说，要不就看《色·戒》吧。也许是为了掩饰某种东西，她补充说，我是梁朝伟的影迷。这句话很大程度地缓解了马超越的尴尬，他笑了起来。马超越说，我不仅是梁朝伟的影迷，还是汤唯的影迷呢。他的情绪越来越高了，他说，我看过汤唯演的《警花燕子》呢。严格格附和着笑了起来。在他们谈笑时，电影票已经买好了。

尽管《色·戒》是眼下的话题电影，又是大导演李安的作品，但是马超越还是没有静下心来欣赏这部卓越的影片。后来，他能记下来的，竟然真的是那几场激情戏。看电影的整个过程中，马超越的心里有一个想法始终摇摆不定。是否要急着向严格格表达自己约她出来的目的呢？这让马超越焦头烂额。他害怕操之过急，又担心错失良机。在这种举棋不定的焦躁中，电影就结束了。

马超越和严格格几乎是按照之前来的路返回到医院里。他又一次带着矛盾和负罪的心情走进了医院。在严格格的宿舍楼前，马超越深情地向她挥了挥手，看着她摇曳着身体消失在夜色里。楼道里的声控灯一路亮了起来，然后又一路暗了下去。最后，马超越神情黯然地转身离开了。

回家的路上，马超越才将故意隐藏的兴奋显露出来。上楼的时候，他甚至像个刚刚得到老师奖励的小孩子，欢快地跳了起来，脚步声在夜里显得格外响亮。进屋后，幸福的感觉弥漫了整个房间。马超越吹着口哨冲了杯咖啡，双脚放在茶几上悠闲地抽着烟。他开始回忆今天晚上与严格格相处的每一秒钟，此刻，他才发现她的举手投足都是那样美丽动人，她脸上的酒窝格外灵动与温暖。尽管相处的大部分时间都是夜色朦胧，但他还是从她的眼眸中看到了喜悦的光芒。马超越掐灭了烟屁股，双手托着腮帮想，成功就在前方。

无处不在的兴奋与幸福让马超越有了写小说的冲动，于是，他打开了电脑。不过，情况并没有因为自己追求严格格初战告捷而有所改善。马超越坐在电脑前，依然无法将那些精妙、美好的构思写出来。他神情呆滞地坐在电脑前，任由构思的片段在脑海里自由飘荡，它们一次次地冲击着他的脑门。在构思里，那个慈祥的父亲会带着儿子去某个地方旅游一次，这将是马超越要浓墨重彩书写的内容。一家三口亲密地出游曾是马超越梦寐以求的事情。记忆中，马超越最羡慕同学甜蜜地讲述外出旅游的情景。他们总是绘声绘色地描绘漂亮的风景、富丽堂皇的宾馆，以及让马超越垂涎的各种游戏。这些美好在马超越的记忆中从未出现，取而代之的是父母之间的隔阂、仇视和无休止的战争。

　　无论时间怎样流逝，马超越也无法忘记那场在太平间里激烈的争吵和打斗。那是个沉闷的夏日午后，偶尔有几声闷雷从远处传来。那天是星期六，马超越孤独地坐在太平间走廊的尽头，等候着随时降临的瓢泼大雨。这个城市有些时日没有下雨了，闷热的天气让人受不了。在暴雨来临之前，马超越的父亲就来了。马超越看见父亲摇晃着像是被酒精浸泡过的身体出现在走廊里，他叼着一根快要燃烧到嘴皮的烟，粗声大气地吼道，李素芬，把钱给老子拿出来。

　　李素芬就是马超越的母亲。为了控制父亲的酗酒和赌博，马超越的母亲早已把家里的钱藏起来了。但是，这却给她带来了灾难。马超越看见父亲甩手就给了母亲一巴掌。母亲后退了几步，愤怒地说，要钱没有，要命有一条。话音一落，马超越的父亲的拳脚就飞了过去。他一边挥舞着拳头一边说，狗日的臭婆娘，是不是把钱给那个烧锅炉的野男人了？或许是马超越的母亲承受不了这般猛烈的暴力，她用嘶哑的声音说，给野男人用也不给你这个狼心狗肺的东西用。接着，在走廊尽头等着暴雨的马超越听到了一阵更加惨烈的哭喊声。

尽管马超越听见母亲承认了她有见不得人的秘密，但是，他不会相信那是真的。马超越清楚那是母亲迫不得已采取还击父亲的话，这或许是她能采取的唯一方式了。渐渐地，咆哮停歇了。那个发泄完毕的男人又踉跄着走出了太平间。后来，母亲蓬头垢面地来到马超越身边，把他搂在怀里，失声痛哭。多年以后，在马超越构思的小说里，他费尽心思地改变了这种令人绝望的场景。他把地方挪到了三亚或者丽江，灿烂的阳光代替了太平间里的阴森，一家人其乐融融地欢度美好时光代替了血雨腥风的战争。只是，马超越想以此来改变自己阴郁的性格和悲观的情绪却是一相情愿的事情。美妙的构思没有让他获得丝毫快乐，更为严重的是，他始终不能把这些构思写出来。

关掉电脑，马超越进了卧室。没有开灯，他就坐在黑暗里让思绪随意飘飞。马超越想起了《色·戒》，想起了女主人公的身体与灵魂。电影的画面像风一样飘进了他的脑海里，一股暖流在身体里来回迁荡。马超越的喉咙上下滑动了几下，他轻轻地喊了一声，严格格。伴随着这声轻轻的呼唤，楼下传来了一阵猫叫声。每年春天，总会有无数只春心荡漾的猫用缠绵悱恻的声音表达着自己的内心。

马超越对猫叫春的声音有种莫名的亲近和感动，他羡慕那些动物能够肆无忌惮地表达对爱和情欲的渴望。在猫的叫声里，马超越脑子里浮现的是《色·戒》中那几场酣畅淋漓的激情戏。渐渐地，激情戏中的两个人换成了马超越和严格格。血液开始在马超越身体的每一个角落奔腾，他受不了了。他跳上床，蜷缩着身体。马超越的手慢慢地伸向了下体，春天的夜色开始了剧烈地震荡。一股神秘的力量在他的身体里挣扎。后来，那股力量冲破了肉体，释放在孤寂的黑暗中。

5

马超越的生活开始变得充实起来，如何写那部充满诱惑同时又令人伤感的小说，如何向严格格表达爱意并很好地呵护这段感情，这些就像空气一样填满了他的生命空间。只是，接下来很长一段时间，这两样都没有取得实质性进展。每当他坐在电脑前写小说时，身体内总有一种东西罩住了灵感，无论如何也写不出来。这令马超越非常茫然和忧伤。

唯一值得高兴的是，严格格并没有拒绝马超越。她仿佛每天都在等待着马超越的邀约，每次都会提前站在宿舍楼下等他来接。但是，在他们交往的时间里，严格格总是不厌其烦地谈论她工作中所遇到的事情。作为一个产科麻醉师，她在医院里总能听到一些令人啼笑皆非和潸然泪下的故事。这让马超越有种隐忍的抵触。他当初辞职时，就是为了彻底告别过去。但是，现在严格格总是让他们之间的交流充斥着过去的味道。马超越不想再与医院有任何瓜葛，可是，现在为了严格格，他却不得不又与医院纠缠在一起。马超越感到极度矛盾与痛苦。

这是一个难得的周末，马超越约了严格格去青城山玩。马超越对这次游玩抱着无限的希望，他希望这次相聚能让他们的爱情有一个巨大的飞跃。但是，后来严格格的喋喋不休完全破坏了他的雅兴。见面后，严格格就手舞足蹈地说了起来。她说，昨天医院里有个女孩，还不到十八岁，就从一幢高楼上跳了下来。"砰"的一声巨响，大家一窝蜂地跑了过去，只见血肉横飞，惨不忍睹。这个遭受感情厄运的女孩命大，居然没有摔死。但是，她却为此付了更为惨痛的代价。严格格停了停，接着叹息着说，她可能下半辈子都会在轮椅上度过了。

这样的故事马超越听得太多了，但他又不好表露自己的抵触情绪，只好附和着问，她为什么要跳楼呀？严格格脱口而出，她说被人玩弄了感情呗。严格格把她从病人家属那里听到的信息告诉了马超越。她说，那个可怜的女孩奋不顾身地喜欢上了一个年龄很大的老男人，对方信誓旦旦地要给她一个美好的未来。尽管女孩的父母坚决反对，但她还是义无反顾地投入了对方的怀抱。结果当然是残酷的，女孩怀孕了，老男人也消失了。那个多情而负气的女孩，在医院做掉肚子里的孩子后，就绝望地从楼上飞了下去。严格格说，我给她打麻醉时，她一直默默地流着眼泪。

严格格的话让马超越又陷入了沉重之中，在去青城山的路上他几乎没有说话。严格格见马超越沉默着，她也没要改变这种沉默的意思，把脸扭向窗外，看着路边的景物飞快地消失在身后。渐渐地，她竟然在这段并不遥远的路程中睡着了。下车的时候，马超越已经没有了任何旅途的兴奋和愉悦。

在青城山玩了一天，马超越和严格格都感到异常疲倦，并不崎岖的山路消耗掉了这对男女太多体力。为了更好地休息，傍晚时分，他们就下山去都江堰找宾馆了。马超越对都江堰并不陌生，之前有一个交往了一个星期的女朋友就住在这里。下山后，他们很快就住进了一家看上去不错的宾馆。

在服务台登记的时候，马超越的内心又进行了强烈的挣扎。他想开一个房间两人同居一室，顺理成章地融化他们之间的距离。但是，马超越的心里又充满了矛盾。这种事情，他终究还是难以启齿。不过，严格格也没有准备给他机会。在马超越脑子处理矛盾的时间里，严格格已经把她的身份证递到他面前来了。她说，我想开个好点的单间，因为我失眠，需要安静的环境。马超越面对严格格突如其来的要求，竟然有点无所适从。他认为严格格大概是看出了自己的心思，所以当她要求要住单间时，马超越的脸上闪烁着尴尬的笑容。此刻，除了这种毫无意义的笑容，他找不到更好的方式来掩饰。登记完后，马超越逃向了自己的房间。

疲倦并没有消灭马超越的睡意，失眠像洪水一样泛滥起来，他的思绪颠簸、摇摆，找不到可以停泊的地方。严格格始终在马超越的脑子里徘徊，他想起了关于这个女人的一切。在相处的时间里，严格格给马超越留下了很多值得回味的瞬间和记忆。此刻，这个有些燥热的初夏的夜晚，它们就仿佛是一群捣蛋鬼，在他的脑子里翻来覆去地折腾。

马超越感觉越来越躁动和兴奋，他有些心猿意马，好几次冲动得想去敲隔壁严格格的房门。但是，每次都是走到门边又折返回来。他点了根烟，深深地吸了几口，浓烈的尼古丁呛得他狠狠地咳嗽了好一阵。不过，马超越越是要控制，藏在身体里的欲望就越强烈。他明显感觉全身肌肉在猛烈地收缩，沸腾的血液受到了阻碍。在冲动与克制的搏斗中，马超越用行动证明了克制的失败。顷刻后，他丢掉了烟头，以一种复杂的情绪走向了严格格的房门。

"咚"，敲了一下，马超越又把手缩了回来，拘束地垂在那里。他不知道脑子里在想什么，各种情绪乱成一团。但是，这并没有改变他继续向前的冲动。马超越的手又抬了起来，接着，响起了一连串急促的敲门声。严格格沉闷的声音从房间里传了出来，她问，谁呀？马超越说是我。简单的一问一答，然后门开了。马超越有些不相信自己的眼睛，严格格穿着一件透明的睡衣出现在他面前。他的目光在最短的时间里从她的头发移动到脚跟，又从脚跟移到胸部。马超越的目光跟随着严格格胸部的起伏而跳跃起来。不知道过了多久，干燥的喉咙和炽热的脸庞把马超越从某种臆想中拉了回来。

马超越有些语无伦次，他说，我想你……我过来看看你，我想过来看看你。严格格说了一句什么，他没有听清楚。他向前跨了一步，随手把门关上了。严格格没来得及退步，于是，便与马超越保持着近得无法测量的距离。如果她仔细倾听的话，能够数得出马超越心跳的次数。

仅仅沉默了一瞬间，激情的碰撞就展开了。马超越一把抱住严格格，颤抖地说，你就是我这辈子要爱的人，我一定要得到你。接着他把整个脸埋在严格格的脖颈和柔软的头发里，沉醉于她的体香。严格格面对马超越突如其来的表白，先是浑身颤抖了一下，接着便急速后退，想要逃避。整个过程中，严格格没有说一句话，只是一味地躲避着马超越狂热的进攻。但是，后退的余地非常有限，她靠在墙壁上，冷眼看着对方步步为营地向自己袭来。

马超越像一头狮子，毫无隐藏地展示着自己的狂野。他一个箭步冲了上去，双手搂着严格格，嘴唇向她那张白皙的脸倾斜。马超越想吻严格格，在很长一段时间里，他都为她那性感的嘴唇而失魂。可是，严格格的拒绝与马超越的进攻一样坚决而执着，她此刻变得泼辣、敏捷起来，脑袋左摇右晃，让他的嘴唇找不到目标。与此同时，她还用模糊、坚硬的语言在帮助自己的行动。严格格说，不要这样啊，你这是在干什么？到底在干什么？只是，她的声音被马超越的欲望和冲动淹没了。

马超越在继续进攻和追逐。这股气势汹汹的力量点燃了严格格的怒火，她突然变得凶猛和剽悍起来。严格格一把推开马超越，并愤怒地吼道，你这到底是什么意思嘛？马超越没想到她会爆发，身心都没有做好准备。所以，当严格格推了一把后，猝不及防的他竟然在后退中倒在地上了。他躺在地上，四肢摊开，狼狈的神情在昏黄的灯光里格外使人心生怜悯。马超越摇晃着脑袋，不断地叹气。

气氛尴尬，场面僵持。马超越和严格格在这个并不宽敞的房间里保持着他们双方都认可的距离。严格格有些后悔和尴尬；马超越有些懊恼和歉疚。但是，除了呼吸在空气中流淌以外，他们并没有任何交流。马超越和严格格都在等待一个合适的机会来化解尴尬与僵持。

　　半晌，马超越说话了。他从地上爬起来，一边拍屁股上的灰尘一边说，对不起，我可能有些着急。他顿了顿，补充说道，但你知道，我是爱你的。严格格的态度也谦和起来，她似乎发现这是缓和气氛的良好时机，于是向前走了两步，缩短了与马超越的距离。她说，没事，我明白。接着又补充说，也许是我不好。然后，他们四目相对，眼神做着一种无声的交流。几分钟后，马超越心灰意冷地出去了。只是，刚才严格格的眼神让他难以忘怀。马超越发现，严格格刚才的眼神里有他第一次看见她时的迷惘、不安、矛盾和忧伤。

6

　　从青城山回来，马超越陷入了长久的失落与惆怅，他没想到严格格会如此坚决地拒绝自己。经过一段时间的交往，从严格格对自己的态度中，马超越认为时机已经成熟，所以才刻意安排去青城山游玩，想借机示爱。当初马超越信心十足，认为这是水到渠成的事情。可结果却令他十分失望。马超越对严格格产生了抵触情绪，他开始怀疑这个女人是否真的值得追求。怀疑让他有些担心，他害怕与前几次一样，爱情还没萌芽就胎死腹中。与此同时，马超越也在自我检讨。这样的表达方式是否太冒进和有失风度呢？他无数次这样自我追问。但是，他却一直没有找到答案。在疑虑与彷徨中，马超越度过了一段艰难的时间。

这段时间里，马超越不知道该不该打电话给严格格赔礼道歉，以及重新打通他们之间通往爱情的通道。在失魂落魄的时候，他又开始写那部小说。可是，打开电脑，看着蓝色屏幕，脑子里比以前任何一个时候都乱。每当他要在小说里扭转自己人生里某些局面时，那些过往的记忆就会以一种势不可挡的力量冲进来干扰马超越的思路。马超越便使出浑身解数与它们搏斗，但他却从未战胜过它们。越是要忘记，记忆却越深刻；越是要改变，却越陷越深。这令马超越痛苦万分。这天，马超越没有走进小说，却又回到了过去。

记忆总是那样苦涩和令人悲痛。马超越父母之间的战争越来越激烈，最终是他母亲以死相逼才得以短暂的停歇。死亡的气息悄悄地逼进了那个破碎不堪的家庭。那是个寒冷的冬天，好多年没有下雪的成都，天空偶尔飘舞起几片雪花。那天傍晚，马超越放学回家后，发现院子里围了许多人。他隐约听到了母亲沙哑的哭泣，一股不祥的预兆在脑子里盘旋。马超越忙不迭地冲了过去，只见母亲瘫倒在地上，奄奄一息。他立即扑倒在母亲的怀里。母亲的怀里很冰冷，很僵硬，像一片冰雪地。悲痛迅速从马超越的心里蹿了上来，他号啕大哭了起来。马超越的哭声混合着母亲的哽咽，在这个空气浑浊的冬日里格外悲凉。

后来，马超越知道了这起突发事件的原委。在那个寒冷的冬日的下午，马超越的父亲再一次发疯，在家里掀起了狂风暴雨。那个可怜的女人再也承受不了无休止的屈辱，她准备以一种极端的方式结束自己的生命，告别这个冰冷的世界。在那场最激烈的争吵与打斗中，马超越的父亲动用了皮带、木棍、菜刀等工具。这个永远保持着沉默的女人，没想到丈夫会如此歹毒与残暴。她继续保持着沉默，但是却在沉默中做出了惊人的决定。

暴风雨之后，马超越的父亲又抱着酒瓶子出去了，狼藉、破碎的家中陷入了死寂。马超越的母亲找到了绳子，她想了结自己的生命。她把绳子拴在阳台上的那个铁钩上，把人生的希望撒在雾蒙蒙的空气里。马超越的母亲也迟疑过。她想起了儿子马超越，那个还未成年的孩子，没有了母亲的日子他该如何度过呢？谁来保护他幼小的心灵呢？矛盾和悲伤交织在这个绝望的女人心里。不过，悲伤此刻变得格外强大，它淹没了她所有生存的希望，就连对儿子的牵挂也阻止不了她对死亡的向往。于是，她把自己的身躯交给了那根绳子。紧紧勒在脖子上的绳子正在把这个受尽磨难的女人带向另外一个世界。

这时，一个过路的老人无意中抬头看见了马超越母亲的身子在阳台上摇晃。邻居们救了马超越母亲的命，打破了她终结生命和苦难的愿望。当马超越放学回家看见母亲坐在地上抽泣时，她脖子上的勒痕清晰可见。

这些记忆堵塞了马超越通向快乐的通道，在他构思的小说里，母亲的脸上始终挂着快乐与慈祥的笑容。只是，这仅仅是他构思的小说。现实的残酷消解了马超越任何追寻快乐的动力，哪怕是想通过虚构的小说来实现。这让马超越感到万分懊丧，当他看着那个打开的文档始终一片空白时，全身一阵猛烈的抽搐。

马超越愈加萎靡了，他消瘦的身影常常在小区里摇晃。在那条不长的巷子里，他不厌其烦地走来走去，似乎想在时光里寻找生命中遗失的美好。不过，尽管马超越日渐消沉，但却依然在思考着他和严格格的未来。他仔细地算了算，他和严格格有十多天没有联系了。他无数次提起过电话，但是，颤抖的双手最终没有拨通那串连通幸福和快乐的电话号码。马超越犹豫的原因，主要是觉得他在都江堰宾馆里的莽撞行为伤害了严格格。可是，他又不想把刚刚点燃的爱情之火扑灭。马超越想亡羊补牢，他想重新努力抱得美人归。

　　经过漫长的思考之后，马超越还是决定给严格格打个电话，化解他们之间的误会。电话是在一个阳光明媚的上午打的，或许，马超越希望明媚的阳光能够给他带来好运。打电话之前，他跟以前一样喝了一杯浓茶。这成了马超越给严格格打电话之前必做的一件事。

　　电话响了，但对方没接。等待在此刻变得格外漫长，马超越希望严格格的声音能够打断电流声，让等待充满温暖和情感。可是，他失望了，长长的"滴滴"声塞满了他的耳朵。马超越没有气馁，略微思量了一会儿，他按了重拨键。他不想就这么放弃。电话又通了，对方依然没有接，任由电话就这么懒洋洋地响着。这仿佛是对马超越耐心的考验。尽管马超越经受住了考验，但却依然没有联系到严格格。他把电话重重地砸在沙发上，就像被人掏空了心一样难受。阳光把房间照耀得通体透明，尘埃在阳光下肆无忌惮地飞舞。马超越面色苍白地斜躺在沙发上，摸了根烟抽起来。他长长地吐了一口烟雾，自言自语地说，不接电话也不挂断电话，这到底是什么意思？

　　接下来的几天，马超越每天都会不定时地给严格格打电话。

她依然是不接也不挂断，就那样保持一种奇怪的状态。马超越也没有停止思考，他在努力揣摩她现在的心思，只是一直没有结果而已。一天傍晚，马超越产生了一个奇特的想法，他想主动到医院去找严格格。这是最直接而有效的方式。既然电话联系不到，就要当面问个清楚。

在一个漆黑的夜晚，马超越悄然来到医院。天空没有月亮，星星也懒得出来鸟瞰人间，只有空气中浓重的药味直往鼻孔里钻。马超越走在医院里，就像一只蚂蚁在丛林里爬行。带着忐忑不安的心情，马超越来到了严格格的宿舍楼前。他停下了脚步，怔怔地望着她住的房间。房里还亮着灯，摇曳的身影在窗户上隐约可见。马超越盯着窗户上严格格的身影，心里乱糟糟的。这时候，他突然失去了勇气，不想再上去了。马超越害怕面对失望和失败的结局，他希望这种不确定性再长久一点，至少暂时可以获得心灵的宽慰。

马超越幸怏怏地走出了医院，默然地走在回家的路上。街边灯火迷离，初夏的天气让人们既保持着春天的惬意又带着夏日的洒脱。马超越什么也不想，简单而安静地走着。他希望就这样一直走下去，直到永远。

回家时已是夜里十二点了，马超越并没有任何疲倦。他一个人坐在客厅里抽着闷烟，思绪随着烟雾恣意飘荡。这个夜晚，他想了很多事情，包括以前交往的所有女朋友。她们一个接着一个地从马超越的记忆中跳出来，做着各种各样的表情。最后，严格格跳了出来。作为最后一个记忆符号，她长久地定格在马超越的脑海里。马超越仔细地回味着严格格的每一个细节，他觉得自己交往的女朋友当中，最喜欢的就是她了。至于喜欢她什么，他自己也说不清楚。只知道，她身上有某种特质吸引着自己。这时，马超越产生了一种强烈的冲动，他要给她打电话。

冲动使马超越没有任何后顾之忧，他拿起电话，熟练地拨了电话号码。让马超越意想不到的是，严格格竟然接了电话。他保持着一贯亲切的口吻，他说你好，我很想你。严格格的声音有些尖细和颤抖，她说，你好。她停顿了一下，很短暂。接着，她说，其实我也很想你，但是，我又不敢想你。

严格格的话让电话这端的马超越吃了一惊，他忙不迭地问，为什么？长时间的沉默。气氛让马超越憋闷得心慌。半晌，严格格才说，爱对于我来说是个悖论，渴望而又恐惧。马超越沉重地吼了一声，我不相信，你到底在胡说什么。严格格说，等我休息一段时间平复一下心情，然后找个机会给你说，好吗？她的口气绵里藏针，看似商量实则咄咄逼人不给人后路。马超越听出了她的意思，便极不情愿地同意了。

挂断电话，马超越陷入了极大的孤独之中。夜色和忧伤同时夹击着他，让他感到窒息。马超越想睡觉了，他希望用沉睡来忘记烦恼。他神情沮丧地来到卧室，走到窗前，准备拉上窗帘把自己完全封闭在一个填满黑暗的促狭的空间里。在窗帘即将完全合上的一瞬间，他发现对面那幢楼的一间卧室里有身影在晃动。从影影绰绰的图形看，马超越知道那对男女正沉浸在鱼水之欢中。他有些羡慕，有些嫉妒。在身体急速膨胀的同时，马超越在想着一个奇怪的问题：此刻，全世界到底有多少人正在享受男欢女爱呢？

7

在马超越清晰的记忆中，他的童年的后半段由悲伤变得索
然无味。根据他幼稚的判断，父母之间的战争必将旷日持久，
这使他忧心忡忡。为了尽早结束这种苦涩的生活，马超越想出
了一个自以为精妙的招数，让父母离婚。马超越并不认为这不
可能，他想这对艰难的夫妻应该到了分散的地步了。他们的关
系那样脆弱，一丝风都能把他们吹散。这个想法让马超越兴奋
不已，从此，他便开始了漫长的游说。

马超越向母亲说出了他的想法。他觉得母亲一直生活在屈
辱之中，想必她早就想脱离苦海了。他第一次规劝母亲离婚是
在一个飞舞着雪花的早上，说话时嘴巴里冒着浓浓的白雾。马
超越把母亲拉到一边，他说妈，我跟你商量件事，你千万别生
气啊。马超越神秘的口气让他母亲感到好奇，她说，那你说吧。
马超越便对着母亲的耳朵，用一种微弱得快要听不见的语气说，
妈，你跟那个酒疯子离婚吧。马超越的母亲愣在那里半天都没
有动一下，她没想到儿子会说出如此忤逆的话。半晌，她跳了
起来，那双长满老茧的、冰凉的手重重地拍在儿子的脑袋上。
她吼了起来，你这小崽子说什么呢？快给老娘说清楚，到底是
谁在使坏教你这些？

马超越一边躲着母亲的追打一边解释，他说没人教我，这
是我自己的想法。马超越东躲西闪，语气有些颤抖与飘忽。他说，
妈，你就离了吧，那个酒疯子有什么好的？这些年来，他除了
打人还会什么？你看我们家里从来都是哭哭啼啼的，不像别人

家里到处都充满了欢笑。

马超越的母亲还没有停下来，半真半假地追赶着儿子。她说，他是你爸爸，又不是大街上的酒疯子，你怎么能让这个家庭破碎呢？把这个家搞烂了对你有什么好处？马超越喘着粗气说，这个家庭早就破碎了。与其现在这个样子，我宁愿要一个更破碎的家庭呢。

这句话如一颗炸弹，爆炸后的世界一片硝烟和狼藉。马超越的母亲停了下来，眼睛死死地盯着儿子。她没想到年幼的儿子会有如此凄凉的想法。马超越也不躲了，他靠在陈旧、斑驳的墙上，一边喘气一边瞅着母亲。这对母子就这样简单而复杂地对视着，空气在两人之间凝固了。

突然，马超越的母亲一屁股坐在地上，呜呜地哭了起来。马超越对母亲突兀的表现既感到惊讶又觉得欣慰，他负气地认为这是母亲幡然醒悟后的表现。既然这样，让父母离婚的目的就快要实现了。马超越的脸上隐藏着得意的笑容，他仿佛看到了光明的未来。可是，母亲接下来的表现却让马超越不知所措。她说，离什么婚啊？都这么多年了，我都习惯了。他都坏成那样了，再坏又能恶到什么程度呢？马超越脸上的笑容悄悄地消退了，他鼓着圆圆的眼睛，纳闷地问母亲，难道你就不想过快乐的生活吗？马超越的母亲停止了哭泣，转而用一种哀婉的口气对儿子说，什么是快乐的生活？快乐的生活与现在的生活有什么本质区别吗？快乐又能怎样呢？马超越的喉咙被母亲的话堵住了，他没有回答她，眼神在水泥地上来回逡巡，仿佛在寻找什么。

马超越没想到母亲在离婚这个问题上表现得如此愚昧、无知和顽固，但是，他没有准备放弃。他认为母亲只是一时间没有适应这个敏感的话题，要不了多久，她一定会明白离婚对这个家庭是一种彻底的解脱。在接下来相当长的时间里，马超越成了一个喋喋不休的说客，抓住一切机会规劝母亲跟父亲离婚。那个受尽磨难的女人，无法理解亲生儿子为何会有如此荒唐的想法。她没有把儿子的话放在心上，她认为那不过是小孩子一时头脑糊涂说的风凉话而已。马超越的母亲依然艰难地在沉重的生活中匍匐前进，那个横蛮而粗暴的丈夫依然在她的生命中扮演着魔鬼的角色。

多年以后，马超越想起这些往事依然喟叹连连，父亲的跋扈和母亲的妥协、忍让在他的脑子里久久不能散去。他做了一个无聊的猜想，假如母亲当年和父亲离了婚，自己的记忆又会是什么样子呢？人生的轨迹又会朝着哪个方向前进呢？这样想着，马超越苦笑了。除了这种无谓的苦笑，他还能做什么呢？

已经进入六月了，天气闷热，空气中飘浮着让人心生厌烦的尘埃。无所事事的马超越成天窝在家里，在狭小的空间里踱来踱去。他的情绪越来越焦躁，像只发情期的蟑螂。这段时间，马超越猛烈地抽烟，烟雾的不确定性暗合了他的心情，增添了他的焦急。马超越依然在等待，他觉得生活中有些事情即将发生。

严格格还没打来电话，他们失去联系已经二十多天了。她说过，会找个机会与马超越好好聊聊。马超越想，那应该是对他们之间感情的一次梳理或者了结。要么是希望，要么是失望。带着某种期盼的等待是一种煎熬，马超越在这种煎熬中度日如年。他就像一个临盆的产妇，心里交织着兴奋、担忧，以及丝丝惧怕。有一天，马超越等不住了，迫不及待地给严格格打了一个电话。电话一响，严格格就没有给马超越机会，她用急切的语气对他说，等段时间好吗？等段时间我一定会给你一个交代的，好吗？电话这端，马超越默默地点了点头。

时间又过了很多天。十多天，或者二十多天。马超越终于等到了严格格的电话，但却没有收获一次见面的机会。电话响了之后，马超越一下就跳了起来。那串铭记在心的数字让马超越兴奋不已。他用颤抖的手指按下了接听键，手机里传来了期盼已久的声音。严格格用极快的语速问，你住在平安大街幸福巷子 66 号，对吧？

马超越没想到严格格会问自己的家庭住址，他一时间竟然不知如何回答。迟疑了片刻，他才说，对，平安大街幸福巷子 66 号。本来他还想说得详细点，比如外面有什么标志性建筑物，或者有哪些公交车。马超越以为严格格要到他家里来。但是，严格格把他的话堵在喉咙里了。她依然用极快的语速说，我给你寄了一封信，你看后一切就明白了。在虚无飘渺的声音中，严格格没有给马超越继续询问的机会。匆匆几句敷衍了事的祝福之后，她就挂断了电话。

马超越被严格格的举动搞懵了，他不知道她到底在说什么。他握着电话，呆呆地回味着严格格刚才说的话，才知道她用这种武断的方式结束了他们之间的交往。马超越听着听筒里"滴滴"的声音，感觉世界正以一种不可思议的速度在缩小。接着，他觉得自己的皮肤成了一张密不透风的塑料，胸腔里有股强大的气流正在使劲往外蹿，憋得人难受极了。

气温在这天突然变得闷热起来。但是，马超越看了一下天气预报，那个穿着绿色衣服的女播音员说，这个城市的气温只有 26 度。他在想，到底是自己的感觉错了呢，还是天气预报不准确。放下电话，马超越在屋子里来回走动，像只昏了头的苍蝇。有个问题一直在脑子里震荡，严格格怎么突然变了个人似的？马超越越想越觉得其中有些蹊跷，他想她是否遇到了困难？于是，便想打电话把她约出来详细聊聊。

电话通了，严格格接了，但交流却不太顺畅。马超越说，我还是想与你见一下面，有些问题需要与你当面交流。严格格说，所有问题都在信中给你说清楚了，你看后就知道了。或许是因为马超越有些激动，竟然一时语塞，不知如何是好。情急之下，他只得像个不懂事的孩子一样用横蛮的口气说，我还是想与你见面。本来，马超越还想表达作为一个喜欢严格格的男人，自己有责任和义务分担她的忧愁。这些话他在打电话之前就想好了。这既是他的肺腑之言，也是他讨好严格格的乖巧话。但是，严格格没有给马超越表达的机会。她打断了他的话，她说，我认为没有那个必要了。接着，严格格又补充了一句，真的没那个必要了。电话断了，一成不变的"滴滴"声使天气更加闷热起来。

天气越来越热，温度每天都在继续升高。马超越在焦灼与忐忑中等来了严格格那封伤感的信。信封很薄，但他捏在手里却感觉沉甸甸的。马超越神情严肃地看着信封，他在猜测信里到底会说些什么。好半天，他才撕开信封，看见了严格格的心声。

信是电脑打印稿，看得出严格格的态度很认真。马超越迫不及待地看了起来，只是，这封信让他的心情前所未有地沉重。

严格格在信中说，与你认识是一种极其微妙与充满矛盾的事情。我第一次到办公室报道时，就发现了你眼神里所包含的内容。那一刻，我有种说不出的激动。也许你会感到惊讶，其实，我知道你会追求我，但没想到你会如此急切。当我看到你那渴求而羞涩的目光时，内心感到温暖极了。不过，短暂的温暖被灵魂深处的悲伤和恐惧压制住了。你炽热的爱在我寒冷的心里，掀起复杂的波浪。我的身心承受不了。对不起，我不得不拒绝。只是，我不知道拒绝的方式是否太残酷了。

读到这里，马超越觉得屋子里顿时凉快了，似乎有股寒气从窗口飘了进来。他点了根烟，叼在嘴巴上继续读着严格格的来信。严格格说，我是个被阴影笼罩的女人，沉重的梦魇始终萦绕在我的心头。我始终无法忘记支离破碎的家庭和父母之间狼藉的感情生活，它们迫使我丧失了追寻快乐的动力。我渴望幸福，但又怀疑与惧怕幸福。从你闪烁的眼神里我清楚你跟我有着相同的心境，所以，我们就像是磁铁的同极，有着相同的磁性，但放在一起时却是互相排斥，无法合在一起。请原谅我的擅自揣测，如果错了，那对你或许是一件天大的好事。祝你幸福。

读完最后一个字，马超越的情绪开始暴躁起来，一种被戏耍的感觉在心里涌动。他觉得这是一个骗局，严格格在用低级的谎言来欺骗自己。马超越暗想，拒绝就拒绝吧，何必非得要编个谎言呢？他又反复看了这封信的最后几句话，觉得好笑极了。我们像磁铁的同极吗？马超越对严格格的比喻有些恼怒了。马超越脑子里闪烁着他和严格格交往的片段，很多曾经认为非常美好的记忆现在都变得可疑起来。他认为她从头到尾都把自己当成玩偶，只是自己太可笑，竟然痴心一片。

马超越越来越感到愤怒，一瞬间，怒火就在他心里燃烧起来。他愤怒地把严格格的信撕成了碎片，双手愤怒地一抛，六月的天空里立即便飞舞起了带着仇恨的雪花。马超越被纸屑包围了，他犹如置身于冰窖里，全身冰凉，瑟瑟发抖。突然，马超越"砰"的一声倒在地上了。半响，他才颤抖着说，祝我幸福？什么叫幸福啊？马超越挪了挪身子，恶狠狠地说了一句，狗娘养的幸福。

8

总有一根钢绳把马超越牢牢地拴在过去，时光又无情地回到了多年以前。在冗长的劝说中，马超越获得的只是母亲的怒骂、谴责。在那个善良的女人眼里，自己这个儿子算是白养了，他怎么能拆散父母和这个家庭呢？后来，马超越从母亲对自己的眼神里知道了自己的失败。于是，他做好了逃跑的打算。除了逃跑，他看不到希望。

那样的年纪，逃跑不是件容易的事。大概在马超越十五六岁那几年，他成天都在想着如何逃跑。尽管他挖空心思，但却从未想到满意的逃跑计划。在度日如年中，这个孤独的少年在读书方面表现得非常优异，竟然考上了大学。那年秋天，马超越带着浓浓的愁肠离开了家。但是，命运再一次捉弄了马超越。

他报的中文专业，却经过自由调配上了医学院。毕业后，原本想成为一名作家的马超越成了一名麻醉师，回到了令他感到忧伤的城市。

六月就快要走到尾声了，天气的闷热似乎即将达到极限。马超越把自己关在封闭的房间里，蓬头垢面的他一直在想着严格格。经过一段时间的思索，他看到了绝境中的转机。马超越认同了严格格的观点，他觉得她和自己是如此相像。这使他看到了希望。马超越天真地认为，既然我们都被过去束缚，那么，只要解除了严格格心中的枷锁，未来就是一片光明。马超越想强迫地把严格格拉上一条追逐幸福的路。

马超越在一个深夜做出了那个决定，只是稍微地迟疑了一下，他就自我认同了。接下来，他开始安排实施计划的各个步骤。当了几十年麻醉师的马超越想给严格格实施一个全身麻醉，接下来的事情就轻而易举了。做好这样的安排后，马超越狡黠地笑了笑。几天之后，他通过以前的工作关系，准备好了实施麻醉的全套设备。马超越心情复杂地盯着那些既熟悉又陌生的麻醉设备，他比任何一次为病人麻醉之前都紧张。

那是一个焦躁、冲动的夜晚，仿佛空气中的每一粒尘埃都在摩拳擦掌、蠢蠢欲动。马超越跨出了关键的一步，他坐车找严格格去了。一路上，他都惶惶不安，汗如雨下。路过合江亭时，他下了车。这里灯火辉煌。尽管天气燥热，但依然有不少情侣以各种各样的方式在这里进行情感交流。

合江亭位于成都市府河与南河的交汇之处，这里被男女们当作爱情圣地，结婚时都要到这里举行仪式，祈求婚姻幸福美满。

马超越孤独地走在合江桥上，映入眼帘的是一对对相拥相依的男女。他们肆无忌惮地做着各种亲昵动作。这使得马超越有些异样，他不知道该把目光往哪里放。不看他们，但眼睛又总是不听使唤；看着他们，自己又觉得不好意思。无奈之下，他只得低垂着脑袋，慌乱的目光木讷地盯着脚下朦胧的地板砖。一块，两块，三块……百无聊赖的马超越一边走一边数着地板砖。没过多久，他就折身返回，拦了一辆出租车，直奔今晚的目的地。

马超越带着复杂的心情来到了严格格所在的医院。走在医院的水泥路上，他被一坨鸟粪砸中。马超越摸着脑袋上的鸟粪，狠狠地骂了一句粗话。突如其来的鸟粪让马超越心里惴惴不安，但他没有停止前进的脚步。闷热的天气和慌乱的心情，使得他大汗淋漓，衣服裤子几乎全湿透了。很快，他便来到了严格格宿舍的楼下。马超越斜着眼睛望了望，灯是开着的，且有人影在晃动。上楼的时候，马超越还在想，都快到夜里十二点了，她怎么还没睡觉呢？她到底是个怎样的女人？现在，他才觉得自己对严格格的了解太少了。一长串关于严格格的问题塞满了他的脑袋，但是时间不允许他此刻去思考那些令人烦恼的问题。

几分钟后，马超越的脚步就停在严格格的门前了。他站在昏暗的走廊里，把心里设计好的程序温习了好几遍。马超越郑重地叮嘱自己，只能成功不能失败。

"咚咚咚"，敲门声在夜里显得格外诡谲。严格格沉闷地回应了一句，谁呀？马超越没出声，他害怕她听出自己的声音。"咚咚咚"，马超越又敲了三下。严格格紧张而急切地问，谁？马超越含糊地说，是我。他故意模仿了严格格认识的一位同事的声音。这时，马超越从门下边的缝隙处看到严格格房间里的灯比之前更亮了。根据推断，他断定严格格会开门了。果然，房门小心翼翼地裂开了一条狭窄的缝隙。马超越从未表现得如此身手敏捷，他一闪身就溜进了严格格的房间，顺手把门死死地关上了。

严格格对马超越的到来非常吃惊，并慌乱地推搡着他。严格格说，你怎么来了？这么晚了你找我干什么？马超越结结巴巴地说，我想，我们应该沟通一下。严格格的情绪越来越紧张、恐慌，她说，我们之间有什么沟通的？不是给你写信说好了吗？你干吗还来找我？严格格没有容许马超越解释，她斩钉截铁地说，出去，快给我出去。

马超越双手摊开，他在向她乞求一个说话的机会。不知道严格格是没有明白他的意思，还是她根本就不想给他机会。总之，严格格使出了吃奶的劲头，拼命地把马超越往门外推。马超越靠在门上，双手握住严格格的肩膀，与她做着激烈的纠缠。他没有想到严格格会如此强而有力。马超越用力地抵抗着严格格，短促的语言从他的嘴里挤了出来。他说，我们是可以相爱的，我们一定会有美好的未来。

但是，这些充满幸福的话被严格格的呵斥扼杀了。她说，快给我滚出去，再不出去我就要喊人了。

严格格这句话把局势推向了一个非常严峻和危险的境地。马超越见形势不好，情急之下抡起他的拳头朝严格格的脑袋砸去。砸了一下，见效果不好，接着他又补了两拳头，一拳比一拳的力量大。严格格翻了一个白眼，软塌塌地倒在地上了。

与严格格的纠缠耗费了马超越不少体力，看着她像只猫一样蜷缩在地上，他气喘吁吁的同时又享受着难以言说的快感。其实，他不想采取如此暴力的手段制服严格格，以至于事先准备的麻醉设备失去了作用。他取出那些毫无用处的麻醉设备，丢进了垃圾桶。折身回来，马超越看着躺在地上的严格格，身体里的血液逐渐开始温热、沸腾起来。他仿佛能够听见血液奔腾的声音。

马超越抱起严格格，走向了那张并不宽大的床。马超越神情肃穆地把严格格放在床上，小心翼翼地剥掉了她的衣服。在他的紧张与激动中，严格格一丝不挂地呈现在自己面前。他俯下身体，在她的额头和嘴唇上轻轻地吻了吻。马超越表现出了足够的温情，他认为每一对夫妻在做爱时都应该这样。他希望与严格格一起推动情感的流淌，但遗憾的是，她却一动不动地躺在那里，冷漠的表情使她看上去更像一具尸体。凝视良久，马超越迅速脱光了衣服，用沉重的身体死死地压住了严格格。

闷热的天气和激动的心情让马超越大汗淋漓，就像是洗了一次桑拿。马超越机械地从严格格的身体上滑了下来，他用僵硬的手为她穿好衣服。那些令人产生无限遐想的女人的内衣在马超越的手里格外调皮，以至于他费了好大的劲才将它们完好地穿在严格格受伤的身体上。穿好衣服后，马超越长长地吁了一口气，看着她脸上凌乱的头发，情不自禁地帮她理了理。当手指滑过眼角时，他隐约发现严格格的眼睛里噙满了泪花。这个发现令马超越惆怅不已。

突然间，马超越感到疲惫不堪，他便摸出一根烟在严格格这间狭窄的房间里抽起来。一根烟抽完后，他莫名其妙地感到失落、空洞。但是，短暂的空虚之后，心底的希望又如熊熊烈火燃烧起来。在决定破釜沉舟地做今晚这件事情之前，马超越信誓旦旦地认为，只要他和严格格之间的关系木已成舟，幸福就会水到渠成。那么，接下来等待自己的会是什么呢？带着失落与希望并存的情绪，马超越离开了严格格的家。回家的路上，马超越的心一直在"怦怦怦"地乱跳。

回家之后，马超越洗了个澡。他希望这样可以缓解激动、紧张和忐忑。但是，情况却完全相反，温热的水并没有冲走一切。马超越原本想洗澡之后就安适地睡一觉，迎接明天清晨的太阳。可是，此刻他脑子里的神经根根紧绷，它们挤走了睡眠。无奈，马超越来到客厅抽起烟来，一根接着一根。没有开灯，烟雾与夜色神秘地融合在一起，充斥着整个空间。严格格苏醒之后会有什么反应？他们之间的未来会沿着什么轨迹发展下去？这些问题一直在马超越的脑子里旋转。他做了无数个猜想，有的美好，有的残酷。越想脑子越乱，这使马超越感到烦躁不已。

带着空虚和寂寥，马超越打开了电脑。这个特别的不眠之夜，他特别地想写他那部始终还没有开头的小说。在构思中，马超越最终彻底地忘记了童年的阴影，冲开了心灵的枷锁，与心爱的女人一起徜徉在幸福中。在春光烂漫的季节里，他们走进了婚姻的殿堂，走进了新的人生。马超越曾为这个构思兴奋不已。但是，经过这么多事情之后，他依然写不出一个字来。小说中的幸福和快乐，依然模糊地存在于马超越的脑子里。

夜色渐渐稀薄了，黎明的曙光若隐若现。马超越耷拉着脑袋，木然地盯着电脑屏幕。他的思维近乎凝固了。这时，突如其来的电话铃声让马超越颤抖起来。他迅疾抓起电话，借着手机屏幕上闪烁的灯光，马超越知道电话是严格格打的。先前所有的猜测都会在通话的一瞬间得到验证，这使得他万分紧张。电话铃声停了，接着又响了起来。他想接，但又担心自己控制不了局面。响声在凌晨时分显得格外倔强，马超越的心渐渐开始软弱起来。在软弱中，他按下了接听键。

马超越一接通电话就听到了严格格咬牙切齿的咒骂，那些愤怒的语言犹如毒蛇的信子，穿过漆黑的夜色传到他的耳朵里，直往心窝里钻。他稳了稳情绪，耐心地说，你听我解释，我的意思是……严格格咆哮起来，她一字一句地说，我要告你，我一定要告你这个混蛋、畜生。说完，她决然地挂断了电话。

虽然电话已断，但严格格的声音依然在空气中恣意飘荡，弥漫了整个房间。马超越呆呆地坐在那里，恍惚间，他觉得整个世界都在摇晃。

1

罗马不知道雪是什么时候闯进了自己的生活，也许是懒洋洋的午后，也许是憔悴的黄昏。他依稀记得她进来时没有敲门，蓦然出现的她把他吓了一跳。罗马始终没有意识到一个女人会如此突兀地溜了进来。当时，他神情木然地盯着斑驳的墙壁，心里在诅咒着一个叫肖恩的落魄男人。那个离婚后一无所有的流浪汉每天都会到罗马的办公室报道，为他带回来自美国休斯顿的消息。罗马虽然人在成都，但心却一直牵挂着大洋彼岸的休斯顿。不知道为什么，肖恩今天迟迟不见人影。正在罗马心里感到失落与空洞时，雪进来了。

雪穿着一身绿色的连衣裙，所以当时罗马的意识里只觉得一阵绿色的风飘了进来。风中带着丝丝清香。这阵风和清香让罗马感到手忙脚乱，他浑身情不自禁地颤抖起来，血管开始慢慢膨胀并有种即将爆裂的感觉。罗马冲动地迎了上去，语无伦次地说，你回来啦，终于回来啦。这些言语就像夏天的蚂蚱那样兴奋。罗马的举动让雪目瞪口呆、无所适从，她收住了脚步，局促、警惕地看着罗马。她不知道这个男人到底想干什么。罗马似乎看出了雪的惊诧，条件反射地停了下来，怔怔地看着眼前这个既陌生又熟悉的女人。顿了顿，罗马说，雨，你总算回来了，回来就好。说着他又向雪靠近，并伸出手想要抓住她的胳膊。雪立即后退了几步，她镇定地说，罗马，你认错人了，我不是雨。雪的话如一场强烈的地震，把罗马从梦幻中彻底地震醒了。

失望与尴尬通过罗马的瞳孔散发开来，弥漫了并不宽敞的办公室。他屏住呼吸，尽量不使自己的失态表现得更为明显与严重。接着，他调动一切经验稳了稳情绪，并点了一根烟来掩饰自己的慌乱。几分钟后，罗马耷拉着脑袋重新坐到那把散发着浓烈的油漆味道的椅子上，吐了个摇摇晃晃的烟圈后，用颤巍巍的口气问，你找谁？

雪说，当然是找你。

找我？罗马干瘪的声音从喉咙里挤了出来。

是的。雪说，专程来找你的。

专程？

没错。

你刚才叫我罗马？你怎么知道我的名字？

我不仅仅知道你叫罗马，我还知道你很多东西。

哦？罗马的双眼慢慢地凸了起来。

突如其来的雪把罗马弄糊涂了，但她接下来的话使他彻底地掉进了疑虑与恐惧的泥潭，错愕的表情让这个身体有些发福的男人看上去像一尊老朽的雕像。尽管罗马没有显示出丝毫热情，但雪还是主动坐在了他的对面。她眼睑低垂，散乱的目光落在棕色桌子上那本布满灰尘的台历上。罗马的眼神不停地在雪的脸上和台历之间来回游荡，他在等待这个女人接下来的举动。大概五分钟之后，雪说话了。

雪说我知道你曾经是位教师，现在是名催眠师。她说，在学校里你是教数学的，思维缜密，逻辑能力超强。因为你出色的教学能力和迷人的外表，很多女生非常喜欢听你的课。但是，没有人知道你痴迷于心理学，并深深地陷入了对催眠的研究。不过，研究归研究，你并没有为人催眠过，也不想把催眠当作终身职业。但是，那年秋天，你却突然离开了学校，开办了这家心理诊所。

听完雪的话后，罗马表情呆滞，目光悬在半空中。不知是不是为了缓和气氛，雪唐突地补充了一句，我的名字叫雪。

雪简洁流畅的述说让罗马的心里感到恐慌，他仿佛觉得眼前这个女人是个侦探，受雇于某人来调查自己。这样想着，罗马的记忆迅速翻腾起来，他想给自己这种无趣的怀疑找一个准确的答案。但是，他最终又觉得不会有人这么做。罗马一贯低调，作为一个对心理学保持着高度兴趣并有所研究的人，他懂得如何与形形色色的人打交道。为此，他常常为自己感到自豪。他相信自己从未树敌，所以不会有人给他找麻烦。可是，这个酷似雨、对自己了解颇多的女人确实让罗马心里乱糟糟的。罗马觉得雪来者不善，而且一定带着某种不可告人的目的。这使得他急于要让事情水落石出，用真相换取内心的安稳，所以他迫不及待地说出了心中的疑问。

罗马说，你找我有什么事？

你是个催眠师，你觉得我找你还会有其他什么事呢？雪的语气很平静。

雪的话让罗马想起了什么，他抽了抽架在鼻梁上的眼镜说，你怎么知道我的办公地址，我从未在任何地方刊登过广告，也还没接收过任何病人，我相信成都市没有人知道这里。雪笑了笑，她说既然有这个地方，我就能找到。接着，她又说道，难道你不想让别人找到这里？这句值得玩味的话让罗马感到忧伤和迷惘，他只得给她一个没有实际意义的无奈的微笑。

就这样，罗马在这个美妙的春天与之前素未谋面的雪以一种奇特的方式认识了，在以后的很长一段时间里，他们之间保持着非常复杂与微妙的关系。这场相遇仿佛把罗马抛到了一个空旷的原野，让他感到前所未有的愁闷、孤独与无助。这些愁闷、孤独与无助所衍生的对生活与生命的思考，渗透到罗马的血管里，将永远伴随着他。

那天，雪没在罗马的办公室待很久。随后她起身离开了，临走时她对罗马说，我明天再来，我们之间就算从明天正式开始吧。罗马心中纳闷，他暗自想道，我们之间？从明天开始？但他没有将疑问告诉对方，只是机械地点了点头，没有任何语言上的表示。他的思维有点混乱，所以他又抽起烟来。

罗马原本不会抽烟，但雨离开之后，他就迅速成了一名烟鬼。罗马很喜欢被烟雾包裹的感觉，安全而又没有忧愁。抽了两口之后，肖恩就嬉皮笑脸地进来了。他坐在雪刚才坐的椅子上，顺手从桌子上的烟盒里拿了一根烟抽起来。罗马看着他瘦削的腮帮不停地嚅动，没有理会他，目光在那本台历上盘旋。咳嗽了几声后，肖恩说，罗兄你真不够意思，雨都回来了，干吗不告诉我一声，还让我在电视机前苦苦守候。罗马狠狠地吸了口烟，又长长地吐了出来。他用这种沉默的方式回答了肖恩。愚笨的肖恩没有明白罗马的意思，他无趣地补充说，我刚才在门外都看见她了。罗马使劲地掐灭了烟屁股，蜡黄的手指在烟灰缸里撚了又撚。他说，那不是雨，是与雨长得一模一样的女人。想了想又无奈地说，我也以为她就是雨呢。

肖恩看见了罗马的失落与失望，所以他默不作声地陪着他抽烟，一直到夜幕笼罩了这个鲜活的城市。罗马决定拉着肖恩出去吃火锅，他想犒赏一下这位老乡。肖恩与罗马的老家相隔不远，大概也就几公里路吧。几年前，罗马有一次急着外出，在找车的时候认识了开着一辆奥拓车拉客的肖恩。肖恩虽然有些笨拙与滑稽，但罗马觉得他是个善良而忠诚的人，而且与自己是老乡，所以他们的关系一直不错。罗马将这次隐秘的行动托付给肖恩，就足以看出他对肖恩的信任。

出了办公室，罗马开车顺着人民南路直接往南走，朦胧的街灯平添了罗马心中的烦忧。一路上，他没有与肖恩说一句话。罗马希望用这种方式调节情绪，以及酝酿接下来要做的决定。罗马不是个感性的人，但他每次都是很迅速地对某个决定做出最后的判定。穿过一环路口，过了体育馆不久，罗马的车右拐进了国荣街。这是一条神秘而悠长的巷子，罗马特别喜欢从这里穿过的那种无法用语言描述的韵味。几分钟后，他们来到了玉林的一家火锅店。玉林是罗马非常流连的地方，他觉得自己每次与肖恩吃饭仿佛都是在这里。

　　这天晚上罗马喝了很多酒，一杯接一杯地往肚子里灌。后来，他有点醉了，感觉脑袋有些麻木，视线也越来越模糊。在罗马的记忆里，他从未喝醉过。他总是懂得保持最后一丝清醒。但是，今天晚上他的酒量和自制力都打了折扣。

　　罗马放下酒杯，摸出了两根烟。一根给肖恩，一根塞进了自己的嘴巴。抽了几口后，罗马用商量的口吻对肖恩说，兄弟啊，你以后就别在电视机前守候了，我想提前结束这次任务，你看行吗？肖恩的眼睛瞬间亮了一下，他说我就知道雨回来了。罗马打断了他的话，他说，雨没有回来。疑问在肖恩的脸上泛滥起来，他说，那个女人真的不是雨？罗马一边点头一边吐着烟雾。肖恩的脸色立刻凝固了，他说，既然雨没有回来，我的工作就应该继续。见罗马没吱声，肖恩又补充说，难道你不想找到雨了吗？罗马摇晃着脑袋，他说，你错了，我当然想找到雨，但我不想再以这样的方式找下去了。

　　肖恩在等待罗马继续解释，但罗马的语言仿佛成了干涸的河流，在这里突然中断了，留给肖恩的只是荒凉的河床。然后，罗马频频举杯向肖恩敬酒，酒杯之间的碰撞仿佛在传达着什么。

　　两年前肖恩接受了罗马的委托，专门坐在电视机前看 NBA 休斯敦火箭队的比赛，因为罗马有一天晃眼看见雨与一个男人相拥出现在休斯敦火箭队的主场丰田中心。但是镜头一晃而过，他看得不是很清楚。这时雨去休斯敦学习已经三年了，三年中她完全从罗马的视野和生命中消失了。罗马一直在等待雨的消息，一个电话，一封信，或者是电子邮箱里冰冷的几行字。可是，他一直处在失望的状态中。当罗马在电视机前看见雨与一个男人一起看球赛时，他觉得这是一条难得的线索。尽管罗马知道这条线索最终的效果也近乎于零，但他不想放弃，毕竟这些年来他还没有找到任何一点与雨有关的蛛丝马迹。罗马不喜欢篮球，但他遇到了对 NBA 和休斯敦火箭队都感兴趣的肖恩。于是，一场漫长而遥远的监视与守候就开始了。可是，今天晚上罗马想终止这一切。这个想法有些唐突和莫名其妙，罗马不仅不能给肖恩一个理由，也无法说服自己。但他想就这么决定了。

罗马开着车穿越了成都的心脏，回到了东郊的住处。他住在平安大街幸福巷 66 号，一个宁静而安详的小区里。在迷离的灯火中，罗马的思绪回到了从前，钻进了久远的记忆里。那些与雨相濡以沫的日子如一丝丝夜色，顺着朦胧的灯光洒满全身。曾经的幸福与现在的落寞形成的巨大落差，让整个回家之路都显得寂寞和可怕。罗马感觉身心都被掏空了，自己就像一只飘荡的风筝。回家之后，罗马在寂静的客厅里坐了半个小时，然后他走进书房，拿出与雨的所有照片。他细数着与她共同度过的所有日子，也细数着她离开之后的伤痛。回忆带来的疲惫使罗马沉沉地睡了一觉，醒来后发现雨的照片散落一地。

2

罗马的心理诊所开在天府广场附近，从他家出发，如果不堵车，大半个小时就能到达。遗憾的是，这个城市老是堵车。如果某天不堵车了，你会有种恍然如梦的错觉。出门后，顺着府南河一直走，穿过合江亭来到人民南路路口，然后右转向天府广场方向行驶。在离天府广场还有几百米时，拐进一条名叫染坊街的小巷子，再朝右边走一段路就能看见一座名叫十三月大厦的大楼，罗马的办公室就在六楼。早晨凉爽的空气中撒满了微凉的风和油菜花一般的阳光，这也许是在暗示今天将是一个充满了无数变化的日子。罗马甚至想起了那句著名的广告词，一切皆有可能。这样想着的时候，他就到了办公室楼下。罗马把车子停在那堆垃圾旁边。这个简陋的停车场里总是摆满了垃圾桶。即便是寒冷的冬天，这里也是苍蝇的乐园。罗马从车子里钻出来时，一群苍蝇就在他的脑袋周围乱舞，他感到有点恶心。罗马几乎每天都是这样在厌恶的情绪中开始一天的生活。

办公室简单而陈旧，屋内没有盆栽，窗外没有风景。心理诊所开业已经大半年了，却没有一个病人前来就诊。罗马并没有想出任何办法改变这种门庭冷落的局面，甚至在主观上他也没想着要改变。当初开办这家诊所，似乎也只是为了开始一种与以前不一样的生活。他仿佛已经习惯并爱上了这种百无聊赖的日子，每天在办公室里抽烟，看报纸和杂志，间或想些乱七八糟的事情。但是，今天不一样，他知道有个病人要来，心里到底还是有点期待和忐忑。充满神秘色彩的雪让罗马觉得自己的生活随时都会发生改变。

在等待的时间里，雪的样子始终在罗马的脑海里跳跃。罗马觉得这太不可思议了，雪怎么跟雨长得如此相似呢？清癯的脸庞上镶嵌着仿佛通过特殊工艺加工过的眼睛、眉毛和鼻子，小而性感的嘴唇配上这张脸简直无可挑剔。但是，自从看见雪的第一眼，罗马就知道她的眼神里暗藏着无法言说的忧伤与怅惘。罗马向自己坦白，自从见到雪之后，她的影子就一直萦绕在脑海里，就像空气一样包围着自己，哪怕在昨天晚上的梦里。昨天晚上罗马做了一个梦，他不知道梦里是雪还是雨。在梦里，罗马紧紧地抱着一个女人。她柔软而温暖的身体让罗马心旷神怡。他依稀记得自己在梦中就那样一直抱着那个女人，直到丝丝阳光飘进房间。

雪是在上午十点或者十一点过来的，那天罗马忘记了时间概念。她换上了一套白色的衣服，并戴了副墨镜，看上去更加神秘莫测和充满了距离感。罗马对她说了声你好，雪的嘴唇轻微地翕动了一下，半天才说出了那句对不起。接着她说，整个晚上都没有睡觉，精神状态很糟糕。罗马的反应让自己都觉得惊讶，他紧张的口气中带着无限关切。他说，你失眠这么严重？雪轻轻地说，是呀。他们的谈话就从失眠这里展开了，随后进入了一片广阔的空间。那天，雪找到了一个千载难逢的机会和对象，把她内心的秘密全部抖了出来。罗马成了一个认真的倾听者，整个过程除了间歇性地提几个关键问题，他几乎没有说什么。雪一本正经地说，这是我的秘密，之前从未对任何人说起过，也确实找不到人说。

雪说，我出生在东郊的一个大型企业家属院里，并在那里度过了最美好、纯真的岁月。罗马没有听清楚她说的那个企业的名字，但他没有询问她。他不想影响她的思路。雪说，我的父母都是企业的职工，过着普通而幸福的生活。在雪十八岁那年，她在小区里遇见了一个男孩，并深深地迷恋上了他。后来，在经过无数次人为制造的邂逅之后，雪与那个名叫付永恒的男人走在了一起。他是一名教师，在一所中专教数学。结婚五年后，雪提出要去美国休斯敦留学，付永恒没有任何异议，全力支持她。但是，去休斯敦的路也成了她的背叛之路，成了雪与丈夫的决裂之路。

休斯敦？罗马轻轻地问。

是的。雪说。她皱了一下眉头，补充说道，在休斯敦，我成了一个灵魂的罪人。

雪说她在休斯敦一所大学读书，主修美国当代文学，业余时间在一家快餐店里打工，日子过得紧凑而丰富。后来，她因为一段莫名其妙的感情而坠入了痛苦的深渊。寂寞而多情的雪在遥远的休斯敦喜欢上了一个美国男人，并很快与他同居了。在那段激情燃烧的日子里，雪完全忘记了自己是个有夫之妇，尽情地享受着情感带给她的欢愉。但是，灵魂的拷问总有一天会到来的。当她遭受到遗弃而冷静下来时，雪才知道自己行为的肮脏与可耻。反省与煎熬并驾齐驱，狠狠地折磨着雪，并最终将她击垮。

后来，雪将自己在休斯敦这段恋情定性为灵魂的背叛，她觉得自己的感情世界被污染了。所以，忏悔才充斥着她的心房，灵魂救赎感才那样强烈。伤心欲绝地度过了半年，雪伤痕累累地回到了成都。但是，她固有的生活被打乱了，曾经拥有的幸福成了泡影。雪的丈夫不知道从哪里知道了她在美国的事，这个脾气暴躁的男人对她进行狂风暴雨的肉体摧残后就失踪了。在差不多大半年时间里，雪都在寻找丈夫。她听说他开了一家心理诊所，成了一名催眠师。雪长长地叹了一口气，她说我忘了告诉你，我那早已没有踪影的丈夫对心理学非常感兴趣。我觉得他从未认真教过书，或者说他以教心理学的方式在给学生们教数学。

他对心理学很热衷？罗马问。

雪点了点头。她说，但我从未想过他会成为一名催眠师。

罗马陷入了焦灼的沉思。他的思绪就像天上变幻无穷的云朵，翻滚的感觉让人心慌。过了好一阵子，罗马才从恍惚中醒来，他问，你刚才说你丈夫失踪了？

雪沉默了。半晌，她才含着眼泪说道，他早就离开我了。雪说，事情发生后，我的内心仿佛是被砸进了一块巨大石头的湖，尽管湖面随着时间的流逝慢慢平静下来，可石头却永远地沉到了湖底，死死地压住每一根血管。在每个沉寂的夜晚，良心的谴责和心灵的忏悔如一柄锋利的刀，一次次割裂我的心脏。我开始反思自己过去的行为，那在情欲的支配下做出的莽撞而愚蠢的事成了我永远无法卸掉的包袱。失眠与噩梦成了我生活的主题。我要么整夜失眠，要么整夜做噩梦。它们就像一对商量好的魔鬼，交替纠缠着我，从不给我轻松与快乐的机会。后来，死亡的气息就像毒蛇的信子一样在我的眼前晃来晃去。我在冥冥中感觉有一股邪恶的力量把我往死亡的悬崖推。

你有自杀的倾向？罗马问了一句他自己都认为很无聊与愚昧的话。

雪用迟疑中带着妥协的表情给了罗马准确的答案。

接下来整个办公室的空气都凝滞了，雪好像也一口气把话说完了。她的眼神又落在那本台历上。为了不让雪发现自己的紧张与拘谨，罗马抽起烟来。刚点燃，雪就把手伸了过来，示意她也要抽。罗马看着她修长的手指，再一次想起了雨。雨那双天生就是为弹钢琴而生的手曾让罗马无比迷恋，只是她不会抽烟。雪抽烟的姿势很生硬，看得出来她不常抽。雪好像知道罗马看穿了她的心思，忙不迭地解释说，原本不会抽烟，但经历一场浩劫之后，在一夜之间就上了瘾。接着她又自我解嘲道，只是动作没有你那么潇洒。这是罗马认识雪以来第一次看见她那样轻松与诙谐。

　　浓浓的烟雾从两个人的嘴巴和鼻孔里喷出来，把办公室里的空气弄得浑浊与朦胧。罗马看不清雪的脸，他在苦苦思索着如何治疗雪的心理疾病。罗马开始盘算着如何为雪催眠，这让他心里很紧张。如果雪的眼神能穿透层层烟雾，她一定能发现罗马的手在微微地颤抖。尽管罗马一直对催眠感兴趣并一头扎了进去，但他却从未将催眠理论付诸实践，还没有真正为人实施过催眠。现在突然要给一个与失踪的妻子一模一样的女人催眠，他真的不知道如何应付。在接着抽第二根烟的时候，罗马做出了决定。按照罗马的性格，他不打算临阵退缩，所以他对雪说，这样吧，从明天开始，我开始为你催眠。顿了顿，他又补充说，我保证不会让你失望。罗马想利用一个晚上做并不算充分的准备。但是，雪的回答却让罗马啼笑皆非。

　　雪用淡淡的口气说，我不需要你催眠。

　　罗马哑然。在半信半疑中他只得把手中的烟送到嘴边，并亡命地吸了一口。沉思了片刻，罗马带着惶惑的眼神问，既然不用催眠，你又何必来找我呢？

雪笑而不答。罗马记得这是她第一次露出笑容，嘴角轻轻地翘了翘。

罗马显得很急躁，他迫不及待地问，你这么费尽心思地找到我却不需要催眠，难道有什么其他企图？

也许会有比催眠更好的方式和办法。雪的话如风一样飘进了罗马的耳朵里。

罗马没有说话了，但他的任何一丝表情和明亮的烟火都是在向雪传达心中的纳闷。雪没有让罗马等待太长时间，很快她就向他表露自己的真实想法。她说我的事情不是催眠能解决的，但你能帮助我。雪深深地吸了一口气，接着她说，我也就不兜圈子了，我想通过你帮我找到我那失踪的丈夫。只有找到他，系在心中的死结才能打开，刻在心里的伤痕也才有可能被抚平。

我能帮助你找到他？罗马问。

雪说，你能。

凭什么？

因为你们都是催眠师。雪说。

你觉得我一定会帮助你？

雪说，我相信。

罗马觉得这一切真是太荒唐了，他认为雪的话实在是逻辑混乱，不合情理。但是，他没有厌恶和否定雪提出的建议和要求。罗马在心底告诉自己，坚决地拒绝这个来历复杂的女人。但是，另外一股神秘的力量却压住了这个念头。罗马用安静的表情接受了雪的提议。后来，他平静地看着雪走出了办公室。临走时，雪说，那我们就从明天开始吧。

从明天开始？罗马差点笑了出来，但刚刚启动的嘴唇却又拘谨地闭上了。他用还捏着半截香烟的手向雪的背影挥了挥。

3

罗马这个夜晚是在煎熬、期待与迷糊中度过的。他知道过了今晚，自己就即将开始一趟奇特的旅行。陪一个前来就诊的病人寻找丈夫，这难道不是滑稽可笑的事吗？这个年轻的催眠师失眠了，他开始怀疑自己能否陪雪找到她的丈夫。但是，罗马却不后悔自己的决定。或许是自己这些年来太寂寞与落魄了，所以总是期待生活中的任何一丝奇迹。罗马这样自我解嘲地想到。可很快他又否定了自己。他拍了拍脑袋，雨的音容笑貌浮上了心头。是的，罗马承认了，他愿意帮助雪，是因为她与雨长得太相像了。有那么一瞬间，罗马怀疑雪就是雨。

第二天天气阴霾，阴冷潮湿的空气似乎在暗示着什么。失眠让罗马的身体非常疲倦，眼睛里布满了血丝。如果不是要帮雪完成那个莫名其妙的任务，他会蒙着头睡到天黑。罗马有过从头天晚上睡到第二天晚上的经历，那是在他已经预感到雨在休斯顿已经把自己抛弃后的那一段时间。当时，万念俱灰的罗马仿佛被人抽走了脊髓，成天无精打采，昏昏沉沉。但今非昔比，罗马现在必须在约定的时间赶到办公室。

这天真的有些不顺，因为合江亭有堵车的迹象，于是罗马在九眼桥拐弯上了一环路。他平时从不走这条路线，今天的交通状况暗合了罗马的心情，意外和新奇仿佛是罗马今天必须面对的主题。刚刚走过磨子桥，车就堵住了。在离数码广场不到一百米的地方发生了一起车祸，长长的车流让人有种窒息的感觉。

烦躁的罗马开了收音机，但是他却没有以往的好心情，所以无论听什么都觉得是噪音。把所有波段都换了一遍后，罗马怒气冲冲地关了收音机。他神情沮丧地蜷缩在车里，眼睛像两个摄像头一样在寻找某种东西。尽管受角度的限制，所涉及的范围十分狭小，但他却收获了意外的惊喜。罗马恍惚中觉得旁边那幢居民楼的阳台很熟悉，似乎是自己梦中的景物，而且与雨有关。他闭上眼睛，仔细搜寻自己曾经做过的梦。那些梦中的事物就像过江之鲫，"扑腾扑腾"地涌了过来。可是，罗马却没有找到与此相对应的记忆。

正在他冥思苦想时，手机的响声让他不由自主地哆嗦了一下。雪来电话了，她早已到了罗马的办公室楼下。听说路上塞车时，雪也在电话里表示了她的无奈，轻轻的叹息清晰地传到了罗马的耳朵里。结束通话后，罗马的目光又游到了阳台上。罗马的脑子里出现了奇特的幻觉，他觉得自己在与雪通电话的间歇做了一个梦，梦见自己与雨在阳台上紧紧地拥抱。罗马感觉这个梦很美妙。一直到车祸处理完毕，交通恢复通畅，他都在回味那个美梦。

雪今天又换了一套衣服，粉红色的，充满了活力，阳光的感觉让灰蒙蒙的天空也改变了颜色，渗透着丝丝明亮。他看不见她脸上有任何忧愁与伤感，不像是一个灵魂负累并失去丈夫的女人。这让罗马感到诧异。一天换一套衣服使雪给人的感觉更加神秘和遥远，她的变化让罗马难以应付。他原本想通过她的穿着打扮和言行举止来猜度其内心，很明显罗马的计划落空了。难道她看穿了我的用心，故意用频繁更换衣服和闪烁其词来与我周旋？罗马这样猜想到。这个乏味的想法让他心里充满了惆怅。

今天，首要的事情就是商讨寻找雪的丈夫的具体方案。昨天夜里，这事没有少折磨罗马。罗马对这个城市里关于心理医院和诊所的了解近乎为零，至于催眠师，他也只认识自己一个。事实上，很多时候罗马都在怀疑自己是不是催眠师，怀疑当初为什么要开办这个心理诊所。他在这种自我怀疑中度过了大半年，每天就一个人坐在办公室里孤独地面对斑驳的墙壁和木讷的电脑。唯一能让罗马打起精神的就是听取肖恩的报告，尽管他从未带来过任何好消息。所以，当罗马答应雪为她寻找丈夫时，他的心里是空洞而荒芜的。他仿佛来到了一个漫无边际的荒原，或者杳渺的沙漠，不知道自己的脚该往哪个方向迈。于是，罗马只有将希望寄托在雪身上。很显然，他的想法是那样简单而幼稚。雪比罗马更茫然。这天上午，罗马和雪坐在办公室里一筹莫展。他们都没有想到，第一步竟然如此艰难。

不过，罗马和雪都不是愚蠢、无知的人，他们绞尽脑汁后，还是想出了两个他们认为比较合适的方案。第一个方案是罗马想出来的，他准备在报纸上刊登一则广告，把雪描绘成一个急需要催眠而找不到合格催眠师的人。他想用这种发英雄帖的方式把雪的丈夫引出来。罗马认为这种引蛇出洞与守株待兔的方式不错。但雪不这么认为，她说这种方式太过高调以及充满了荒谬感。雪认为应该搜遍全成都的心理诊所，采取广撒网然后逐渐收缩的策略，揪出一个人应该不是什么难题。尽管罗马不赞同这个方法，但他也没有反对。后来，雪用戏谑的口吻说，那我们就看一看，谁的方式奏效。

在《成都都市报》上刊登了一则广告后，罗马带着雪就马不停蹄地开始在全成都查找心理诊所。对于罗马来说，这真是一个天大的难题，他对这个行当真的不熟悉。但是，他从没有一丝懈怠，心中有一股莫名的力量在支持着他向难题挑战。尽管如此，十多天过后，罗马还是一无所获。

让罗马惊奇的是，雪不知从哪里获得了不少丰富的线索。那天早上，雪把记录在一个蓝色笔记本上的资料摆在罗马面前时，他惊得目瞪口呆。数十家心理诊所的名字、地址和联系电话都详尽地罗列在上面。密密麻麻的字如蓝色海洋里盘根错节的植物，让罗马头晕目眩，有种迷失方向的感觉。罗马用怯懦与尴尬的语气问，你怎么弄来的？雪说这很容易。这个回答让罗马无地自容。他不再想说什么了，颓丧地倚在椅子上，不知道接下来该如何是好。

雪似乎在炫耀她的智慧，接下来她为寻找之路做了周详的安排，并形成了非常正式的文案。这份详细的计划书精确到雪和罗马什么时候出现在什么地方，拜访哪一家心理诊所。罗马感觉自己掉进了某个陷阱。雪说，根据她的直觉，首先应该从西边着手，然后分别是南边、东边和北边。罗马没有问她为什么，他没有勇气跟雪交流了。他在心里做了决定，跟着雪走就是了。

计划开始实施了，他们之间的关系也悄然发生了变化。每天，雪兴致勃勃地带着罗马穿梭在成都的大街小巷，从一幢大厦里出来接着又走进另一幢大厦，结束一次询问之后又开始下一次询问。但是，罗马觉得雪在做事的时候总是心不在焉，活像是走过场。这真是单调、枯燥极了。罗马感觉自己不是在帮助雪，而是她带着自己在了解成都这个他已经很熟悉的城市。在极度烦闷的时候，罗马甚至用恶劣的方式嘲笑自己，他认为自己就是雪手中牵着的一条哈巴狗，在雪与人谈话的时候偶尔说几句，就像是摇摇尾巴撒个娇迎合一下主人而已。

更让罗马感到惊讶的是，他发现雪的重点不在寻找丈夫上，通过某些细节，他发现她把重点转移到自己身上了。尽管很多时候她有点遮遮掩掩，欲说还休。这个发现让罗马惶惶不安，他觉得不尽快解开这个谜团，他的生活就会立即转入另外一个自己无法掌控的轨道。于是，在一个无聊的夜晚，罗马和雪坐在玉林一家火锅店里吃饭时，他决定要详细地与她谈谈。可是，还没有等到罗马开口时，雪却先下手为强，主动给他丢了一杯重磅炸弹。

雪喝了一口啤酒后问罗马，你现在还是单身？

罗马的情绪立即摇摇欲坠起来，他该如何回答她呢？单身吗？可自己在名义上是有妇之夫，只是结婚证上的女主人公雨如今杳无音信。不是单身？可自己明明已经孤独地生活好多年了。万般无奈之下，罗马只能耍了耍嘴皮子，他说，你觉得我是不是单身呢？

你既是单身又不是单身。雪不假思索地说。

正在抽烟的罗马差点被呛得咳嗽起来，这个回答真是无比精确与天衣无缝。但罗马没有去挖掘这个答案背后传达的信息，他为这个答案感到悲凉与哀伤。是的，罗马这些年来为自己摇摆不定的身份和处境感到惶恐。在那些心烦意乱的时刻，他觉得自己等待雨的目的就是她能帮助自己确认现在的身份，消除他的模糊与飘荡的感觉。不过，罗马并没有承认雪的说法，他用虚伪的表情和闪烁的言语与她保持着一定距离。

你怎么有这种想法？罗马问。

关键是我说的对不对？雪说。

罗马突然失去了语言表达能力，雪步步逼近的气势使得他只能龟缩在一个自我营造的氛围里。他把脑袋深深地垂下，以为这样容易把接下来的时间消磨掉。但雪并不领情，她开始像摆弄自己的化妆品那样抖搂着罗马的隐私和秘密。更为关键的是，她说得那样直白、鲁莽和精确，没有给罗马留任何回旋的余地和辩解的必要。

雪说，你和一个叫雨的女人结婚已经十年了。十年不短了。你们的婚姻可以以五年为界限分成两个阶段，且前后两个阶段有着本质上的区别。前五年，你们一直生活在一所中专学校里。作为一个教师家庭，夫妻两人过着平静而幸福的生活。如果说这阶段还有遗憾的话，应该是你们没有孩子。但你们俩内心里达成了惊人的一致，从未去任何医院做过检查。或者说，你们好像都没有养育孩子的要求和打算。走到第五年年末时，雨提出去美国留学，你没有任何异议。事实上，你是个上进并有着梦想的男人，你支持所有为梦想而拼搏的人。随后，雨去了休斯顿。只是，她的梦想等于你的创伤。五年里，她就仿佛从地球上消失了一样，没有给你任何消息。所以，你们婚姻的最后五年实际上是你一个人在生活。而且，雨的背叛改变了你，使你告别了学校，开办了心理诊所，成了一名催眠师。雪斜着眼睛瞟了瞟罗马，接着她说，有一样东西贯穿了这十年，永远没有改变的是你对催眠的痴迷。

罗马感到羞愤与恼怒，但他始终没有发作，尽力把一切不快压抑在内心，保持着一个男人的尊严和风度。这种仿佛被人用 X 光穿透肉体与心灵的感觉，使他感到血脉在急速倒流。罗马想尽快镇定下来，所以他不停地喝酒、抽烟。

这天晚上雪和罗马都喝得有点多，后来她想陪他回家，但被拒绝了。罗马说我是有妇之夫。雪说可你现在是单身啊。罗马说，我有结婚证的束缚。雪说，除此之外，你却是自由与健康的，不应该拒绝一个女人。两人就这样用醉醺醺的口气半真半假地调侃着，可罗马最终没有让雪陪他回家。罗马顺着一环路把车开到了牛市口，他看着雪踉跄着下了车，然后坐上出租车走了。罗马不知道雪住在哪里，雪也不知道罗马家在何处。在夜色中呆了片刻，罗马醉眼蒙眬地驾着车朝平安大街幸福巷66 号奔去。

4

没有任何人主动与罗马和雪联系，说明报纸上发的英雄帖没有起到丝毫作用。这让罗马的心里滋生出了一种挫败感。与此同时，他们的实地寻找也没有实质性收获。不过，这却让罗马对催眠这个行当有了更多的了解。至少，他每天都会陪着雪去两三家心理诊所，与形形色色的自称催眠师的人有一句没一句地聊天。这或许是罗马唯一聊以自慰的了。但是，时间永远是抹杀激情的最好武器。没过多久，新鲜感没了，罗马就如同行尸走肉，执行着一种莫名其妙的、机械的程序。

这天，罗马陪着雪去了东门。在二环路上的一家心理诊所与一个更年期女人聊了半个小时后，他们都有点饿了，便到旁边的奥斯特生活广场吃饭。这个刚刚诞生的广场在相对沉寂的东门得到了人们的热捧，这里总是人流如织。只要你的眼睛不那么偷懒，稍微睁得大一点，一定会让你眼花缭乱。罗马点了夫妻肺片，因为雪说她好多年没有吃这道四川名菜了。她说，吃不到家乡菜时的感觉仿佛总是在提醒自己处于漂泊的状态。现在，她想从味觉上感知自己生活的状态。罗马并没有被雪这种新奇的观点所吸引，他的脑袋机械地转来转去，就像在执行某种特殊任务。生活总是让人哭笑不得。这个风和日丽的上午，罗马看见了令他感到荒唐、无奈与愤懑的一幕。

就是那么一刹那间，大概也就五六秒钟时间吧，罗马看见肖恩与一个熟悉的身影亲密无间地从门口走了出去。他们好像是手牵手，又好像是相互搂着腰且旁若无人地一路扭了过去。罗马看了看身边的雪，便确认那个身影是雨。怒气就快要冲开他的脑门了，罗马风一样冲了出去。可是，他没有在川流不息的人流中看见肖恩。更别提雨了，空气中一丝她的气息都没有。罗马在心里默默地发誓，一定要揪出肖恩和雨。这个想法刚刚冒出来，他就感觉身边全是肖恩和雨的身影。这些重叠的身影如同强大的旋涡，把罗马包围住。罗马呆呆地站在那里，气急败坏的他感到胸腔快要爆炸了。他咬牙切齿地骂了一句，狗日的肖恩。

返回餐厅时，雪平静地坐在那里，悠闲地喝着可乐。她并没有问罗马到底发生了什么，仿佛一切都在她的掌握之中。甚至，她笑着要以可乐代酒敬罗马一杯，感谢他这些天的努力寻找。虽然罗马接受了她的敬意，但他明显感觉这是一种嘲笑和挑衅。直到他们分开，这天罗马始终黑着脸。他似乎忘记了身边的雪。

回家的路上，罗马一直在给肖恩打电话。肖恩的电话竟然停机了，这是罗马万万没有想到的。自从罗马不需要肖恩以一种另类的视角关注着休斯顿火箭队的比赛后，他们之间再也没有通过电话。这两个来自同一个地方的男人，在同一个城市保持着最遥远的距离。联系不到肖恩，急躁的罗马用最快的速度把车开回了家。他想找一个宁静的地方，让自己的愤怒充分地燃烧。

回家后，罗马找遍了他知道的脏话，把肖恩的家族全部咒骂了很多遍。这仅仅是愤怒燃烧的开始。接着，罗马以一种自虐的方式开始了他的发泄。他把家里所有东西都砸了，玻璃的碎片和飞舞的尘埃很好地配合着罗马的情绪。这些年里，他一直保持着家的完整性，依然是雨离开之前的样貌。可现在罗马觉得没有必要再这样傻了，他想用破坏来换取内心的快感和平衡。报复是痛快的，但痛快之后却是更加巨大的痛苦。这个夜晚，罗马通宵未眠。他把自己浸泡在酒精与尼古丁里，他想这样或许好过点。实际上，酒精和尼古丁都无济于事。痛苦依然如毒蛇一样缠绕着他，折磨着他。

接下来的几天，罗马看似在陪雪找她丈夫，实际上却是在苦苦寻找肖恩。他有时候像个便衣，在拥挤的人潮中东张西望；有时候像个卧底，在雪的身后悄悄地拨打肖恩的电话号码，好像要向他报告雪的情况。无论怎样，罗马都处于虚无缥缈的失望与失重的状态中。这样的状态一直持续了很久，好像是一个月，也好像是两三个月。

时间很快就到了五月，空气中似乎已经潜藏着令人躁动的因子，火热的太阳偶尔会跳出来展示一下它的威力。罗马跟在看似从容的雪身后拜访完了蓝色笔记本上记录的所有心理诊所，然后灰溜溜地回到了办公室。几个月下来，无论是雪的策略还是罗马的方案，都是竹篮打水一场空，等待他们的结果都是令人畏惧的空白。罗马和雪在一个黄昏承认和接受了这样的结果。虽然他们都没有太多失望，但淡淡的忧愁还是盘桓在他们的心里，久久不能散去。所以，罗马和雪一直沉默地待在办公室里。在烟雾朦胧中，罗马发现雪在偷偷地观察着自己。为了显示自己的镇静，罗马一直保持着木讷、呆板的神情。

在夜幕完全遮盖了大地，城市变得妩媚与暧昧时，雪提出去南门一家火锅店吃饭。雪说，我想请你吃饭，认识你这么久了，才发现一直都是你请我。说这话时，雪紧绷着脸，并没有开玩笑的意思。然后，他们走进了黑夜里。

罗马小心翼翼地驾驶着他那辆快要报废的汽车，这个二十四小时都堵车的城市此刻依然喧闹、嘈杂不已。上了人民南路之后，汽车就慢得像只蜗牛，到一环路路口时，就用了大半个小时。但罗马和雪都没有任何抱怨，他们都默默地盯着前方，尽量避免目光的正面接触。过了一环路路口，道路比先前畅通了一点。在美领馆那里，雪接了一个电话。通话时间很短，罗马没有听清楚她是否说是打错了，或者是以其他方式结束了这次通话。从表情上看，雪有些不耐烦，合手机盖时用力很大。突然，罗马加快了速度，一溜烟就拐进了另一条黑黢黢的巷子。穿过人南立交桥后，用了二十分钟就到了雪说的那家火锅店。

这顿饭吃得很缓慢与冗长，他们就像两个无赖，在细细地观察每一道菜以发现其中的问题并以此抵赖用餐的费用。从人声鼎沸到顾客稀疏，火锅店到最后只剩下罗马和雪了。雪喝醉了，尽管她念叨着自己没醉。在稀稀拉拉的胡言乱语里，她还在一杯接一杯地喝。这个夜晚，她没说太多话，酒成了她与罗马交流的唯一道具。

罗马从雪酒气冲天的话语中知道了她的具体住址。他怀疑她是主动说给自己的，她都醉成那样了，怎么还能口齿清晰地把一长串文字完整无误地说出来呢？或者，她根本就是假装醉了。罗马又这样想。不论怎样，罗马今天晚上要送雪回家了。罗马不会把雪带回自己家，他不想让她闯进自己和雨的生活空间。看着雪轻飘飘的醉态，罗马有种莫名的悸动。

五月的夜晚不是想象的那样沉静与温柔，总有一些人还没有睡觉的意思，尽管现在已是凌晨两点。当车子滑过一条条大街时，窗外总会出现晃动的身影。那些或依偎或拥抱的身影，使这个夜晚充满了浓浓的情愫。罗马心里忐忑不安。他不是个自欺欺人的人，所以他向自己坦白，自己对去雪的家充满了期待和幻想。一路上，他都在想象一个寂寞少妇的客厅和卧室到底是什么样。时间在罗马思想开小差的时候，很快就过了半个小时。罗马载着雪来到了她的住处，海椒市的一幢灰色大楼。在朦胧的夜色里，灰色的墙面就像一张挂满泪痕的脸。

跌跌撞撞地走过一条幽深的巷子后，罗马找到了雪住的那幢楼。雪住在六楼，这使得罗马把她扶上楼后累得气喘吁吁、大汗淋漓。开门后，罗马先前的想象全部化为了泡影。他很难将这里的一切与情趣高雅、风情万种的雪联系在一起。凌乱而肮脏的客厅里摆着乱七八糟的衣服、啤酒瓶、烟灰缸，地面上还散落了十几张碟片，全是另类电影。最上面的是一部惊心动魄的日本影片，名叫《催眠》。显然，雪最近才看过这部电影。罗马也看过，是一个关于催眠与犯罪的影片。

罗马本想把雪放在沙发上就离开，但他没有在堆满东西的沙发找出一块足以容纳这具柔软身体的地方。同时，他也不愿意放弃去雪的卧室的机会。于是，在好奇与责任心的共同作用下，他把她扶进了卧室。让罗马目瞪口呆的是，雪的卧室对他来说简直就是个奇幻的天堂。他在梳妆台和床头柜上发现了很多雨的东西。当然，这也许不是雨的，它们只能说明雪与雨有着共同的爱好。从那些照片和书来看，罗马再一次模糊了雪与雨之间的界线。他十分笃定地认为，雪就是雨。罗马在刹那间做出了这样的认识和判断，他不相信世界上会有这么多巧合。雪的卧室里摆着许多在九寨沟拍摄的照片。在罗马的记忆里，雨也有着相同的照片。罗马和雨都喜欢九寨沟，每年至少去一次。在雨离开罗马之前的那一年，他们去了四次。他们约定春节时去第五次，但这次旅行成了泡影。在年末时，雨就远走他乡了。旁边的书更是引起了罗马的极大兴趣，特别是那本日本著名作家渡边纯一的《失乐园》。仔细的罗马发现，雪的这本书与雨的那本版次都是一样的。"这是一种畸恋之美，给死者以祭悼，给生者以鉴戒。"封面上的字迹在灰尘的覆盖下显得疲惫不堪。雨最喜欢这本书了，自从买回来之后，就一直放在床头柜里，时不时拿出来翻一翻。罗马曾要雨解释一下喜欢这本书的理由，但被她拒绝了。她说，有些东西用简单的言语是无法表达的。

看着醉得如一团稀泥的雪，罗马实在找不出她与雨的区别。他坐在屋子里抽了一会儿闷烟，不知道这是幻境还是现实。抽完烟后，罗马独自回去了。他想，明天一定要想方设法把这个女人的身份彻底搞清楚。她到底是雪还是雨，这对罗马来说至关重要。

第二天，罗马在办公室里等到十点也不见雪的身影。他给她打了电话，关机。过了十分钟，他继续打，依然是关机。罗马有点烦躁不安了，一次次不停地打电话，但他一次次地听到关机的提示。手机里的声音冷漠而残酷，罗马差点愤怒地摔了那部才买不久的手机。快到中午了，罗马依然没有找到雪。他等不及了，便开车去海椒市找她。到了海椒市时，罗马又迷了路。他想不起昨天晚上行走的路线了，记忆里全是令人沮丧的灰色。

不过，在转悠了几圈后，罗马还是找到雪住的那个小院子。只是，他没有找到雪。后来那位看门的大爷说，那个姑娘走了，她说她不会回来了。不会回来了？罗马这样重复了一句。那位大爷也机械地重复了一句，她说她不会回来了。这时，他才恍然大悟，这是雪租的房子。

罗马像只落魄的狗一样，灰溜溜地走开了。回家的路上，罗马仿佛觉得汽车浮在空气里，飘飘荡荡的感觉让人感到头晕和恶心。他几乎是用最快的速度回到了家，然后一头倒在沙发上睡了。罗马有很长一段时间没有这样劳累了，疲惫透支了他的精力，现在终于该偿还了。

5

从雪离开的第二天开始，罗马就一直在寻找她。他想彻底弄清楚她到底是不是雨，或者与雨有着什么样的神秘关联。至少，罗马固执地认为，雪和雨绝对不是两个完全没有任何关系的人。但寻找之路不太平坦。

罗马现在才想起来，他对雪的了解太少了，几乎是一片空白。一旦雪从自己的办公室消失，或者搬离了那套租来的房子，就割断了与罗马所有的牵连。罗马想起了雪曾经说她出生并生长在东郊的某个企业家属院里，但他不知道具体是哪个企业。尽管如此，他还是想去碰碰运气。罗马不想放弃任何一丝线索。

差不多在一个月时间里，人们可以看见一个面容枯槁、精神恍惚的男人在东郊那几个大型企业的家属院门口转悠。这个人就是罗马，他总是希望在这里碰见雪，或者发现任何一点与寻找雪有关的蛛丝马迹。但遗憾的是，罗马最终抱着失望回去了。他甚至绝望地想，这辈子再也见不到雪了。

失魂落魄的罗马在一天下午找到了肖恩，确切地说是他们俩通上电话了。他差点放弃了能再次与这个老乡通上电话和见面的希望，但当天非常郁闷与无聊的罗马在把玩手机时，无意中就拨打了肖恩的电话，却收到了意想不到的结果。

罗马说，你到我办公室来吧。

肖恩问又有任务了？

罗马说，是的。

肖恩问是继续寻找雨？

罗马说，是的。不过，刚说完他又改口说，寻找雪。

肖恩问到底是寻找雨还是寻找雪？

罗马一片茫然，"啪"的一声把电话挂断了。没有弄清楚雪的身份以及她与雨的关系，这是一块沉在罗马心底的大石头，堵得他难受。肖恩刚才横冲直撞的询问使他更加惆怅与茫然。

肖恩没有立即赶到罗马的办公室，而是在第二天上午才姗姗来迟，看来他对上次的事还耿耿于怀。让肖恩没有想到的是，见面后罗马首先是质问他上次在奥斯特生活广场的事情。罗马清楚地记得那天，所以他问，四月一日那天你在成都？

在。肖恩说。

那天你去奥斯特生活广场了？

是的。肖恩说。

你与一个女人在一起？

没错。肖恩说。

那个女人是谁？

是我女朋友。肖恩说。

她叫什么名字？

肖恩没有立即回答罗马，他隐约感觉到了其中的猫腻，对罗马的话产生了抵触情绪。他不像以前那样一见面就抽罗马桌子上的烟，而是从口袋里摸出了自己的劣质香烟。接连抽了好几口后，他才懒洋洋地说，你问这个干吗？

这句话如一只臭袜子一样堵住了罗马的喉咙，他本来想绕几个圈子，彻底弄清楚那天的所见是幻想还是现实。但是，肖恩这句简单而直接的话，把罗马的思绪搅乱了。想了半天，罗马才想起一句笨拙而愚蠢的话来应对。他说，随便问问，老乡嘛，我是关心你。接着，为了增强说服力，罗马还搬出了肖恩之前那段伤心的婚姻。他补充说，我知道你之前的婚姻状况，所以希望你这次在交女朋友时，能够擦亮眼睛，找到适合自己的对象。

肖恩没有就这个话题再谈下去，他主动问起了到底是寻找雪还是雨。这是个漂亮的转移，亦攻亦守。罗马被肖恩糊弄过去了，他想了想说，寻找雪。肖恩说，雨才是你的妻子，你应该寻找她而不是雪。罗马没想到肖恩会说出这样的话来，迟疑了一阵他才说，我现在怀疑雪就是雨。肖恩哈哈大笑起来，他说，两个女人你都见过，难道你分辨不出谁是你的妻子吗？罗马面如土色。半晌，他说，找雪比找雨现实得多。雪是真实存在的，而电视里休斯顿丰田中心的雨是虚幻的。接着，他用最快的语速说，给你一百块钱一天，等找到雪之后，一次性再给你一万。对于缺钱的肖恩来说，他没有理由拒绝这个任务。肖恩愉快地点了点头。罗马问，你记得雪的样子吗？肖恩迟疑地摇了摇头。罗马问，记得雨的样子吗？肖恩坚决地点了点头。罗马说，那也一样。

罗马似乎又回到了之前某个阶段的生活，他郁郁寡欢地坐在办公室里，面对苍白的墙壁，用烟头的数量来记录时间的流逝。

痛苦的童年记忆在这时候就像一个小丑，跳出来幸灾乐祸地嘲笑罗马的生活。他想起那年冬天以及每一年的冬天，刺骨的冷和伤痛生生地在他的身上划开一条伤口，灌进了他的血管，永远与流动的血液混合在一起，构成了罗马生命的一部分。事情最终演变成家破人亡，归根结底与罗马的身份有关。那个名义上是罗马父亲的人不知道罗马是自己的儿子还是罗马母亲前夫的儿子。在罗马的母亲怀上他之前的半年里，她卷入了一场奇特的三角恋，而在她确认自己怀孕后的十多天，丈夫就死于车祸。罗马的母亲顺理成章地与情人组建了新的家庭。但是，她的第二任丈夫始终不能确定罗马是否是自己的亲生儿子。这个疑问与猜测在后来漫长的日子里，成了家里任何一次战争的唯一理由。罗马也很想把这一切弄清楚，这样不仅可以平息战争，也可以解决谁是亲生父亲之困。可遗憾的是，直到母亲在那年冬天自缢而死，他也没有明白谁是自己的亲生父亲。母亲死后，罗马不想再纠缠这件事情了，他认为已经失去了意义。也就是在那年冬天，罗马顶着风雪离开了家。除了在苍茫大地上那深情而绝望的一回头，罗马再也没回过那个令他恐惧的家。

记忆的列车把罗马载回了遥远的、苦涩的从前，当他重新返回到现实时，被更多的茫然包围和袭击。这使得罗马在接下来的很长一段时间都生活在昏昏沉沉里。

转眼就来到了七月，肖恩没有给罗马带回任何雪的消息，却在某一天带回来一个浪漫得有些神经质的男人。罗马对肖恩的行为感到愤懑，他认为这简直就是再混账不过了。但出于礼貌，他还是给这个不速之客递了一根烟，然后跟他聊了几句。

怎么称呼你呀，先生？罗马问。

你叫我蒋林好了。

蒋林？罗马觉得这个名字很熟悉，轻轻地重复了一遍。

怎么？这个名字不好？

当然不是。罗马摆了摆手，他问，到成都来有重要的事情吗？

专程来找一个叫薛涛的女孩。

薛涛？罗马问。

是的，她是一个美丽的成都女孩。

罗马笑了起来，他觉得这真是太有趣了。在接下来的交流中，罗马把事情彻底弄清楚了。原来这个名叫蒋林的人在网络上认识了一个名叫薛涛的美女，半年后，他要到成都来看她，并把约会地点定在了九眼桥。她说她一定会在九眼桥等他。可是，等蒋林到了九眼桥后，却没有等到薛涛。无论是网络还是手机，薛涛没有给蒋林任何获得希望的线索。她就这么消失了，彻底地消失了。在落魄的时候，蒋林遇上了肖恩。这个善良的男人把蒋林带到了罗马的办公室，他想这样好歹也有个安顿之所。

蒋林的蓦然出现让罗马陷入了长久的沉思。沉思就像一个牢固的樊笼，死死地把罗马捂得喘不过气来。

6

七月是闷热的，七月是漫长的。这个季节的人们总是烦躁不安。罗马的生活在七月的末尾发生了一百八十度大转弯，一个女人的出现让他既惊喜又惘然。这个女人就是雨。

罗马清晰地记得，雨是在一个上午回来的。她事先没有以任何方式告知罗马，也不是直接回家。雨蓦然地出现在罗马的办公室里，这让他感到无比惊讶、紧张、激动和纳闷。罗马第一时间没有想到眼前这个女人就是雨，他手足无措地迎了上去，语无伦次地说，雪，你回来啦，回来就好。

雪？雨脸上呈现的是罗马从未看见过的带着愤懑的惊讶。

你不记得我了吗？雪。罗马再一次强调这个女人就是雪。他确实认为她就是雪而不是雨。于是，他没有等到雨接下来的反应，匆忙地补充说，才离开不过一个多月，怎么就不认识我了呢？

罗马还准备继续表白下去，他想把雪失踪后这段时间的心迹与疑问全部说出来。但是，雨制止了他。她说，你睁开眼睛看清楚，我是雨，是你爱人。

罗马如梦初醒，情绪顿时紧绷起来。他小心翼翼地向前走了一步，试探着问，雨，这些年你到哪里去了？怎么连一点音信都没有？

雨斜着眼睛问，什么？你到底在说什么？

罗马看着雨的疑虑，用最直白的方式把刚才的话重新表达了一次。他问，这么多年了，你怎么没有一个电话，没有一封信？

雨后来的话把罗马弄得晕头转向。雨说，我没有给你打电话？我给你打了无数次电话，但无论是座机还是手机都不通。无奈之下，我给你写信。我每个月都给你写一封，你也都回信了。现在怎么成了一点音信都没有了呢？

罗马怎么可能相信这一切呢？于是，雨从一个袋子里拿出了厚厚的一叠信件，全部都是电脑打印稿。罗马认真地看了，信件的口吻和内容确实像自己写给雨的。有一封信的开头是这样写的：我亲爱的雨，你在美国还好吗？我在成都备受相思的煎熬，夜夜失眠……看到这里，罗马的脑子嗡嗡地响成一团，他觉得这真是太荒唐与怪诞了。罗马从未收到过一封雨的来信，而且他之前教学的中专早已搬迁，雨信件上的地址也早已不存在了。那么，这些摆在罗马和雨面前的信又怎么解释呢？此刻，他猛然发现，生活远比任何小说和电影更加离奇。

为了让雨也感受一下这让人毛骨悚然的荒诞，罗马第二天带着雨回到了原来工作学校的旧址。学校位于二环路以外，有两个小时的车程。罗马心里很清楚，学校几年之前就被推土机铲平了。他不知道现在的新校址，他也不想知道。在开办心理诊所时，罗马就没有想过再回到学校。他甚至想与学校断绝一切关系。在那段时间里，断裂一直主导着罗马的一切思想，他想彻底把原来的生活砍断，从毁灭中获得新生。这么多年过去了，当罗马再回到曾经工作与生活的地方时，这里已经面目全非了。拔地而起的高楼完全遮盖了曾经美好的记忆，他看着建筑工人就像鸟儿一样攀附在架子上有条不紊地劳动着。罗马没有怨恨他们摧毁了他的记忆。

事实上，这天罗马懂得了记忆是无法毁灭的，是永远无法抹去的。当他与雨漫步在已经有些陌生的小路上时，过往的片段调皮地跳出来干扰他的正常思路。很多年前，罗马和雨的身影是这条小路的常客，差不多每一个夕阳西下的傍晚，他们都在这条路上细数着生活的美好，用温柔的脚步向大地炫耀他们的爱情。这条路承载着罗马那个阶段的宁静与幸福。但是，此一时彼一时，虚幻的过去与残酷的现实构成了鲜明的对比，美好的回忆在此刻只是无谓地增添了罗马的烦恼。今天，这块土地的上空盖着一层厚厚的乌云。

罗马一边走一边偷偷地观察雨，他想从她任何一丝细微的变化去捕捉她真实的内心。但雨的表情显示出她对这个地方的陌生，看上去她就像是第一次来成都，第一次到他们曾经生活的地方。罗马没有把她的变化放在心上，他今天来的目的，是想告诉雨一些事情的真相，以及向她表示自己的疑问。

我没有骗你吧？罗马问。

我也没有骗你。真的，你一定要相信我。雨说。

雨的话像一张硕大的抹布，带着令人恶心的味道死死地盖在罗马的嘴巴上。他本来还想说什么，但最终一言不发地呆在那里。后来，罗马把头高高抬起，望着深邃的苍穹。他想起了曾经在天空高高飞翔的白鸽，它们发出的嘹亮的声音让罗马无比迷恋。如今，那些鸽子到哪里去了呢？伤感在罗马的心里缓缓地流淌。旁边的雨没有发现罗马的情绪波动，从旁人的角度看，大部分人会认为他们是互不相识的陌生人。

半个小时后，罗马闷闷不乐地回去了。

雨回来后，罗马对她在美国的这些年总是纠缠不放，他想要她给自己一个合理的解释。他相信，雨应该给她的丈夫一个解释。但是，雨对以前的事只字不提，仿佛她根本就没有去过美国。她就像一个刚刚来到世界的婴儿，试图重新找一个生活的起点。可是，罗马不想让事情就这样不了了之。他像个笨拙的侦探，挖空心思地希望从雨的生活细节上获得自己想要的答案。但是，他最终还是失望了。雨本能地抗拒回答罗马的每一个提问，每次她都是神情淡漠地说，我要从此忘了那一切。不能从雨的口中获得事情的真相，这让罗马的心里空落落的。他觉得自己成了一个稻草人，浑身软塌塌的感觉就像寒冬里一场漫长的细雨那样折磨人。

忘记一切？她到底要忘记什么？罗马对雨的回答进行了丰富的联想。当然，雪的遭遇是他联想的参照。是的，罗马把雨与雪扯到一起了。罗马结合自己在电视机前看到的休斯顿火箭队主场丰田中心的那一幕，给雨安排了一段难以启齿的恋情。雨在这段感情中伤痕累累，等到她心灵的创伤无法愈合时，才想到了自己的丈夫，于是她选择回到他身边。只是，罗马不知道雨的内心是否也会像雪那样需要忏悔。她的灵魂需要救赎吗？罗马一遍又一遍地问自己。

罗马陷入了猜测与幻想的旋涡中。逐渐地，他有些累了，想停止这种自我摧残。不过，罗马无法控制自己的思维，它们就像一群魔鬼那样在他面前张牙舞爪。很多时候，罗马不经意间就会去揣度雨在美国的生活。后来，他不得不在心里狠狠发誓，一定要摆脱这个阴影。但一切都无济于事。

雨的处境和心态与罗马截然相反，在接下来的日子里，她试图把他带回到以前的生活。这当然也是罗马想要的。在没有雨的这几年里，他无时无刻不在想念以前的生活。那是平淡而幸福的生活。雨总是不遗余力地让罗马想起以前美好的记忆，同时又带着他去这个城市的每一个浪漫的地方。她就像一个沉醉在爱情中的女人，精力充沛，感情炽热。每天早上醒来，她就能提出一大堆新鲜的想法。这天，雨光溜溜地躺在床上，懒洋洋地对罗马说，我们去奥斯特生活广场吧。罗马感到惊讶，奥斯特生活广场才建好没多久，他还以为刚刚回到成都的雨还不知道这里呢。尽管雨有五年时间不在成都，但这个城市的每一个细节和变化，仿佛都刻在她的脑海里。就连现在刚刚规划的地铁她都了如指掌，好像每一条线路都是她设计的一样。

这是个凉爽的夏季之日，奥斯特生活广场的人们都来享受这难得的清凉了，整个广场人潮涌动。罗马想起了几个月前的场景，肖恩和雨的身影迅速跃入眼帘。他看着眼前的雨，又把肖恩的影子迅速从记忆中提出来，用清晰的思维把他们两人放在一起。罗马用这种笨拙、抽象的方法，想重现与恢复当时的场景。记忆与现实纠缠在一起，它们拼命地要将对方击倒。尽管如此，一场激烈、漫长的搏斗之后，罗马依然没有看到谁是胜利者。他不能确定肖恩那天是否就是和眼前的雨在一起，但又不能制止心中的怀疑。这个难题让罗马的心情糟糕得如同吞了只苍蝇那般难受。就在此时，雨突如其来的问题，给罗马的心狠狠地扎了一针。雨问，几个月前，你是否和一个女人坐在这里，喝着可乐，开心地聊天？

罗马心里迅速"咯噔"了一下，但他立即稳定了情绪，尽量掩饰着内心的惊惶。他装模做样地说，几个月前？一个女人？他以为这种模糊的话语能使自己顺利度过难关，但雨不是想象的那样好对付。

雨沉默不语，她就等着罗马自己不打自招。她想他几分钟就会崩溃，然后乖乖地把事情的前前后后说得清清楚楚。当时，雨真的就这样自信。气氛显得有些尴尬和紧张。罗马这时才发现，他和雨现在坐的位置，竟然就是几个月前与雪一起坐的位置。这个惊人的巧合让他冷汗阵阵，好在他努力地控制住了。罗马拉了拉衣服，他想抽根烟，但手伸进口袋时又退了出来。半晌，他用怯懦的口气说，没有。接着又自我解嘲地笑了笑说，哪有这样的事。

我不相信你是个健忘的人。雨说。她喝着柠檬水，目光从远处收回来，侧头看了罗马一眼后又落在杯子上。她说，四月一日，你不会不记得了吧？罗马无言以对，他就仿佛是个被审问的犯人，耷拉着脑袋。雨没有照顾他的情绪，接下来以相当长时间来描述她对雪的了解以及罗马在这段时间的糟糕生活。雨多次用了糟糕这个词语。

雪是个美丽的女人，但也是个风骚、肮脏的女人。雨说。

罗马没想到雨会如此恶毒地评价雪。她用余光看了罗马一眼，机警地观察着罗马的第一反应。然后，她接着说，在离开丈夫的日子，雪的精神和肉体都进行了彻底的背叛。当激情结束后，她才想起了那个被遗忘的男人。于是，她逃了回来。雪以为装成若无其事，随着时间的流逝将一切淡忘就万事大吉了。然而，这只是她的一厢情愿。当她回家之后，才发现丈夫对她的行为了如指掌，清楚到了对任何细节都没有差讹。雪以为丈夫会跟她一刀两断，但是他却选择了悄然离开，隐藏到世界的某一个角落。如果是离婚，雪或许会在短时间得到彻底的解脱。可雪的丈夫是个聪明而狡黠的人，他想用这种软绵绵的方式来惩罚她。备受心灵折磨的雪，由于灵魂需要救赎，她开始失眠并在自杀的边缘徘徊。无奈之下，她找到了一个名叫罗马的催眠师。

雨故意用讲故事的方式，使自己置身于现场之外。而且，在提到自己丈夫的名字时，口气中明显带着嘲讽。

雨继续说，那个失魂落魄的催眠师并没有迎来他催眠生涯中的第一个病人。雪并不是一个愚笨的女人，她并不需要催眠。她很了解自己，她需要的是找到丈夫，而非用催眠这种治标不治本的方法。雪让这个名叫罗马的催眠师过上了糟糕的生活。他像丢了魂似的，跟在一个陌生的女人身后，开始没日没夜地在这个简单而复杂的城市里穿梭。这是一次一开始就知道没有结果的寻找，但催眠师还是跟在她的身后，甘愿将糟糕的生活进行到底。

雨在椅子上移动了一下身体，她说雪让催眠师越陷越深，他似乎掉进了感情的泥潭。雨在这里将思路拐了个弯儿，她仿佛想将这件事情最终解释为一个情感事件。罗马心里在猜想，她下一步应该说催眠师陷入了对雪的爱恋，并无法自拔。这是他想要的结果，他不担心雨会因此而与自己纠缠，他心里有反驳甚至攻击她的理由和证据。但令罗马大跌眼镜的是，雨的故事并没有按照自己的猜想那样发展下去。她说，某一天，那个叫雪的女人失踪了，丢下可怜巴巴的催眠师在这个偌大的城市茫然地寻找。

基本上没有错漏吧？雨用得意与挑衅的表情看着罗马。

没错。罗马如实说。

到如今，罗马不想再隐瞒什么，他知道雨是个聪明而机警的女人。她能把事情彻头彻尾地讲述出来，就证明她不是在编故事。让罗马纳闷的是，雨是如何知道雪的呢？难道雪和雨真是同一个人吗？怀疑再一次在罗马的心里波涛汹涌地翻滚。罗马又把雪和雨的形象重叠起来，但他还是不能区分他们俩。

事情摊开后，罗马心里有种无法言说的解脱。但是，他又有了新的担忧。罗马在盘算着如何应对今后的生活。罗马认为，既然雨把话说得如此透彻，那么，她一定会采取手段在往后的生活中就雪这个问题进行报复。这成了雨回家后，罗马面对的最大的难题。

7

时间的脚步是无声的，它总是悄然地缩短了岁月的长度。转眼间，三个月就过去了。秋天来了，一切都是那样爽朗与明净。

罗马的生活如秋日的天空一样平静。他担心的事情没有发生，生活进入了他没有想到的局面。雨努力地使他们的婚姻走上了十年婚姻的前半段，那五年的和睦与和谐有了再现的征兆。在没有征得罗马同意的情况下，雨在西门上找了份工作，在一家文化公司当翻译。从家到办公室，雨每天都要穿越这个城市的中心。她喜欢这份穿越的从容。雨这份工作相当自由，宽松的工作条件让她有了更多陪伴罗马的时间。在秋意浓浓的日子里，雨总是出现在罗马的办公室里，她的眼神时而散漫时而敏锐。

经过相当长时间的考虑，罗马最终还是没有结束自己催眠师的生涯，他好像喜欢上了这个身份。这家简陋到令人心酸的办公室依然以一种垂头丧气的姿态出现在十三月大厦里，也许只有罗马和雨两人才知道这里还隐藏着一家心理诊所。雨曾数次规劝罗马关掉心理诊所，她想这也是恢复以前生活的一种有效的方式。她希望罗马继续做一名教师，甚至都为他联系好了学校。在双流有一家民办高校不错，而且急缺数学和心理学老师。雨语重心长地对罗马说，你愿意教数学就教数学，愿意教心理学就教心理学。罗马拒绝了雨的好意，他说自己天生就应该是个催眠师。

雨真的恢复了以前的生活，她不但对自己在休斯顿的事情只字不提，就连罗马最担心的雪也抛在了九霄云外。但是，罗马却恰好与她相反。他始终没有忘记这一切。那些过往的事情看似随着时间流走了，但它们却在心里扎了根，无论飘到哪里，只要一触摸心里的根，它们就一窝蜂似的跑了回来。更让罗马感到恐惧和不可思议的是，他觉得雨是雪的替代品，是某人找来戏弄自己的。罗马怀疑是肖恩或者雪在背后搞鬼。慢慢地，雪和雨在罗马的心里都越来越模糊了。雪的身影总是在心头缠绕，并时不时地浮现在眼前。事情发展到最严重的时候，罗马每天看见的不再是雨了，雪在精神上完全代替了雨。就算是在夜里温柔缠绵时，罗马觉得自己搂着的也是雪。那个夜晚，罗马看着身边熟睡的雨，自言自语地喊道，雪？雨？

　　这样的日子不知重复了多久，后来恐惧在罗马的心里逐渐放大，越来越大，他承受不了了。那天夜里，在雨沉沉地睡下去之后，罗马就像逃命一样跑了出去。他开着汽车，疯狂地在这个城市奔跑。马达的声音在夜里格外暴躁，这是罗马疯狂的发泄。愤懑与迷惘随着尾气一起飘散在迷茫的夜空中，加浓了夜晚的漆黑与苍茫。

　　罗马在这个神秘而诡异的夜晚迷路了。他不知道自己怎么就上了二环路，夜晚的成都让罗马如此陌生。他驾驶着汽车在二环路上疯狂地飞奔，却始终找不到出口。罗马觉得每一个路口都是如此雷同，以至于他分辨不清方向。这个白天像鲜花一样明亮的城市，在夜里彻底改变了模样。俊朗的面容变得如此狰狞恐怖。白天里花样繁多的广告牌，此刻变成了令人感到毛骨悚然的恐怖符号。罗马觉得自己钻进一片阴森的树林里，而他知道这是片没有出口的森林。

　　在迷迷糊糊中，罗马发现路边的场景周而复始地从眼前滑过。东湖公园、永丰立交桥、火车北站、府青立交桥、万年场……后来，罗马心力憔悴地把车停在一个漆黑的路口，他蜷缩在车里，瑟瑟发抖。孤独与恐惧如一张硕大的网，紧紧地把罗马罩住。

他顿时觉得天地即将崩裂，世界的一切顷刻将彻底毁灭。甚至，焦土与瓦砾开始在罗马的脑海里不停地闪现。这时，罗马蓦然想起了曾经亲眼目睹过的一个场景。那是两年前的一个飘雪的冬天，罗马在磨子桥看见滚滚车流中躺着一只濒临死亡的猫。当时罗马坐在 27 路公交车上，在汽车短暂停留的几分钟里，他清晰地看见那只猫不停地伸展四肢，垂死挣扎。没有人理会这个在死亡边缘徘徊的动物，高贵的生命此刻变得轻如尘埃。罗马看见无数辆高级轿车从那里肆无忌惮地开了过去，那只猫一次次被车身覆盖，又一次次出现在人们冷漠的视线里。后来，27 路公交车开走了，那只猫慢慢离开了罗马的视线，最终消失了。

在某个沉闷的午后，罗马重温了那部他看了很多遍的电影，《东邪西毒》。这部英文名叫《时间的灰烬》的电影让罗马十分着迷，关于到底是慕容嫣还是慕容燕的问题也一直缠绕着他。罗马每次看这部电影都会有不同的感受，而这天下午，他特别感同身受。罗马觉得自己就是身处茫茫大漠中的欧阳锋。电影中孤独的欧阳锋最终明白了慕容嫣和慕容燕的关系，她们不过是一个人的两种身份罢了。让罗马万分苦恼的是，他还没有搞清楚雪和雨之间的关系。

经过短暂而周密地思考之后，罗马决定要去寻找雪。他开始沉浸在与雪有关的记忆里，回味她曾经说过的话，以此来推断这个女人到底身在何方。罗马得到了多种答案，但他最终觉得雪依然会留在成都。她不会离开，她属于这座城市。只是，他不知道她到底藏在哪个具体的角落里。此刻，罗马又想起了肖恩。自从雨回来之后，罗马还从未见到过肖恩的身影。罗马原本不想再见到肖恩了，但他又觉得这个人总是与自己保持着令人琢磨不透的关系，他的名字一直与雪和雨联系在一起。罗马觉得肖恩就像是一只隐藏在背后的手，操纵着他的生活。为了能够找到雪，罗马给肖恩打了电话。

肖恩对于罗马的决定感到异常吃惊，他觉得眼前这个催眠师疯了，苦苦寻觅的妻子已经回到了身边，干吗还要寻找一个萍水相逢的女人呢。他觉得罗马在现实与虚幻中迷失了。肖恩并没有把他的想法说给罗马，经过这么多事情以后，他不再想干涉别人的生活，何况罗马还是个出得起钱的人呢。肖恩不否认自己对金钱的迷恋与渴望，在被妻子抛弃之后，他一直被贫穷包围着。于是，他又重新回到了以前那种寻找的状态。但肖恩很清楚，自己不可能帮罗马找到雪。

罗马不会只把希望寄托在肖恩身上，他自己也开始了辛苦而漫长的寻找之旅。他就像一只无头苍蝇，在成都的各个角落里转悠。按照罗马的计划，他想循着雪之前的思路，先找到雪的丈夫。他认为这或许是一条寻找雪的捷径。而且，做一个最坏的打算，即便找不到雪，也可以通过她丈夫多了解一点她，获得一些宽慰。罗马拿出了雪遗留的那个蓝色笔记本，按照上面的记载，把所有的心理诊所重新拜访了一次。让罗马感到遗憾和沮丧的是，他依然一无所获。

时间慢慢地流逝了，秋高气爽的日子渐渐地成了城市的背影。冬天不声不响地来了。早上出门时，偶尔可以看见空气中飘荡着薄薄的雾气。这有些反常，成都每年只有在隆冬季节才会出现雾。提前到来的雾没有影响到罗马的寻找，尽管失败无时无刻不在消磨着他继续寻找的勇气。就在罗马快要放弃时，他居然联系到了那个名叫付永恒的催眠师。通过一个不起眼的线索，罗马竟然找到了他。只是，付永恒却给罗马带来无尽的空虚和惆怅。

罗马和付永恒相约在一个星期六的下午，在玉林的一家档次不错的酒吧里见面。天气真的有点冷了，空气吹在脸上让人生疼。罗马对这次不同寻常的约会既充满期待又有些抗拒，最后竟然有了放弃的念头。他不知道与雪的丈夫见面会是什么感受，以及他们之间到底会发生什么。忐忑不安的罗马在离目的地还有很长一段距离时找地方停了车，他想走路过去，利用这段时间调节一下自己的情绪。

下车后，罗马点了根烟，浓浓的烟雾在冬日的空气里格外伤感。他低垂着脑袋，看着两只脚机械地交替前行着。罗马看着布满渣滓的地面从眼底缓缓滑走，仿佛看见了人生的某些片断。这让他在这个冬日的周末里显得特别颓废，心情与罗马第一次来这个城市时如出一辙。他第一次踏上这片土地时，就是一个人茫然无措地在大街上游荡。当年他初来乍到，在这个陌生的城市里没有方向感。现在，他熟悉了这个城市的每一条街道，但依然没有方向感。

大约抽了五根烟或者十来根烟后，罗马见到了付永恒。付永恒给罗马的第一感觉是他不像个催眠师，他缺少那种神秘的感觉，心思缜密和感情细腻也与这个满脸胡须的男人不沾边。付永恒甚至是个不善于观察的人，他们见面后，他很少用正眼看过罗马。他的眼睛总是盯着远方，透过宽大的玻璃墙，落在外面一棵光秃秃的大树上。相反，从见面开始，罗马就在观察付永恒，心里在盘算着如何与他谈论雪。毕竟，突然去谈论和打听别人妻子的事有失礼貌。在见面后的很长一段时间里，罗马和付永恒之间都保持着对对方的警惕。时间很快就过了二十多分钟，罗马不想再继续沉默下去，他担心这样会耗费掉整个生命。罗马给付永恒递了一根烟，说出了约他出来的目的。

罗马说，我向你打听一个女人，她的名字叫雪。

雪？付永恒很吃惊。他说，干吗向我打听呢？

她说她是你妻子。罗马说。

什么？付永恒张大了嘴巴，露出一排被烟熏得黄黄的牙齿。

雪曾说她有一个丈夫叫付永恒，是个催眠师。罗马用镇定的目光看着付永恒，他怀疑对方在故意掩饰什么。

笑话。付永恒吐了一个大烟圈说，我不认识这个叫雪的女人，我还没有结婚呢，怎么可能有一个从不认识的妻子呢？

你不认识她？这次轮到罗马张大嘴巴了。他吸了一口烟后说，不可能吧？她明确地告诉我，她的丈夫名叫付永恒，是个催眠师。

付永恒又把刚才的回答重复了一遍。为了表示自己的真诚，他强调说，我真的不认识一个叫雪的女人，我真的还没有结婚。而且，我也不是催眠师，我没有骗你。

气氛又恢复了他们刚刚见面时的感觉，警惕中带着试探。但是，这次是罗马的目光落在了窗外那棵光秃秃的大树上。罗马脑子里一片空白，他死死地盯着令人心酸的树干，时间就在他发呆的时候悄悄地溜走了。等他回过神来时，付永恒已经不见了。罗马不知道付永恒是什么时候离开的，他没有因为对方不辞而别而失落。甚至，他怀疑付永恒没有来过，或者，这个世界根本就没有付永恒这个人。一切都只是幻觉？罗马想。

罗马软绵绵地走出了酒吧，在寒风凛冽的街头踽步而行。生活跟罗马开了一个天大的玩笑，而他在这个玩笑中被伤害得遍体鳞伤，体无完肤。

8

天气越来越冷了，空气中仿佛藏了刀子，吹在脸上有种割裂的痛。罗马想结束这段伤心与迷茫的生活，他希望所有的忧伤都在这个冬季结束。罗马想从明年春天开始新的生活，所以他想离开这个城市。这个想法如酵母一样，在他心里产生了无穷大的膨胀，从而促使他时刻都在期盼着新生活的到来。

十二月初的时候，罗马就关闭了自己的心理诊所。接下来，无所事事的他就在平安大街幸福巷里机械地转来转去。所有认识他的人都无法相信，眼前这个蓬头垢面，萎靡不振的邋遢男人就是住在平安大街幸福巷66号的罗马。没过多久，人们就没再看见罗马了。他仿佛在一夜之间就从这里消失了，一夜时间就被这条巷子遗忘了。没有任何人询问关于罗马的事，即便他们经常看着雨孤零零地出现在小区里。雨也没有寻找罗马，她似乎早已知道了今天的结局。

罗马去了一个他从未去过的城市，他相信这里的空气都是陌生的。后来，他选择了一个全新的职业，做了一名快递公司的快递员。每天接触很多人和事的日子让罗马感到充实，他就像是抽了一种能忘记过去的烟，记忆随着烟雾完全消散在空气里了。但是，他却染上一个坏毛病，开始无休止地失眠。每天醒来，眼睛里清晰可见的血丝充分地表明了失眠带给罗马的痛苦。很多夜晚，罗马都是通宿未眠，疲惫的双眼与天花板做着剑拔弩张的对峙。他忘记了自己曾经是个催眠师，没有用催眠来解决自己的痛苦。无奈之下，罗马将希望寄托在药物上。他喜欢把安眠药摁成粉末，撒在一杯水中，粉末在水中逐渐溶化了。水依然清澈，看不出安眠药的痕迹。每一个夜晚，罗马喝下这样一杯水后倒头便睡，连做梦都不会。

图书在版编目（CIP）数据

巢 / 蒋林著. —上海：上海三联书店，2017.1
ISBN 978-7-5426-5725-1

Ⅰ.①巢… Ⅱ.①蒋… Ⅲ.①中篇小说－小说集－中国－当代②短篇小说－小说集－中国－当代 Ⅳ.①I247.7

中国版本图书馆CIP数据核字（2016）第250434号

巢

著　　者 / 蒋　林
责任编辑 / 陈启甸　朱静蔚
特约编辑 / 周青丰　李志卿　李书雅
装帧设计 / 乔　东　阿　龙
监　　制 / 李　敏
责任校对 / 李志卿　李书雅
出版发行 / 上海三联书店
　　　　　（201199）中国上海市闵行区都市路4855号2座10楼
网　　址 / www.sjpc1932.com
印　　刷 / 山东临沂新华印刷物流集团有限责任公司

版　　次 / 2017年1月第1版
印　　次 / 2017年1月第1次印刷
开　　本 / 889×1194　1/32
字　　数 / 165 千字
印　　张 / 8
书　　号 / ISBN 978-7-5426-5725-1 / I · 1170
定　　价 / 39.00元

敬启读者，如发现本书有印装质量问题，请与印刷厂联系0539-2925680。